H. P.
Innemann

SCHEMEN

Der Schädel der Schlange

Bibliografische Information der Deutschen Nationalbibliothek: Die Deutsche Nationalbibliothek verzeichnet
diese Publikation in der Deutschen Nationalbibliografie,
detaillierte bibliografische Daten sind im Internet über
dnb.dnb.de aufrufbar.

TWENTYSIX – Der Self-Publisching-Verlag
Eine Kooperation zwischen der Verlagsgruppe Random
House und BoD – Books on Demand

1. Auflage
© 2017 Hayo Peter Innemann

Herstellung und Verlag:
BoD – Books on Demand, Norderstedt

ISBN: 978-3-7407-2863-2

Illustration: Regimentskasse, Wasserschloss Haus
Marck, Tecklenburg; © H. P. Innemann

Dieses Buch ist zwei guten Freunden
und besonders selbstlosen Menschen gewidmet:

Julia und Philipp

Inhalt

Kapitel 1: Affen im Nebel............................1

Kapitel 2: Alex.............................28

Kapitel 3: Unerwartete Hilfe......................74

Kapitel 4: Wiedersehen.............................96

Kapitel 5: Schemen.........................146

Kapitel 6: Vermächtnis.........................189

Kapitel 7: Der Schädel der Schlange....................241

Kapitel 1

Affen im Nebel

1

Der Gesang exotischer Vögel war das Erste, was durch dichte Nebelschwaden hindurch an Mac Lane herandrang.

Mac Lane blinzelte benommen und rieb sich stöhnend seinen schmerzenden Kopf. *Nebel?* Er lag auf dem Rücken und der Boden um ihn herum war moosig und feucht.

Hätte er es nicht besser gewusst und wären Vampire nicht gegen die Wirkung von Alkohol immun gewesen, Mac Lane hätte geschworen seine Kopfschmerzen rührten von einem gewaltigen Kater her.

In der Hoffnung, den Schleier vor seinen Augen damit zerreißen zu können, blinzelte Mac Lane einige Male schnell und setzte sich auf. Zu seiner Überraschung musste er jedoch feststellen, dass der Nebel keineswegs eingebildet, sondern echter, feuchtkalter Nebel war. Mac Lane sah sich verwundert um.

Hohe Bäume, die Stämme von Moosen und Kletterpflanzen überzogen, ragten überall um ihn herum empor. Die Enden dicker, fleischiger Lianen hingen aus ihren Baldachinen herab und jagten Mac Lane einen unwillkürlichen Schauer über den

1

Rücken. *Wie Tentakel,* dachte er und stellte fest, dass selbst denken schmerzhaft war.

Durch den dichten Nebel konnte er die Kronen der Bäume zwar nicht sehen, doch der Gesang der Vögel schien eindeutig von dort zu kommen. So schön der Gesang im Grunde auch war, so hatte Mac Lane doch langsam den Eindruck, dass er immer lauter und nervtötender wurde.

Mac Lane stöhnte und rieb sich erneut den schmerzenden Kopf. Er stutzte, als seine Hand eine feuchte Stelle ertastete. Verwundert zog er die Hand zurück und sah sie an. Blut. „Eine viel schnellere, komfortablere Art des Reisens...", murmelte Mac Lane erbost. Er seufzte. *Klar, dass mir der Schädel brummt,* dachte er und konzentrierte sich auf die Wunde. Sekunden später war die Wunde geschlossen, seine Kopfschmerzen jedoch nur schwächer geworden. Mac Lane stand langsam auf. Er wankte noch etwas, während er sich langsam genauer umsah. Das Zwielicht und der Nebel ließen ihn zu dem Ergebnis kommen, dass es wohl noch recht früh am Morgen war.

Mac Lane kniff die Augen zusammen und sah sich konzentriert um. Irgendwo mussten Flaubert und seine Ausrüstung geblieben sein. Seine Annahme, dass sich beides nicht sehr weit von seiner Position entfernt befinden konnte, bestätigte sich schnell., als er seinen Rucksack zwischen den mächtigen Wurzeln eines nahen Baumes eingekeilt fand.

Mac Lane wankte zu dem Baum hinüber und

ging in die Knie. Er schob und quetschte den Rucksack ein wenig hin und her, bis dieser sich schließlich ganz leicht zwischen den Wurzeln herausziehen ließ.

Der Rucksack schien unversehrt geblieben zu sein, doch etwas im Inneren klapperte.

Mac Lane ließ sich an Ort und Stelle auf den Boden sinken und öffnete den Reißverschluss. Prüfend durchstöberte er seine Ausrüstungsgegenstände. Abgesehen von seinem Satellitentelefon und dem Kompass waren alle anderen Gegenstände in bester Verfassung.

Mac Lane seufzte, zog die Trümmer des Satellitentelefons und die Überreste des Kompasses aus dem Rucksack und warf sie schnaubend auf den Waldboden. „Ein Glück, dass das Zeug nicht wichtig war", knurrte er und suchte weiter im Rucksack herum. Er musste einige Dinge herauskramen, bis er gefunden hatte, was er suchte. Seine Machete.

Flink, aber sorgsam, verstaute Mac Lane die herausgezogene Ausrüstung wieder im Rucksack, verschloss ihn und schwang ihn sich auf den Rücken. Die Scheide der Machete befestigte er an seinem Gürtel. Er warf einen letzten, missmutigen Blick auf die Trümmer von Kompass und Satellitentelefon, dann seufzte er einmal tief. „Was soll 's", sagte er schließlich. „Uns wird schon was einfallen."

Es machte wenig Sinn, den Versuch zu unternehmen, die Gegenstände ohne Ersatzteile und Werkzeuge reparieren zu wollen, außerdem hatte Flaubert ein zweites Satellitentelefon bei sich.

Flaubert!, schoss es Mac Lane wieder durch den Kopf. Für einen Augenblick hatte er Flaubert total vergessen. Er sah sich wieder nach allen Seiten um und lauschte angestrengt in die Tiefen des Nebels hinein, wobei er versuchte auf ungewöhnliche oder auffällige Geräusche zu achten.

Irgendwo, weiter links von ihm, drangen grelle, quiekende Schreie durch den Nebel. Vom Gesang der Vögel übertönt, waren die Laute leider nur schwach wahrnehmbar. „Immerhin", murmelte Mac Lane zuversichtlich und setzte sich in Richtung der Geräusche in Bewegung.

2

Nach einem fünfminütigen Fußmarsch in Richtung des immer lauter werdenden Geschreis, gelangte Mac Lane schließlich an eine kleine Lichtung.

Am Rand der Lichtung, zwischen den Wurzeln eines großen Baums, alle Viere von sich gestreckt, lag der besinnungslose Flaubert. Sein Kopf war in den Nacken gefallen und sein Mund stand weit offen. Unter seinem Kopf ragten die Tragegurte seines Rucksacks hervor. Um ihn herum lagen diversen Gegenstände verteilt, die wohl einstmals in seinem metallenen Koffer gewesen sein mussten. Davon abgesehen, dass sie überall verstreut waren, schienen sie die Reise ansonsten unbeschadet überstanden zu haben.

Der Grund für den Lärm, den Mac Lane gehört hatte, war auch gefunden: eine Affenbande machte sich an den verstreut liegenden Dingen zu schaffen und tobte auf Flaubert herum.

Mac Lane trat schmunzeln näher, woraufhin einige Affen sofort, laut kreischend, zurück in die Baumwipfel flüchteten. Andere blieben unentschlossen sitzen, während einige besonders neugierige Exemplare sogar ein Stück auf Mac Lane zukamen. Wieder andere versuchten unermüdlich Zugang zu Flauberts Rucksack zu bekommen.

Was gäbe ich jetzt für ein Photohandy, dachte Mac Lane, tat einen weiteren Schritt auf die Lichtung und sammelte einige größere Steine vom Boden auf. Ein paar gezielte Würfe später ließen sie alles stehen und liegen und verschwanden ausnahmslos kreischend im Nebel.

„He, Schneewittchen", rief Mac Lane kopfschüttelnd und trat näher an Flaubert heran. „Pennt der hier seinen Rausch aus." Er gab Flaubert einen kräftigen Tritt gegen das Bein.

Keine Reaktion.

„Hmm...", brummte Mac Lane nachdenklich, seufzte und versuchte es erneut. „Flaubert! Aufwachen!"

Flaubert reckte und streckte sich, dann blinzelte er verschlafen und hob den Kopf. „Mac Lane?", fragte Flaubert und gähnte ausgiebig. „Wo sind wir?"

„Im mexikanischen Regenwald, denke ich",

sagte Mac Lane.

Flaubert verzog das Gesicht, gähnte wieder und stand schließlich auf. Er klopfte seinen Mantel ab, bis er mit der Hand über eine feuchte Stelle strich. Flaubert stutze und hob die Hand, um an ihr zu riechen. „Bäh! Was ist das denn?"

„Affenpisse?", vermutete Mac Lane und musste schmunzeln.

„Affenpisse?! Wie kommt denn Affenpisse auf meinen Mantel?", wollte Flaubert entsetzt wissen und suchte die Umgebung vergeblich nach Anzeichen von Affen ab. „Lüg mich nicht an. Hier gibt es weit und breit keine Affen."

„Weil ich sie verscheucht habe", erklärte Mac Lane.

„*Nachdem* sie mich vollgepisst hatten?", prustete Flaubert wütend.

„Woher hätte ich denn wissen sollen, dass sie dich anpissen würden?"

„Weil es Affen sind!"

„Was soll das den heißen? Als ob Affen nichts anderes im Kopf hätten, als wildfremde Leute anzupinkeln", empörte sich Mac Lane.

Flaubert schnaubte verärgert, dann seufzte er tief. „Na toll. Rattenpisse war ja noch nicht genug. Weißt du was, ich habe eine tolle Idee: Lass uns doch noch andere einheimische Tiere suchen, die können dann auch auf meinen Mantel pissen. Ja, ich sammele ab jetzt Tierpisse auf der ganzen Welt in meinem Mantel", sagte er sarkastisch und blickte Mac Lane finster an.

„Warum nicht, klingt nach einem tollen Hobby."

„Ich frage mich ernsthaft, ob du diese Affen nicht vielleicht angestiftet hast."

Mac Lane rollte mit den Augen. „Such deinen Kram zusammen und lass uns endlich gehen." Mit Flaubert zu diskutieren hatte ohnehin keinen Sinn und da er nicht wusste, wo sie gelandet waren, hielt Mac Lane es für das Beste, schnellstmöglich aufzubrechen.

„Ja, ja. Schon gut." Flaubert stapfte missmutig über die Lichtung und sammelte einen Gegenstand nach dem anderen – vornehmlich Waffen verschiedenster Kaliber – auf und verstaute sie wieder in seinem Koffer. „Ich wüsste wirklich gerne, warum so was immer wieder nur mir passiert." Nachdem er den Großteil seiner Ausrüstung wieder zusammengesammelt und im Koffer verstaut hatte, verschloss er ihn wieder.

Mac Lane behielt in der Zwischenzeit die Umgebung genau im Auge. Ein Dschungel barg schon genügend Gefahren, auch ohne den Nebel, der sie im Moment umhüllte. Auf eine unschöne Überraschung konnte Mac Lane gut verzichten. „Können wir dann endlich los?", fragte er schließlich ungeduldig, nachdem Flaubert auch den letzten Gegenstand im Koffer verstaut hatte.

„Moment, der Rucksack", sagte Flaubert und ging zu dem Baum hinüber, zwischen dessen Wurzeln der Rucksack eingeklemmt lag und zog ihn behände zwischen den Wurzeln hervor. Der

Reißverschluss des Rucksacks war offen und die Hälfte des Inhalts fehlte oder lag zwischen den Wurzeln verstreut. „Oh!", stutzte Flaubert und sah Mac Lane hilflos an. „Die haben mein Fernglas mitgenommen."

„Sei lieber froh, dass nichts Wichtiges fehlt", sagte Mac Lane. „Ein Fernglas habe ich auch. Ist dein Kompass noch da?"

„Ja", bestätigte Flaubert zufrieden und nickte. „Das Telefon fehlt scheinbar auch, aber du hast ja noch eins", sagte Flaubert beiläufig und verstaute weiter Dinge im Rucksack.

„*Was?!*", rief Mac Lane entsetzt und stürmte auf Flaubert zu. „Nein, nein, nein!" Er riss Flaubert den Rucksack aus den Händen und schüttelte den Inhalt wieder heraus.

„He, verdammt, was soll das?", schnaubte Flaubert verärgert und versuchte so viele Dinge wie möglich aufzufangen. „Was machst du denn da?"

„Mein Telefon hat die Reise nicht überstanden und da deines geklaut worden ist, haben wir jetzt keine Möglichkeit mehr, mit Blake in Kontakt zu treten", erklärte Mac Lane und warf den leeren Rucksack verärgert auf den Boden.

„Was?!" Flauberts Stimme war ein wütendes Zischen geworden und seine vor Wut bebenden Pupillen verengten sich zu kleinen Punkten. „Okay, es reicht! Jetzt ist Schluss! Diese verfluchten Affen kaufe ich mir!" Flaubert eilte zu seinem Koffer und öffnete das Schloss. Er räumte einige automatische Gewehre samt Munition heraus. „Halt mal", sagte er dann und drückte Mac Lane einen Granatwerfer in die Hand.

„Was treibst du da?", erkundigte sich Mac Lane besorgt und nahm die Waffe entgegen.

„Na also!" Zufrieden, mit einem Anflug von Wahnsinn in der Stimme, präsentierte Flaubert eine längliche, grüne Kiste. Er schlug den Deckel der Kiste auf und zum Vorschein kam ein Einmal-Raketenwerfer.

„Was hast du vor?", fragte Mac Lane deutlich besorgter und trat vorsorglich einen Schritt zurück.

„Schritt eins: Ich finde diese Affen. Schritt zwei: Ich knall sie ab. Schritt drei: die scheiß Affen verrecken. Schritt vier..."

„Schritt vier ist: Ich weise dich in die Anstalt ein, die wir suchen!", protestierte Mac Lane. „Hör dir mal zu, Mensch! *Du klingst verrückter als ich!*"

„Nein, nein", korrigierte Flaubert. „Schritt vier ist: Ich bekomme mein Telefon zurück." Flauberts Augen funkelten vor Begeisterung.

„Die Art wie dein Verstand arbeitet, macht mir Angst", erklärte Mac Lane und Flaubert kicherte freudig vor sich hin. „Dir ist schon klar, dass dein Verhalten hochgradig gestört ist?"

„Verzweifelte Situationen erfordern verzweifelte Taten!", sagte Flaubert, tätschelte seinen Raketenwerfer und entfernte die Abdeckung. „Und außerdem sind das nur Affen. Die sind einfacher zu killen, als ein Baby mit 'nem Lutscher!"

„Du meinst hoffentlich, es ist leichter die zu killen, als einem Baby den Lutscher zu klauen."

„Wie auch immer. Nebensächlichkeiten!" Flaubert winkte ab und tätschelte wieder die Waffe.

„In Wahrheit willst du nur auf die Affen ballern, weil sie dir deinen Mantel vollgepisst haben!", erklärte Mac Lane überzeugt. „Reg dich jetzt bloß nicht auf."

„Aufregen? Moi? Nein, nicht doch. Ich bin die Ruhe in Person. Ich werde jetzt ganz ruhig diese Affen suchen und sie dann in aller Ruhe über den Dschungel verteilen", erklärte Flaubert und sein Auge zuckte wieder.

„Du wirst das Ding hier nicht abfeuern!", befahl Mac Lane herrisch. „Wir wissen nicht, wer sich hier vielleicht herumtreibt. Gib mir jetzt dieses verdammte Ding her."

„Schhhh!", zischte Flaubert und legte den Zeigefinger an die Lippen, um Mac Lane damit zu sagen, dass er seine Klappe halten sollte. „Hör doch!"

Mac Lane hielt überrascht inne und lauschte auf die wenigen, vagen Geräusche, die durch den Nebel drangen. Tatsächlich war ein leiser Piepton zu hören, der aus den nahen Baumwipfeln zu dringen schien. „Was meinst du, was das ist?", fragte Mac Lane nachdenklich und umfasste den Griff seiner Waffe. „Es klingt irgendwie wie … "

„Wie ein räudiger, stinkender, verlauster Affe, der auf einem gestohlenen Satellitentelefon herumtippt", ergänzte Flaubert, orientierte sich kurz nach dem vermuteten Aufenthaltsort des Affen und hob den Raketenwerfer auf die Schulter.

„Nimm das Ding run … "

Ohne zu zögern und leise kichernd, hatte Flaubert einfach abgedrückt. Die abgefeuerte Rakete war losgerast, in der Krone des anvisierten Baums eingeschlagen und in einer gewaltigen Explosion detoniert. Aufgeschreckte Vögel flatterten aus den Kronen der restlichen Bäume und verschwanden laut schimpfend in der Ferne.

„*Du Vollidiot! Hast du sie noch alle?!*", schrie Mac Lane Flaubert an.

Flaubert hatte den Raketenwerfer inzwischen auf den Boden fallenlassen und war in den Nebel gerannt, direkt auf die brennenden Reste des Baums zu, den er getroffen hatte.

„Und der nennt *mich* irre", murmelte Mac Lane, schob die Hand in die Manteltasche und streichelte seinen Hamster. „Lass uns lieber mal nachsehen, was er da treibt, sonst erweitert er hier noch die Liste der bedrohten Tierarten, wenn er so weiter macht."

„Nein! Verdammte Scheiße! Dämlicher, dreckiger, stinkender, dummer, dreckiger Affe! Das darf doch nicht wahr sein!", fluchte Flaubert vor sich hin.

Erst stieß Mac Lane auf kleine und große Bruchstücke des Baums, den Flaubert zerschossen hatte, dann auf die ersten toten Tiere. Hier und dort lagen die Kadaver von Affen und Vögeln herum, die weniger schlimm von der Explosion getroffen worden waren. Je weiter Mac Lane kam, desto häufiger waren die Kadaver kaum mehr als die Tiere zu erkennen, die sie einmal gewesen waren. Als Mac Lane Flaubert fand, kniete der zwischen den Wurzeln des zerstörten Baums und beugte sich über etwas, das vor ihm am Boden lag.

„Hast du gesehen, wie viele Affen du gekillt hast?", fragte Mac Lane vorwurfsvoll und stieg über Kadaver und Baumtrümmer hinweg zu Flaubert, um zu sehen, was der gerade machte.

Direkt vor Flaubert, halb unter dem teilweise verkohlten Kadaver eines Affen verborgen, ragten die Reste von Flauberts Satellitentelefon heraus.

„Na toll!" Mac Lane bückte sich und schob den toten Affen zur Seite. Vorsichtig hob er die Reste des Satellitentelefons hoch, um sie genauer zu betrachten.

Hoffnungslos.

Die Explosion hatte das Satellitentelefon zu stark beschädigt, als dass man es hätte reparieren können.

„Total im Arsch!" Flaubert hob die Reste seines Fernglases in die Höhe und betrachtete sie mit feuchten Augen. „Total im Arsch."

„Und daran hättest du nicht vielleicht vorher denken können? Was hast du denn erwartet, was mit deinem Fernglas oder unserem Satellitentelefon passieren würde, wenn du mit einem Raketenwerfer darauf schießt?"

„Ich hab' doch nicht auf die Sachen geschossen, sondern auf den verlausten Affen!", protestierte Flaubert.

„Oh, na das ist ja was ganz anderes. Affen

wirken selbstverständlich wie ein natürlicher Puffer, der die Druckwelle einer Explosion abfangen kann", spottete Mac Lane zynisch. „Du hast sicher recht, wenn du den Affen direkt getroffen hättest, wären deine Sachen von flinken, kleinen Kolibris, die eilig herbeigehuscht gekommen wären, in einem güldenen Lichtschein, mit winzigen Fernglas-Feen, die im Takt einer bezaubernden Musik um sie herum tanzten, unbeschadet zu Boden getragen worden", sagte Mac Lane sarkastisch.

„Halt bloß die Klappe", brummte Flaubert mürrisch. „Du übersiehst das Wesentliche!"

„Rache?", fragte Mac Lane schnippisch.

„Ganz genau!", erwiderte Flaubert und stand auf. „Aber lassen wir das jetzt, ehe es noch unschön wird."

„Ehe es … Was?", fragte Mac Lane entsetzt und steckte die Reste des Telefons in seinen Rucksack.

„Lass uns hier verschwinden", sagte Flaubert, als wäre nichts geschehen und gab Mac Lane einen freundschaftlichen Klaps. „Ich hole meine Sachen und du navigierst!"

„Und was meinst du, wie ich das anstellen soll? Wir haben doch keine Ahnung wo wir hier sind."

„Ja, aber Blake hat gesagt, dass diese Anstalt südöstlich von … " Flaubert dachte angestrengt nach und versuchte sich an den Namen der Stadt zu erinnern, den Blake ihnen genannt hatte.

„Culo del Mundo", sagte Mac Lane und seufzte.

„Ja, genau. Also, wir gehen einfach Richtung Südosten, dann kommen wir auch irgendwann an."

„So funktioniert Geographie nicht!", bemerkte Mac Lane. „Was ist, wenn wir uns bereits südlich von unserem Ziel befinden?"

„Hmm", brummte Flaubert und machte ein nachdenkliches Gesicht. „Tja, dann ist es doch egal wo wir hingehen. Such dir eine Richtung aus und los."

„Viel mehr wird uns auch nicht übrig bleiben." Mac Lane betrachtete den Kompass in seiner Hand und starrte ihn einen Moment lang stumm an, bevor er schließlich entschlossen sagte: „Gut. Wir gehen nach Süden."

3

Gute zwei Stunden hatten sich Mac Lane und Flaubert nun schon ihren Weg durch den Dschungel gebahnt. Weder die dicken Lianen, noch das zähe Buschwerk hatten ihren Macheten das Geringste entgegenzusetzen gehabt. Der morgendliche Nebel hatte sich im Laufe der Zeit auch immer weiter aufgelöst, so dass die Sichtverhältnisse wieder deutlich besser geworden waren.

Flaubert seufzte. Sie waren nun schon seit Stunden unterwegs und noch immer gab es nicht das kleinste Zeichen von Zivilisation. Flaubert wurde allmählich immer langsamer, denn das feuchtwarme Klima und sein Gepäck machten ihm immer mehr zu schaffen. Fluchend zerrte er den

Koffer, über Wurzeln und durch Büsche, hinter sich her. Gelegentlich verfing sich der Koffer im Buschwerk, so dass Flaubert, bei dem Versuch den Koffer freizubekommen – in seinem Eifer und vor Wut –, kurzer Hand den gesamten Busch aus dem Boden riss.

„Bist du da bald mal fertig?", fragte Mac Lane genervt und warf einen Blick über die Schulter. „Meine Fresse! Bulldozer, die den Regenwald abholzen, machen weit weniger Lärm, als du mit deinem Gepäck. Lass es liegen."

„Das kannst du vergessen. Wenn wir uns hier Ärger einhandeln, will ich drauf vorbereitet sein, verstanden?" Mürrisch zerrte Flaubert an seinem Koffer, der sich zwischen hohen Wurzeln verfangen hatte. „Und du könntest wenigstens so nett sein und mit anfassen."

„Vergiss es. Alles was ich brauche, habe ich hier." Mac Lane tätschelte seinen Rucksack.

Flaubert stieß einige derbe Flüche aus, riss ein Stück des Wurzelwerks aus und schwang sich den befreiten Koffer kurzum auf die Schulter.

„Weißt du, manchmal fragte ich mich, warum Blake dich überhaupt erträgt", sagte Mac Lane und schüttelte den Kopf.

„Das frage ich mich bei dir auch manchmal", konterte Flaubert.

„Du hast mir nie erzählt, wie ihr euch begegnet seid", sagte Mac Lane schließlich mit ruhiger Stimme und starrte Flaubert eindringlich an.

„Naja", sagte er und zuckte mit den Schultern.

„Was willst du denn wissen?"

„Erzähl schon."

„Es war damals, 1789, in Frankreich. Der aufgebrachte Mob war hinter mir her und Blake hat sie auseinandergenommen."

„Du hast so eine herrlich mitreißende Art Geschichten zu erzählen", sagte Mac Lane vorwurfsvoll. „Wie wäre es mit ein wenig mehr Details?"

Flaubert senkte den Blick und schwieg.

„Na gut", sagte Mac Lane, als er merkte, dass es Flaubert unangenehm war über seine Vergangenheit zu sprechen. „Dann lass uns weitergehen, wir haben noch einiges vor." Einen kurzen Moment behielt er Flaubert noch stumm im Auge, bevor er sich umdrehte und den Weg durch das Unterholz fortsetzte.

4

„Es war eine harte Zeit", begann Flaubert überraschend zu erzählen. Seine Stimme war plötzlich sehr ruhig und man konnte ganz deutlich die Betroffenheit in ihr hören.

Mac Lane hielt inne und ließ die Liane wieder los, die er gerade mit einem kräftigen Schwung seiner Machete hatte zerteilen wollte. Gespannt drehte er sich um und nickte Flaubert zu, der ihn mit beklommenem Blick ansah. „Erzähl es unterwegs", sagte Mac Lane ruhig.

Flaubert nickte stumm und seufzte tief, dann folgte er Mac Lane, der unterdessen wieder damit begonnen hatte, eine Schneise durch das Buschwerk zu schlagen.

„Ein harter Winter war über das Land gekommen und hatte eine Spur von Tod und Verfall hinter sich her gezogen. Besonders hart hatte es die untersten Schichten getroffen. Die Bauern, von den schweren Missernten jenes Jahres hart getroffen, kämpften noch härter um ihre Existenz, als ohnehin. Wer nicht erfroren war, kämpfte mit dem Hunger", begann Flaubert zu erzählen. „Während die Ärmsten hungerten, lebten Adel und Klerus auch weiterhin in Wärme und Wohlstand, obwohl sich die Preise für Brot verdreifacht hatten. Die Unruhe in der Bevölkerung breitete sich schnell aus und das Lied der Revolution fand seinen Weg aus den Herzen der Menschen auf ihre Lippen und wurde bald vom Wind davongetragen, weit über das ganze Land." Flaubert seufzte tief. Die Erinnerung an diesen Teil seiner Vergangenheit schmerze ihn sehr. „Ja, so war es damals."

Mac Lane hörte aufmerksam zu und bahnte ihnen unablässig eine Schneise durch den Wald, bemühte sich dabei aber, nicht allzu schnell zu machen, um es Flaubert mit seiner Ladung etwas leichter zu machen ihm folgen zu können.

„Zu jener Zeit gehörte ich zum wohlhabenden Teil der Bevölkerung und, dem Zeitgeist entsprechend, kümmerten mich die Probleme der kleinen Leute nicht mehr, als es mir Kopfzerbrechen bereitet hätte, meine Perücke zu pudern. Aber es gab eine Ausnahme: Marie."

Mac Lane blieb stehen und drehte sich um.

Flaubert hatte angehalten und starrte durch ein Loch im Blätterdach in den tristen, grauen Himmel.

Als Mac Lane genauer hinsah konnte er erkennen, wie eine einzelne, kleine Träne Flauberts Wange hinunterlief. „Weißt du", sagte Mac Lane schließlich und ließ den Blick über die Umgebung gleiten, wobei er versuchte Flaubert nicht direkt anzuschauen. „Es ist eigentlich auch nicht so wichtig, wie ihr euch kennengelernt habt." Dass diese Erinnerungen für Flaubert so schmerzhaft waren, hatte er nicht geahnt.

„Nein, schon gut", sagte Flaubert. „Lass uns weiter gehen und hör einfach zu."

Mac Lane nickte stumm, sah Flaubert einen Augenblick betroffen an und machte sich schließlich wieder daran, ihnen einen Weg zu bereiten.

„Marie", seufzte Flaubert. „Sie war ein Dienstmädchen auf meinem Landgut. Aus der anfänglichen Affäre wurde mit der Zeit eine echte Beziehung, die wir natürlich versuchten vor allen anderen geheim zu halten.

Eines Abends, nach einem Theaterbesuch, passierte, was mein Leben für immer verändern sollte. Wie schon an vielen anderen Abenden zuvor, hatte ich mich auch an diesem mit einen guten Bekannten, Monsieur Dupont, getroffen.

Wie üblich nahm ich ihn ein Stück des Weges in meiner Kutsche mit. Als die Kutsche schließlich mein Anwesen erreicht hatte, war ich bereits kein Mensch mehr.

Dupont brachte mich auf mein Zimmer und versperrte alle Fenster und Türen, so gut es ging, während er mir erklärte, was mit mir geschehen war.

Ich gab dem Personal noch die Anweisung, mich den nächsten Tag über nicht zu stören und verbrachte den Tag schlafend in meinem verdunkelten Zimmer. Als die Nacht hereinbrach, wachte ich auf. Ich war verwirrt und es brauchte eine Weile, bis ich mich erinnern konnte, was geschehen war. Schließlich bat ich Marie und meinen treuesten Diener, Mathis, zu mir zu kommen.

Anfangs war es schwierig. Sie konnten zuerst nicht glauben, was ich ihnen offenbart hatte – wahrscheinlich wollten sie das auch gar nicht. Doch das Band zwischen Marie und mir war letztlich stärker.

Mathis zu überzeugen, dass ich nicht das Monster war, für das man Vampire allgemein hielt, hatte etwas länger gedauert. Am Ende hatte er sich aber damit arrangiert und sorgte fortan dafür, dass man mich bei Tag nicht störte. Und Marie", Flaubert hielt kurz inne und atmete, aus alter Gewohnheit, tief durch. „Marie bot mir ihr Blut an, wenn ich etwas brauchte. Sie schreckte nie zurück, wenn sich meine Zähne in ihren zarten Hals

19

bohrten. Sie strich mir sogar immer behutsam über den Kopf, während mir ihr warmes Blut die Kehle hinabschoß und sie mich mit einem Teil von sich selbst am Leben hielt. So ging alles seinen Gang und wir lebten unser neues Leben im Verborgenen.

Was aus Monsieur Dupont geworden ist, kann ich nicht sicher sagen, ich hörte zwar, dass sein Anwesen der Revolution zum Opfer gefallen war, doch nach jener schicksalhaften Nacht habe ich ihn nie wiedergesehen.

Mit der zunehmenden Unruhe in der Bevölkerung und meinem ungewöhnlichen Lebenswandel, verließen mich immer mehr meiner übrigen Angestellten. Zum Schluss waren neben Mathis und Marie nur noch drei andere Bedienstete übrig geblieben.

Eines verhängnisvollen Abends, betrat eines der verbliebenen beiden Dienstmädchen mein Zimmer in dem Moment, als ich von Marie trank. Sie war so entsetzt, dass sie keinen Laut herausbrachte und Hals über Kopf floh. Mathis hatte noch versucht sie aufzuhalten, aber ohne Erfolg.

Am folgenden Abend wurde ich vom Tumult aus der Eingangshalle geweckt. Laute Schreie, wütende Stimmen und das Bersten von Holz und Glas. Der Geruch von Rauch breitete sich schnell aus und zog durch das ganze Haus. Ich wusste sofort, was los war. Sie waren gekommen, um mich und Marie zu holen und zu töten.

Wenn wir es nur geschafft hätten, uns lange genug zu verstecken oder uns zu verbarrikadieren, hätten wir vielleicht eine Chance gehabt am Leben zu bleiben.

Ich wollte mich zusammen mit Marie und Mathis in meinem Zimmer verschanzen, doch Mathis war bereits aus dem Zimmer gestürmt, hinaus auf den Flur und hatte begonnen die Tür von außen zu verbarrikadieren.

Ich konnte hören, wie der Mob die Treppe hinaufgerannt kam. Ich hörte ihre Schreie: Monster! Ungeheuer! Teufels-Dirne!

Als sie schließlich vor meinem Zimmer angelangt waren, hörten wir, wie sie Mathis aufforderten, den Weg freizugeben, dann war es für eine Sekunde still.

Wieder hallten Schreie durch das Haus, doch dieses Mal waren es Schmerzensschreie und Schreie des Entsetzens. Das Geräusch von Metall, das auf Metall prallte, drang an uns heran und wir wussten sofort, was dort draußen vor sich ging.

Mathis hatte sich ausgesperrt, um uns Zeit zu verschaffen. Bei einem seiner früheren Herren hatte Mathis einen recht passablen Umgang mit dem Säbel gelernt und ich wusste, dass er in diesem Moment seine Kunst an dem Mob vor der Tür zum Besten gab.

Eine ganze Zeit lang hörte man den Kampfeslärm, dann nahmen die Stimmen des Mobs überhand und in die aufgebrachten Schreie mischten sich nun Jubelrufe. Mathis hatte sein Bestes getan, um unser Leben zu schützen, war der Übermacht des Mobs aber schließlich unterlegen.

Marie und ich waren zu einem der Fenster geeilt und hatten es soweit geöffnet, dass wir sehen konnten, was dort draußen vor sich ging.

Der Mob hatte Mathis einen Sack über den Kopf gezogen und ihm seine Hände auf dem Rücken gefesselt. Schubsend und tretend trieben sie ihn zu der großen, alten Eiche, die sich majestätisch vor dem Haus erhob. Sie warfen ein starkes Seil über einen stabilen Ast und knüpften eine Schlinge aus dem Ende des Seils, unter das sie ein Fass stellten. Unter dem Baum angekommen, hoben sie Mathis auf das Fass und legten ihm die Schlinge um den Hals, bevor sie ihm den Sack vom Kopf zogen.

Ich werde den Blick, den Mathis uns zuwarf, nie vergessen. Wie er dort stand, auf diesem Fass, die Schlinge um seinen Hals und wusste, dass sein Ende nahte und doch lächelte er uns zu. Guter, tapferer Mathis.

„Ich bereue nichts!", rief er uns zu. Stolz und aufrecht stand er dort, bis sie schließlich das Fass unter seinen Füßen umstießen und Mathis fiel. Erst das Seil bremste seinen Fall ruckartig ab und brach ihm sein Genick.

Es dauerte nicht lange, da konnten wir den Mob wieder vor der Tür hören. Sie brüllten und schlugen wild auf die Tür ein. Der Geruch ihrer Teerfackeln kroch durch jede Ritze.

Marie und ich klammerten uns aneinander.

Es dauerte eine ganze Weile, doch am Ende hatten sie es geschafft die Tür aufzubrechen.

Mistgabeln, Sensen und Fleischermesser glänzten bedrohlich im roten Schein ihrer Fackeln.

Ich tat, was ich konnte und stürzte mich auf den ersten Eindringling, den ich zu packen bekam, dann auf den zweiten und auf einen dritten, aber letztlich waren es einfach zu viele.

Ich hatte damals noch keine Ahnung von den Kräften, die tief in uns ruhen und war dem Mob hoffnungslos unterlegen. Ich versuchte Marie festzuhalten, aber der Mob zerrte sie von mir weg.

Marie hatte noch meine Halskette zu fassen bekommen, ein Anhänger aus Glas, geschliffen, wie ein Edelstein, den sie mir einstmals geschenkt hatte.

Der Mob trat und schlug von allen Seiten auf mich ein, bis ich am Boden zusammensank und durch ihre Beine hindurch mit ansehen musste, wie sie Marie einfach mit ihren Mistgabeln erstachen, als wäre sie ein tollwütiges Tier, das man in die Enge getrieben hatte.

Sie zerrten mich hinüber zu einem Haufen, den sie aus Trümmern aufgeschüttet und angezündet hatten, doch dann hielten sie ganz plötzlich inne. Sie starrten zur Tür hinüber und ich, neugierig zu erfahren, was sie abgelenkt hatte, tat es ihnen gleich.

Ein Schatten war durch die Flammen hindurch zu sehen. Der Umriss einer menschlichen Gestalt zeichnete sich erst schwach, dann immer deutlicher ab. Die Gestalt schien direkt durch das Feuer auf uns zuzukommen und schließlich wurden die Umrisse deutlicher. Man konnte die schwarze

Kleidung der Gestalt erkennen, ihre langen, dunklen Haare wehten in der heißen Luft. Die diabolischen, roten Augen der schattenhaften Gestalt leuchteten wie glühende Kohlen.

Der Mob ließ schnell von mir ab und wich einige Schritte zurück.

Mit ruhigen Schritten, als hätte sie alle Zeit der Welt, schritt die Gestalt durch die Flammen und ich konnte sehen, wie das Feuer vor ihr zurückwich. Wo immer die Gestalt ihren Fuß auf den Boden setzte, erlosch das Feuer auf der Stelle.

Es war ein Mann, der schließlich zwischen den Flammen hervortrat, die sich für ihn geteilt hatten. Er blickte lächelnd in die Runde, bis sich sein Lächeln unvermittelt zu einem breiten, finsteren Grinsen verzog. Als ich den Mann in diesem Moment sah, mit dem lodernden Feuer hinter sich, hätte ich – und wohl auch jeder der übrigen Anwesenden – geschworen, dass es niemand geringerer, als der Teufel selbst war, der dort vor uns stand.

Als die Menge ganz deutlich die langen, spitzen Eckzähne des Mannes im roten Schein des Feuers erkannte, stürmte sie, mit dem Mut der Verzweiflung, die Mistgabeln und Sensen hoch erhoben, auf den Mann los.

Ich werde niemals vergessen, was dann geschah: Der Mob war ohne jeden erkennbaren Grund einfach stehengeblieben. Die Menschen wandten sich einander zu und fingen an, sich gegenseitig abzuschlachten. Männer und Frauen gleicher

Maßen, bis der Boden mit Blut getränkt war und niemand mehr stand.

Der fremde Mann schritt wortlos durch das Meer aus Blut und toten Leibern, passierte mich genauso wortlos und ging hinüber zu Marie. Er beugte sich über sie und ich konnte erkennen, wie er mit ihr sprach. Er hielt ihre Hand, mit der sie meinen Anhänger umklammert hielt, und strich ihr schließlich mit der flachen Hand über das Gesicht, um ihre Augen zu schließen. Ein seltsames, lila Glühen umgab sie, dann war sie tot.

Ich wollte aufstehen, aber meine Beine sackten immer wieder unter mir weg, bis mich plötzlich jemand am Arm packte und mir half aufzustehen. Der Fremde stand mit ernstem Gesichtsausdruck vor mir und hielt mir seine flache Hand hin. Ich sah hinab und erkannte meinen Anhänger, der funkelte.

Als ich den Anhänger an mich genommen hatte, packte mich der Fremde, nahm Maries Leiche und sprang mit uns aus dem Fenster. Wir landeten überraschend sanft auf dem Boden vor dem Haus.

Der übrige Mob stand noch immer unter dem Baum, an dessen Geäst Mathis' Leiche baumelte.

Der Fremde setzte mich ab und legte Marie neben mich, dann ging er auf den Mob zu.

Ich beugte mich über Marie und zog ihren Leichnam fest an mich. Ich hielt sie eine ganze Weile einfach so im Arm und wusste nicht, was ich tun sollte. Mein Haus und meine Ländereien waren mir egal – mit Marie, hatte ich das Einzige verloren, was mir in meinem Leben wirklich wichtig gewesen war.

Als ich mich etwas beruhigt hatte und aufblickte, kam der Fremde von der alten Eiche her zu mir herübergelaufen. Er trug den toten Körper von Mathis quer vor sich auf den Armen liegend.

Ich schaute mich nach dem Mob um und sah, dass der ganze Boden mit Leichenteilen und Blut übersät war. Als wäre eine scharfe Klinge immer wieder durch ihre Leiber gefahren, lagen die großen und kleinen Teile ihrer Körper, ja sogar ihrer Waffen, weit verteilt. Als ich den Fremden ansah, stellte ich aber fest, dass nicht ein Tropfen Blut an seiner Kleidung zu finden war. Ich weiß bis heute nicht, wie er das angestellt hat.

Nachdem ich Marie und Mathis am Fuß der Eiche zu ihrer letzten Ruhe gelegt hatte, wusste ich nicht was ich tun sollte. Ich kam mir verloren und völlig allein vor. Als hätte er es geahnt, stellte sich mir der Mann schließlich vor – ich brauche dir wohl nicht zu sagen, wer er war – und bot mir an, sich um mich zu kümmern.

Einige Zeit später, brachte er mich zu Angus, der mich unterrichten sollte. Den Rest der Geschichte kennst du."

„Ja", hauchte Mac Lane.

Flaubert hielt an und stellte seinen Koffer ab. Mit einer Hand griff er unter sein Hemd und zog einen Anhänger hervor, der selbst im tristen, grauen Licht in den wundervollsten Farben schimmerte.

„Er ist wunderschön", sagte Mac Lane sanft.

„Ja", sagte Flaubert und sah den Anhänger lange an. „Wenn ich ihn ansehe, kann ich ihr Lächeln sehen. Ich höre ihr Lachen und ich spüre sogar ihre Wärme."

„Verstehst du jetzt, warum ich Misato retten muss?", fragte Mac Lane mit gedämpfter Stimme und gab Flaubert einen leichten Klaps auf die Schulter. „Ich werde nie wieder jemanden im Stich lassen. Ich habe ihr ein Versprechen gegeben."

„Ja." Flaubert ließ den Anhänger unter sein Hemd zurückgleiten. „Und wenn wir das hier erledigt haben, werde ich dir dabei helfen."

Kapitel 2

Alex

1

„Was glaubst du, wo die hinwollen?", fragte Flaubert leise und robbte ein Stückchen näher an Mac Lane heran, der einige Meter links von ihm lag.

Mac Lane lugte durch eine Lücke im dichten Buschwerk auf einen kleinen, staubigen Pfad, der gerade breit genug war, dass ein Fahrzeug ihn benutzen konnte.

Eine kleine Kolonne aus Armeefahrzeugen bahnte sich ihren Weg durch den Dschungel.

„Ich weiß nicht", sagte Mac Lane und beobachtete das Treiben auf dem Pfad genau. „Es sieht so aus, als würden sie in die gleiche Richtung fahren, in die wir auch wollen. Wenn sie weg sind, folgen wir einfach dem Pfad."

„Warum gehen wir nicht runter und vermöbeln ein paar von denen? Dann können wir uns einen Jeep schnappen", wollte Flaubert wissen und sah Mac Lane begeistert an.

„Vergiss es", zischte Mac Lane entschlossen. „Du hast nur keine Lust deinen Krempel weiter durch den Busch zu schleppen."

Ertappt senkte Flaubert den Blick und brummte beleidigt vor sich hin.

„Außerdem, wenn wir sie angreifen, wird irgendwer von ihnen entweder die Zeit finden einen Notruf abzusetzen oder, wenn wir alle erledigen, wird jemand kommen und nach ihnen suchen. Wir wissen ja auch gar nicht, wo sie überhaupt hinwollen."

„Ist ja schon gut", flüsterte Flaubert. „Dann folgen wir ihnen eben."

Als schließlich das letzte Fahrzeug ihr Versteck passiert hatte und rumpelnd und lärmend im Dschungel verschwunden war, stand Mac Lane langsam auf und spähte noch einmal sorgfältig nach links und rechts. Als er eine Weile gewartet hatte und alles ruhig geblieben war, nickte er Flaubert zu und trat durch die Büsche hindurch auf den Pfad zu. „Komm, wir gehen."

Flaubert hob seinen Koffer auf und eilte Mac Lane hinterher.

„Also dann", sagte Mac Lane euphorisch und lächelte. „Auf geht 's."

2

Die Vögel, vom Lärm der Fahrzeuge aufgeschreckt, hatten nach und nach wieder damit begonnen ihren wunderbaren Gesang anzustimmen und in der Ferne waren die Schreie spielender Affen zu hören. Jedes Mal, wenn ein solcher Affenschrei zu hören war, fing Flaubert verärgert an, eine Tirade wüster Beschimpfungen und Flüche vor sich hin zu murmeln. Gelegentlich, wenn Mac Lane ihn nicht rechtzeitig bremsen konnte, brüllte Flaubert auch in Richtung der Schrei in den Dschungel zurück.

3

Im Gegensatz zu ihrem beschwerlichen Fußmarsch durch das dichte Unterholz des mexikanischen Dschungels, kamen sie auf dem staubigen, ausgetretenen Pfad deutlich schneller voran. Mac Lane war sich auch sicher, dass sie der Weg zu einem Dorf oder einer Siedlung führen würde, da der Weg den Eindruck erweckte, recht häufig genutzt zu werden. Hier und dort fanden sich Spuren von Pferden oder Maultieren, die vermutlich zum Transport von Lebensmitteln oder landwirtschaftlichen Erzeugnissen verwendet wurden.

Sie waren dem Weg etwa eine Stunde lang gefolgt, ohne auf ein Anzeichen von Besiedlung gestoßen zu sein. Der Himmel war noch immer trist und grau und wenn Mac Lane ihn sich genau ansah, war er der Meinung, dass der Himmel auch deutlich dunkler geworden war. „Hast du an Regenkleidung gedacht? Einen Poncho oder so was?", fragte er Flaubert, der die Pause dazu nutzte seinen Mantel auszuziehen.

„Na klar", sagte er und hob seinen Rucksack.

„Ich denke, es wird bald Regen geben, also halt ihn lieber griffbereit." Mac Lane ließ seinen

Rucksack von der Schulter gleiten. Er musste nicht lange suchen und zog den zusammengerollten Regenponcho aus dem Rucksack, hakte ihn mit einer kleinen Schlaufe an seinem Gürtel ein und schwang den Rucksack zurück auf den Rücken.

Flaubert stellte seinen Koffer ab und nahm seinen Rucksack zur Hand. In der Aufregung am Morgen hatte er sich nicht die Mühe gemacht, alle Sachen ordentlich zu verstauen, sondern hatte einfach alles in den Rucksack gestopft. Als er schließlich einen Zipfel des Ponchos zu fassen bekam und an ihm zog, purzelten verschiedene Ausrüstungsgegenstände mit heraus und rollten in alle Richtungen auf dem Pfad davon.

Mac Lane wollte etwas sagen, verkniff sich seinen Kommentar aber lieber und sammelte einige der Gegenstände wieder auf. Mit einem Lächeln hielt er sie Flaubert hin, der sie dankbar entgegennahm. „Hier hast du deinen Kram. Du solltest … " Mac Lane drehte sich abrupt um und blickte den Pfad entlang, zurück in die Richtung, aus der sie gekommen waren. Er lauschte angestrengt auf die Geräusche der Umgebung. Hatte er nicht gerade das entfernte Brummen eines Motors gehört?

„Was sollte ich?", fragte Flaubert.

„Ruhig!", sagte Mac Lane harsch und ging einige Schritte in die Richtung von der er glaubte, das Geräusch gehört zu haben. „Ich höre ein Fahrzeug kommen."

„Noch mehr Militär?", wollte Flaubert wissen

und beeilte sich damit seine Sachen zu verstauen. „Was wollen die nur alle hier?"

„Keine Ahnung, aber wir müssen von der Straße runter, schnell!", rief Mac Lane, der sich mittlerweile sicher war, dass es sich um Motorengeräusche handelte, die in ihre Richtung kamen. „Schnapp dir den Koffer", sagte er.

„Warte doch mal", sagte Flaubert und packte Mac Lane am Arm. Er sah Mac Lane grinsend an. „Warum schnappen wir sie uns nicht?"

„Was?", fragte Mac Lane und erinnerte sich daran diese Unterhaltung bereits geführt zu haben.

„Naja, wir könnten ja vielleicht ihre Uniformen gebrauchen, wer weiß. Wie viele kannst du denn hören?"

„Ich denke, dass es nur ein Wagen ist. Es klingt eher nach einem Jeep", sagte Mac Lane, der Flauberts Überlegung für überraschend brauchbar hielt.

„Wunderbar. Pass auf, wir lassen das Zeug hier liegen, dann werden sie bestimmt anhalten, um nachzusehen, was es ist oder ob es von einem der Transporter gefallen ist. Wenn sie dann anhalten, machen wir sie fertig."

Mac Lane nickte zustimmend und seine Augen funkelten aufgeregt. „Manchmal kannst du richtig gute Ideen haben."

„Manchmal?"

„Na, komm schon." Mac Lane gab Flaubert einen kleinen Schubs, dann rannte er hinüber zum Rand des Pfads und verschwand im dichteren

Unterholz, nahe der Fahrbahn.

Flaubert ließ seinen Koffer direkt in der Mitte der Fahrbahn stehen, platzierte ihn dabei aber so, dass es den Anschein hatte, als wäre er von einem Fahrzeug herabgefallen. Als er mit dem Arrangement seines Gepäcks zufrieden war, und Mac Lane ihm erbost zugerufen hatte, er solle sich endlich von der Straße scheren, verschwand auch er im Unterholz nahe der Fahrbahn.

Das Motorengeräusch des Fahrzeugs kam schnell näher und wurde immer lauter. Es dauerte nicht lange, da konnten beide aus ihren Verstecken heraus einen Jeep erkennen, der sich über die behelfsmäßige Straße auf ihre Position zu bewegte.

Das Verdeck des Wagens war nicht aufgezogen, so dass Mac Lane und Flaubert gute Sicht auf die Insassen des Fahrzeugs hatten. Insgesamt waren es drei Männer, alle in mexikanischer Militäruniform. An den Abzeichen, die die Männer an ihren Uniformen trugen, konnte Mac Lane bereits feststellen, dass auf dem Fahrer- und Beifahrersitz jeweils ein einfacher Soldat saßen, während auf der Rückbank ein höherer Dienstrang Platz genommen hatte, dessen Abzeichen er aber noch nicht genau erkennen konnte.

Der Jeep war schließlich bis auf wenige Meter an den Koffer herangekommen, als er anhielt und der Fahrer den Motor ausschaltete. Der Offizier auf dem Rücksitz, den Mac Lane mittlerweile als Sergeant identifiziert hatte, sagte etwas zu den beiden Soldaten, die daraufhin den Wagen verließen und ihre Gewehre zur Hand nahmen.

Flaubert hatte die Zeit genutzt und sich unauffällig näher an den Jeep herangeschlichen. Von seiner neuen Position aus versuchte er, hinter das Fahrzeug zu gelangen.

Während sie auf den Jeep gewartet hatten, hatte Mac Lane einen Schalldämpfer an der Mündung seiner Waffe montiert und verharrte nun, die Waffe schussbereit im Anschlag, zwischen den Büschen.

Die beiden Soldaten blieben schließlich vor dem Koffer stehen und sahen sich stumm an. Einer von beiden nickte dem anderen schließlich unsicher zu. Dieser andere Soldat erwiderte das Nicken und ging, sich dabei immer wieder nach links und rechts umsehend, vor Flauberts Koffer in die Knie.

Der zweite Soldat behielt unterdessen den Dschungel um sie herum genau im Auge. Er schien der ganzen Sache nicht im Geringsten zu trauen.

Der Soldat, der sich mit Flauberts Koffer beschäftigte, zog und zerrte erfolglos an dessen Riegeln herum. Er kam zu dem Schluss, dass man wohl einen Schlüssel brauchte, um die Riegel lösen zu können und sah zu seinem Kollegen hinauf.

Flaubert war unterdessen hinter dem Jeep angekommen und hastete mit einem Satz über den Reservereifen, der an der Rückseite des Wagens angebracht war. Er packte sich den Sergeant, ehe der verstand was geschah und hielt ihm seine Pistole an die Schläfe. „Cómo está, cabrón?"

Die beiden Soldaten hatten sich zum Wagen umgedreht, ihre Gewehre in Anschlag gebracht und

Flaubert ins Visier genommen.

„Wen nennst du hier Arschloch, Puta?", fragte der Sergeant Flaubert auf Englisch, aber mit deutlichem, spanischem Akzent. „Was wollt Ihr überhaupt von uns?"

„Klappe halten und abwarten", sagte Flaubert und behielt die beiden Soldaten genau im Auge.

Die Männer waren so sehr auf Flaubert fixiert, dass sie nicht bemerkt hatten, wie Mac Lane sich hinter sie geschlichen hatte.

„Guten Abend, Ladies", sagte Mac Lane plötzlich und bohrte einem der völlig überrumpelten Soldaten den Lauf seiner Waffe in den Rücken. „Seid so gut und lasst sie fallen, Mädels!"

Die beiden Soldaten sahen einander fragend an, ließen ihre Waffen, nach kurzer Einschätzung ihrer Chancen, aber wie befohlen fallen.

„Es geht doch", sagte Mac Lane und trieb beide vor sich her zurück zum Jeep.

„Das Arschloch hat mich Hure genannt", beschwerte sich Flaubert bei Mac Lane über den Sergeant und gab diesem einen unsanften Schubs.

„Ja, und? Was willst du jetzt machen? Ihn abknallen?", fragte Mac Lane und befahl den Soldaten vor der Motorhaube des Jeeps stehenzubleiben.

„Nein, nein. Ich habe alle meine Aggressionen bereits heute Morgen auf einen Schlag abgebaut, als ich diese verdammten Affen gesprengt habe", erklärte Flaubert zufrieden.

„Beruhigend", sagte Mac Lane und nickte Flaubert zu. „Dann bring den da mal hier herunter."

Nachdem sich der Sergeant zu den Soldaten gesellt hatte und Mac Lane nun alle drei Männer in Schach halten konnte, sah sich Flaubert den Wagen genauer an. Er kramte schließlich ein langes, stabiles Seil hervor. „Das müsste gehen", sagte er und hob das Seil hoch, so dass Mac Lane es sehen konnte. „Wenn wir sie damit fesseln, sollte das genügen."

„Und dann?", fragte Mac Lane neugierig. „Willst du sie hier einfach liegen lassen? Wenn sie jemand findet, haben wir ein ziemliches Problem, meinst du nicht?"

„Schön, dass du dir solche Sorgen machst, aber vielleicht hättest du ja mal daran denken können, bevor wir den Jeep überfallen haben."

„Ich?!", rief Mac Lane empört. „Das war doch *deine* Idee."

„Ja, ja, schon gut. Also, was machen wir jetzt?"

„Eine große Wahl haben wir da ja wohl nicht, oder? Wir fesseln die Bande und schaffen sie tiefer in den Dschungel", entschied Mac Lane.

„Und dann? Abknallen?", fragte Flaubert trocken und wedelte mit seiner Pistole in der Luft herum.

„Nein, dann könnten wir sie auch gleich erledigen. Wir fesseln sie an einen Baum. Das wird reichen. Bis die jemand findet, sind wir längst wieder aus Mexiko raus", erklärte Mac Lane zuversichtlich.

„Na schön, wie du meinst."

„Bleibt noch eins zu tun", sagte Mac Lane grinsend und ließ den Blick von einem Mann zum anderen wandern. „Runter mit den Klamotten, ihr Süßen!"

4

„Warum ziehen wir uns eigentlich nicht gleich um?", fragte Flaubert neugierig, als er auf dem Fahrersitz des Jeeps Platz nahm und darauf wartete, dass Mac Lane einstieg.

Mac Lane klopfte sich etwas Dreck und trockene Blätter von der Hose, dann stieg er auf der Beifahrerseite ein. „Weil die Typen gesagt haben, dass erst noch so ein kleines Kaff auf dem Weg liegt. Da halten wir an und wir wollen nicht mehr Aufsehen erregen, als nötig."

„Meinst du, die kommen klar?", fragte Flaubert, dem die Männer im Nachhinein irgendwie leid taten, nachdenklich.

„Das werden sie wohl müssen", sagte Mac Lane und warf Flaubert, der noch immer in den Dschungel starrte, einen gleichgültigen Blick zu. „Du kannst ja zurückgehen und die Nanny spielen, wenn sie dir so ans Herz gewachsen sind."

Der Motor heulte auf und der kleine Jeep setzte sich holpernd auf der staubigen Piste in Bewegung.

Sein Gepäck hatte Flaubert im hinteren

Fußraum und auf der Rückbank platziert und mit allen zur Verfügung stehenden Sicherheitsgurten festgezurrt. Da Mac Lane es für besser hielt möglichst wenig aufzufallen, hatte er vor ihrem Aufbruch das Verdeck des Jeeps aufgezogen, so dass man nicht einfach ins Innere hineinschauen konnte. Dem einen oder anderen wäre Flauberts Ausrüstung möglicherweise aufgefallen und nicht ganz so leicht zu erklären gewesen.

„Und du meinst wirklich, dass sie uns die Wahrheit gesagt haben und dieser Ort keinen Namen hat? Das kann ich mir irgendwie nur schwer vorstellen", sagte Flaubert nachdenklich und versuchte möglichst einen Bogen um die größten Schlaglöcher zu fahren.

„Naja", sagte Mac Lane, der inzwischen in eine große Karte der Region, die er zuvor im Handschuhfach gefunden hatte, vertieft war. „Wir wissen immerhin, dass wir in der richtigen Richtung unterwegs sind und wenn die uns nicht belogen haben, ist dieses Kaff sogar ganz in der Nähe der Anstalt, die wir suchen."

„Trotzdem ist das seltsam", sagte Flaubert und sein Blick wechselte zwischen der Straße und der aufgeschlagenen Landkarte hin und her.

„Konzentrier du dich auf die Straße", sagte Mac Lane, ohne dabei seinen Blick von der Karte zu nehmen. „Du fährst und ich suche den Weg aus oder willst du tauschen?" Mac Lane sah Flaubert aus den Augenwinkeln heraus an und grinste hämisch.

„Nein, nein. Du machst das ganz hervorragend", beteuerte Flaubert und schüttelte den Kopf. „Wirklich – ganz hervorragend!"

Mac Lane seufzte tief und strich sich nachdenklich über das Kinn. Es war nicht schwer die behelfsmäßige Straße, der sie gerade folgten, auf der Karte zu finden, denn der Weg war dick mit rotem Filzstift markiert worden, aber von einer Ortschaft gab es im Umkreis nicht die kleinste Spur. „Wenn ich so darüber nachdenke und mir die Karte ansehe, ist es schon etwas seltsam. Im Umkreis von fast hundert Meilen gibt es keine verzeichnete Ortschaft, dafür ist hier aber ein Militärstützpunkt verzeichnet, der nicht auf der regulären Karte zu finden ist." Mac Lane hielt eine zusammengefaltete Straßenkarte in die Höhe und steckte sie kurz darauf wieder ein.

„Ist denn die Anstalt auf der Karte verzeichnet?", fragte Flaubert und fuhr einen großen Bogen um ein besonders tiefes Schlagloch, geriet dabei von der Straße ab, überfuhr holpernd etwas leichtes Buschwerk am Straßenrand und gelangte wieder auf die Straße.

„Nein, ist auch nicht drauf", sagte Mac Lane und bedachte Flaubert mit einem finsteren Blick und Kopfschütteln. „Aber ich glaube, es ist auch nicht so ungewöhnlich." Sorgsam faltete Mac Lane die Karte wieder zusammen und verstaute sie in seinem Rucksack, den er im Fußraum zwischen seinen Beinen platziert hatte. „Wir fahren einfach weiter und sehen mal, was sich ergibt."

„Weißt du, ich habe mich schon die ganze Zeit gefragt, warum man wohl eine Irrenanstalt mitten im Dschungel baut. Findest du das nicht seltsam?", fragte Flaubert.

„Ja, frage ich mich auch. Seit wir diesen Konvoi gesehen haben und uns den Jeep geschnappt haben, fragte ich mich, ob die Anstalt vielleicht zum Militär gehört." Mac Lane lehnte sich im Sitz zurück. Er sah nachdenklich nach draußen, wo Büsche und Bäume nur als vorbeihuschende, grüne Schemen erkennbar waren.

„Hmm", brummte Flaubert nachdenklich. „Irgendwie alles sehr seltsam."

Für eine Weile schwiegen beide. Mac Lane starrte noch immer nachdenklich aus dem Fenster, während sich Flaubert auf die Straße konzentrierte.

5

„Sag mal, woher hast du eigentlich von dieser Sache mit dem Tower und dem Dämon gewusst?", brach Flaubert schließlich das Schweigen.

„Angus", sagte Mac Lane, unablässig aus dem Fenster schauend. „Er hat es mir mal erzählt."

„Und wieso? Ich meine nur, mir hat er schließlich nichts gesagt."

„Das war damals, als ich bei ihm mein Training für die übersinnliche Wahrnehmung angefangen habe. Ein paar Wochen nach den ersten Lektionen, bin ich im Tower gewesen und irgendwie, naja, du kennst ja die leisen Stimmen, die man gelegentlich hören kann", erklärte Mac Lane und erschauderte bei dem bloßen Gedanken.

Flaubert nickte stumm und warf Mac Lane einen flüchtigen Blick zu. „Ja, sicher. Und dann?"

„Je weiter mein Training voranschritt, desto deutlicher konnte ich verstehen, was sie sagten. Ich spürte, dass dort etwas war, etwas Bösartiges, etwas … Altes." Mac Lane machte eine Pause, um sich zu sammeln. Die Erinnerungen an diese Momente waren immer wieder sehr real für ihn und beschworen schreckliche Empfindungen, tief aus seinem Innersten, herauf. „Ich wusste nichts damit anzufangen und hatte schon Angst, wahnsinnig zu werden, also habe ich Angus um Rat gebeten, der mir daraufhin erzählte, was es mit den Stimmen auf sich hat."

„Ich verstehe", sagte Flaubert und versuchte sich vorzustellen, wie eindringlich sich die Stimmen für jemanden anhören mussten, der medial begabt war. Ein Schauer lief ihm den Rücken hinunter und er schüttelte sich unvermittelt. Flaubert warf einen Blick auf Mac Lane, der wieder schwieg und die Landschaft beobachtete. Was gehörte nur für eine Selbstbeherrschung dazu, den Rufen dieser Stimmen nicht zu erliegen oder vollends verrückt zu werden, wenn man sie immer und immer wieder auf eine Weise hören musste, wie Mac Lane es tat.

6

„Ja. Schon ziemlich verrückt, das alles“, sagte Mac Lane nach einer Weile plötzlich. „Aber lass uns von etwas anderem reden, einverstanden?“

„Einverstanden“, erwiderte Flaubert und nickte.

„Was hältst du von der Sache mit Blake und dieser Katze?“

„Du magst sie nicht besonders, was?“, fragte Mac Lane und ließ ein heiseres Lachen hören.

„Das hat nichts mit mögen zu tun, sie ist eine von diesen Kreaturen – du weißt schon“, sagte Flaubert nervös.

„Du hörst dich schon an wie Michael“, stellte Mac Lane knapp mit ernster Stimme fest und wandte sich Flaubert zu, der ihn überrascht ansah.

„Was? Wieso denn das?“, fragte Flaubert gereizt und musste sich daran erinnern seine Aufmerksamkeit der Straße zu widmen.

„Du hast keine Ahnung, wer sie ist und verurteilst sie direkt, einfach nur für das, was sie ist.“

„Aber, sie ist eine Bastet. Kreaturen wie sie leben seit jeher in Feindschaft mit uns. Wenn sie könnten, würden sie uns doch alle ausrotten“, empörte sich Flaubert.

„Da bin ich mir gar nicht so sicher“, gestand Mac Lane ehrlich. „Im Grunde ist es ihr tiefer Respekt vor dem Leben und der Natur, der sie dazu bringt uns zu bekämpfen. Sie sehen in uns eine Bedrohung alles natürlichen Lebens, aber nicht alle von uns sind rücksichtslose Menschenschlächter und nicht jeder von uns zeugt einfach Nachkommen in Massen."

„Ich kann sie trotzdem nicht ausstehen", sagte Flaubert trotzig.

„Paladin oder Werwesen?", fragte Mac Lane grinsend.

„Such 's dir aus, da bin ich flexibel", sagte Flaubert zögerlich. „Setzt sich einfach auf mich drauf – so was macht man nicht!"

Mac Lane lachte lauthals. „Also das ist es, ja? Du fühlst dich von ihr gedemütigt, hab' ich recht?"

„Auch", gab Flaubert zögerlich zu. „Aber … "

„*Aber?*", fragte Mac Lane neugierig und sah Flaubert lächelnd an.

Flaubert seufzte tief und Mac Lane sah ihm deutlich an, dass es für Flaubert nicht leicht war auszusprechen, was er dachte. „Ach, weißt du, immer wieder hören wir von allen Seiten, dass sie unsere schlimmsten Feinde sind. Es gibt kaum jemanden unter unseres Gleichen, der nicht ausschließlich mit Verachtung und einer gewissen Furcht von ihnen spricht. Es ist einfach schwer, dieses Feindbild wieder loszuwerden, verstehst du?"

„Ich verstehe", sagte Mac Lane ruhig. „Aber weißt du, ich denke man kann ihr trauen und irgendwie ist sie mir sogar sympathisch."

„Ich hoffe du denkst das nicht nur, weil sie sich mit Blake versteht", fragte Flaubert besorgt.

„Nein", sagte Mac Lane entschieden. „Es ist so

ein Gefühl, das ich bei ihr hatte."

Flaubert nickte verständig. „Verstehe."

„Außerdem glaube ich, dass sie und Blake … "

„Sieh mal!", rief Flaubert und schnitt Mac Lane das Wort ab.

Mac Lane schluckte den Rest des Satzes hinunter und richtete den Blick nach vorne.

Ein gutes Stück voraus schien der bisher dichte Dschungel etwas lichter zu werden, sodass Flaubert im ersten Moment an eine Lichtung dachte. Durch das dichte grüne Buschwerk schimmerte etwas zu ihnen herüber, von dem sie nicht genau sagen konnten, was es wohl war.

Mac Lane kniff die Augen zusammen, um besser erkennen zu können, was sich dort hinten befand. Als er schließlich erkannte, worum es sich bei dem Objekt handelte, schnaubte er amüsiert und lies ein abgehacktes Lachen hören. „Weißt du was? Das ist ein Gebäude. Eine Hütte, deren weiße Farbe langsam abblättert."

„Was macht denn eine Hütte mitten im Dschungel?", fragte Flaubert nachdenklich.

„Die gehört zu dem Dorf, das wir suchen, du Schnelldenker", erläuterte Mac Lane.

„Denkst du wirklich?", fragte Flaubert. „Das sieht mehr wie ein alter Geräteschuppen aus. In so einer heruntergekommenen Bruchbude kann doch keiner leben."

„Dachtest du, die leben hier in Villen?"

Der kleine Jeep holperte hektisch über den Dschungelpfad, immer seinem Ziel entgegen.

7

Bald waren sie nahe genug herangekommen, um zu erkennen, dass Mac Lane sich nicht geirrt hatte. Das Gebäude war offenbar tatsächlich noch immer in Gebrauch, wenngleich auch nicht in gutem Zustand. An etlichen Stellen blätterte bereits die blasse, weiße Farbe von den maroden Brettern, die die Wände und das Dach des Gebäudes bildeten.

Immer mehr Umrisse großer und kleiner Gebäude tauchten aus dem einheitlichen Grün des Dschungels auf. Bald war sogar der Glockenturm einer recht großen Kirche deutlich zu erkennen.

Die provisorische Straße, der Flaubert und Mac Lane bisher gefolgt waren, knickte knapp hinter dem maroden, weißen Gebäude ab und führte mitten durch den sich anschließenden kleinen Ort. Von der Kirche, die sich am Ende der Straße erhob abgesehen, lagen alle anderen Gebäude direkt links und rechts an der Hauptstraße, so dass man sich beim Anblick der Szenerie unweigerlich an eine stereotype Westernstadt erinnert fühlte. Die Hauptstraße, zu der der schäbige Dschungelpfad geworden war, knickte vor der Kirche scharf rechts ab und führte nach einigen Metern wieder weiter in den dichten Dschungel hinein, wo sie hinter einer weiteren Kurve verschwand.

Die Einheimischen beäugten den kleinen Jeep mit den zwei Fremden, der sich langsam durch ihren Ort bewegte, neugierig. Hier und dort wurde eine alte, schäbige Gardine zur Seite geschoben und ein Gesicht tauchte dahinter am Fenster auf, um einen Blick auf die Neuankömmlinge zu werfen und gleich darauf so schnell wieder zu verschwinden, wie es aufgetaucht war.

Auf einer Terrasse vor einem kleinen Laden saß ein alter Mann in seinem Schaukelstuhl, rauchte eine Pfeife und ließ sich von den Neuankömmlingen nicht stören. Er schaukelte gelassen weiter vor und zurück.

Ein alter Hund, dessen struppiges, sonst braunes, Fell vom Staub der Straße so bedeckt war, dass es stumpf und fahl wirkte, lag neben dem alten Mann. Der Hund hob müde seinen Kopf, warf dem Jeep einen gleichgültigen Blick zu, schnaufte gelangweilt und ließ den Kopf wieder sinken.

Vor einem der größeren Gebäude, offenbar einer Art von Bar, tummelten sich einige Männer in schäbiger, zerschlissener Kleidung und mit speckigen Cowboyhüten, deren Farben längst verwaschen und höchstens noch zu erahnen waren. Sie betrachteten den Jeep misstrauisch und ließen ihn nicht einen Moment aus den Augen.

Diese Typen gehörten zu der Art von Männern, die Ärger bedeuteten, da war sich Mac Lane ganz sicher und ein Blick in Flauberts Gesicht verriet ihm, dass er mit seiner Meinung nicht allein war. „Halt vor dem Hotel an, wir schauen uns hier mal etwas um. Und denk dran: wir wollen uns unauffällig verhalten, verstanden?", fragte Mac Lane misstrauisch und bedachte Flaubert mit einem eindringlichen Blick.

„Ja, ja, schon gut", versicherte Flaubert und rollte mit den Augen.

„Das heißt, keine Schießereien, keine Schlägereien, keine Beleidigungen und keine provokanten Kommentare oder Bemerkungen."

„Aber ich darf blinzeln, ja?"

„Suchst du schon wieder Streit?"

„Ich? Nein. Ich bin die Unauffälligkeit in Person. Die Ruhe selbst", versicherte Flaubert und schüttelte den Kopf.

Vor der Tür eines heruntergekommenen, kleinen Hotels hielt Flaubert schließlich an und die beiden stiegen aus. Die ehemals rote Fassade des Hauses bröckelte bereits an mancher Stelle und die Fensterläden waren entweder halb herabgefallen oder fehlten inzwischen ganz. Das verwitterte Schild mit dem grünen Schriftzug über der Eingangstür, das Unwissenden verraten sollte, dass es sich bei diesem Gebäude um ein Hotel handelte, hing ebenfalls schief über der Tür und Flaubert fühlte sich bei seinem Anblick unbehaglich an eine Guillotine erinnert.

8

Ein seltsamer Spruch war neben der Tür an die Wand gemalt worden und fiel Mac Lane direkt ins Auge. Es war weit weniger das Geschriebene selbst oder die Schreibweise, welche Mac Lane ein seltsam unbehagliches Gefühl in der Magengegend bescherte, sondern die Farbe. Sie schien auf seltsame Weise zu leuchten, dass aber in keinem bekannten Spektrum, sodass sich Mac Lane sogar die Frage stellte, ob es überhaupt eine Farbe gab.

„I am the gate. I am the key."

Mac Lane las den Spruch laut vor.

„Was soll das heißen?", fragte Flaubert, der beim Betrachten der Schrift offenbar keine Auffälligkeiten feststellen konnte.

„Ich weiß nicht", sagte Mac Lane wahrheitsgemäß. „Ist auch nicht wichtig." Er hatte ein seltsames Gefühl bei diesem Schriftzug und wandte sich schließlich missmutig von ihm ab.

9

Flaubert warf einen prüfenden Blick über die Ortschaft. Als sein Blick den Haufen abgerissener Gestalten vor der Bar traf, brummte er missgelaunt und sah Mac Lane an.

Mac Lane zuckte mit den Schultern. „Lassen wir sie einfach in Ruhe", sagte er entschlossen und wartete Flauberts Zustimmung ab.

„Die interessieren sich gar nicht mehr für uns", sagte Flaubert und starrte den Haufen verdutzt weiter an.

„Was treiben die da?", fragte Mac Lane und sah jetzt ebenfalls neugierig zu den Männern hinüber, die sich vor der Tür der Bar dicht um etwas zu drängen schienen.

„Ich habe keine Ahnung", erwiderte Flaubert misstrauisch und versuchte einen besseren Blick auf das Treiben zu erhaschen.

Die Menge lachte plötzlich lauthals los.

Flaubert und Mac Lane tauschten fragende Blicke aus und gingen dann unwillkürlich ein paar Schritte auf die Gestalten zu, da beide das unbestimmte Gefühl hatten, dass dort nichts Gutes vor sich gehen konnte.

Der schrille Schrei einer Frau drang aus der Mitte der Menschenmenge und die Reihen der Männer teilten sich. Eine junge Frau in freizügiger Kleidung stürzte zu Boden, wo sich die Menge geteilt hatte. Weinend hielt sie sich die Hand an ihre Wange, während die Umstehenden sie verspotteten und auslachten.

Ein besonders großer Kerl, vermutlich der Anführer der Meute, kam langsam auf sie zu und rieb sich seine rechte Faust. Als er die Frau erreicht hatte, packte er sie grob am Haar und zerrte sie brutal auf Augenhöhe.

Die junge Frau versuchte nicht sich zu wehren, sondern drehte den Kopf zur Seite und weinte, als sie der Kerl breit angrinste und ihr sein fauliger Atem entgegenschlug. Unvermittelt, begleitet vom Beifall und Gelächter seiner Kumpane, schlug er der Frau mit der Faust brutal ins Gesicht, sodass sie stöhnend zu Boden ging.

Mac Lane wollte gerade auf die Menge zustürmen, da hielt ihn Flaubert am Arm zurück und schüttelte den Kopf. „Wir können uns nicht einmischen. Kein Ärger, schon vergessen?", fragte er und Mac Lane sah, dass es Flaubert nicht leicht fiel, es zu sagen.

„Was glaubst du, was die mit ihr machen?", fragte Mac Lane vorwurfsvoll und nicht ohne Hintergedanken. „Das ... ", Flaubert seufzte. „Das geht uns nichts an. Wir können uns nicht um sie kümmern, wir haben Wichtigeres zu tun. Denk dran, Blake hat uns ausdrücklich gesagt ... ", Flaubert seufzte lauter. „Ach, scheiß drauf! Mal ehrlich, machen wir 's einfach wie immer und scheißen auf die Vorschriften!"

Mac Lane grinste so breit, dass Flaubert nicht sicher war, ob Mac Lane je wieder damit würde aufhören können. „Endlich mal ein vernünftiger Vorschlag!"

Die Stimme des großen Mannes hallte durch die Häuserschlucht. „Du dreckige Hure! Du gehörst mir, verstanden? Mir! Wie kannst du es wagen mir mein Geld vorzuenthalten? Mich zu belügen? Antworte!", schrie er und versetzte der jungen Frau, die schluchzend versuchte ihre Hände vor das Gesicht zu heben, um es zu schützen, einen heftigen Tritt. „Ich werde dir schon beibringen, mir zu gehorchen", sagte der Mann und beugte sich zu ihr hinunter. Wieder packte er sie am Haar und zog sie zu sich heran. „Ich werde dir deine dreckige, verlogene Zunge herausschneiden, damit du endlich begreifst, dass dein Leben mir gehört, Maria." Betont langsam zog der Mann ein großes, verdrecktes Messer aus dem Schaft seines Stiefels.

Drei seiner Männer packten die junge Frau an Armen und Beinen und drückten sie auf den Boden.

Flaubert und Mac Lane kamen unterdessen direkt auf den großen Kerl und seine Bande von Trunkenbolden zu. Ohne ein weiteres Wort packten sich Mac Lane und Flaubert je einen der Männer, die im Kreis um Maria standen und das Ereignis grinsend verfolgten, von hinten am Kragen. Sie schleuderten die Männer kurzum und ohne Mühe hinter sich, wo sie unsanft auf der Straße aufschlugen und benommen liegen blieben.

Als sich der Rest der Männer verwundert umsah, packte sich Flaubert die letzten zwei Männer, die noch zwischen ihm und dem Boss der Meute standen, ebenfalls am Kragen und warf sie achtlos über seine Schulter.

Sofort war Mac Lane zur Stelle. Er huschte an Flaubert vorbei und packte den großen Kerl mit dem Messer am Kragen.

„Was soll das hier?", fragte der Kerl verdutzt und wutschnaubend.

„Herzlichen Glückwunsch!", sagte Mac Lane laut und lächelte. „Sie haben an unserer Sonderaktion: Voll auf die Fresse! teilgenommen und den Hauptgewinn gezogen!"

„Was?", erwiderte der Mann und stutzte. „Ihr

seid … "

Mac Lane ließ den Mann abrupt los, holte blitzschnell weit aus und versetzte ihm eine Gerade, die ihn wie ein Vorschlaghammer mitten im Gesicht traf und ein gutes Stück nach hinten warf, wo er mit dem Gesicht nach unten im Staub der Straße liegen blieb. Dem Geräusch nach, das auf Mac Lanes Schlag gefolgt war und der immer größer werdenden Blutlache unter dem Kopf des Mannes, blieb wenig Spielraum für eine andere Annahme, als der, dass der Mann nicht wieder aufstehen würde.

Die übrigen Männer zögerten nicht und holten ihre Messer und Pistolen hervor, die sie an den verschiedensten Stellen bei sich getragen hatten. Die Läufe ihrer Waffen und die Klingen ihrer Messer und Macheten auf Mac Lane und Flaubert gerichtet, bestanden sie sehr energisch darauf, dass beide ihre Hände über den Kopf heben und sich ergeben sollten.

Flaubert zuckte kurz mit den Schultern und hob schließlich die Arme. Auf Schulterhöhe streckte er seine Arme so schnell seitwärts aus, dass keiner der Anwesenden die kleinste Chance gehabt hatte zu reagieren. Aus seinen Hemdsärmeln waren zwei Pistolen hervorgeschnellt gekommen, direkt in seine Hände. Flaubert drückte sofort ab und die Kugeln schlugen links und rechts von ihm in je einem der Männer ein. Flaubert wirbelte herum, nahm die nächsten zwei Männer ins Visier und feuerte wieder, wirbelte weiter herum und feuerte, wirbelte herum und feuerte, solange, bis niemand mehr stand. Flauberts Kugeln trafen die letzten beiden Männer noch ehe die ersten beiden tot zu Boden gesunken waren.

„Amateure", sagte Flaubert und schnaubte verächtlich, ehe er sich zu Mac Lane umdrehte, der bereits neben Maria hockte und ihr half wieder auf die Beine zu kommen.

„Alles in Ordnung?", fragte Mac Lane die zitternde Frau, die ihm sofort um den Hals fiel und hemmungslos zu weinen begann.

„Man macht die ganze Arbeit und wer bekommt am Ende die Frau? War ja klar", brummte Flaubert und steckte seine Waffen missmutig wieder ein.

„Jammer da nicht rum! Hilf mir lieber mal hierbei", sagte Mac Lane und versuchte die Frau zu beruhigen.

10

Die Tür der Bar war aufgerissen worden und eine Schar Männer war herausgestürmt. Sie hatten ihre Waffen im Anschlag und ihren Gesichtern nach waren sie wohl nicht erfreut darüber, wie die Auseinandersetzung vor der Tür verlaufen war.

Ein Schuss hallte durch die Häuserschlucht und vier der Männer fielen tödlich getroffen zu Boden.

„Guter Schuss", lobte Mac Lane Flaubert und schob Marie hinter sich.

„Das war ich nicht", sagte Flaubert verwirrt und

blickte zur Tür der Bar.

Eine junge Frau stand in der offenen Tür und hielt eine rauchende Schrotflinte in ihren Händen. Man sah auf den ersten Blick, dass diese Frau keine Einheimische war. Ihre Schuhe waren für lange Märsche und unwegsames Gelände geeignet, dazu trug sie strapazierfähige, zweckmäßige, aber gepflegte, Kleidung. Das lange, leicht gelockte, hellbraune Haar war zu einem Pferdeschwanz gebunden und ihre blauen, energischen Augen funkelten böse.

Ehe der verblüffte Rest der Männer verstanden hatte, was los war, ertönte der Knall eines zweiten Schusses und drei weitere Männer gingen zu Boden.

Einer der verbliebenen Schläger stürzte sich auf die Frau und bekam die Schrotflinte zu fassen, die sie quer vor sich hielt um den Angriff abzuwehren.

Wie bei einem Tauziehen, zerrten die Frau auf der einen Seite und der Mann auf der anderen Seite, die Waffe hin und her. Die Frau versetzte dem Kerl schließlich kurzer Hand einen kraftvollen Tritt gegen das Schienbein. Als der Mann die Waffe schreiend losließ, riss die Frau diese ruckartig in die Höhe und verpasste ihm damit einen heftigen Schlag ins Gesicht. Der Mann fiel bewusstlos um und blieb blutend liegen.

Ein zweiter Mann war herbeigeeilt und wollte mit seiner Machete auf die Frau einschlagen, als diese plötzlich ihre Hände vor das Gesicht hob und einen schrillen, ängstlichen Schrei ausstieß. Der

Mann hielt verwirrt inne und starrte die Frau an.

Als die Frau sich der Unachtsamkeit des Mannes gewiss war, nutzte sie die Gelegenheit und trat mit aller Kraft, entschlossen zu.

Mac Lane und Flaubert, die bisher alles verblüfft beobachtet hatten, verzogen nun schmerzverzerrt die Gesichter, schoben ihre Hände in den Schritt und ließen ein leises, aber mitfühlendes, Stöhnen hören.

Der Mann hingegen sagte gar nichts, sondern stand, mit glasigem Blick und versteinerter Miene, einfach da. Langsam glitten seine Hände in seinen Schritt und er sank wimmernd nach vorne auf die Knie, von wo aus er schließlich röchelnd zusammenbrach.

„Wollt Ihr den ganzen Tag dastehen?", fragte die Frau mit der Schrotflinte Flaubert und Mac Lane und schulterte ihre Waffe. „Bringt sie schon rein, na los!", sagte sie und ging zurück in die Bar.

Mac Lane und Flaubert, die den Geschehnissen noch immer nicht ganz folgen konnten, marschierten, zusammen mit Maria, der Frau verblüfft hinterher.

Das Innere der Bar sah genau so schäbig und heruntergekommen aus, wie deren Fassade und der Rest der Häuser im Ort. Stühle und Tische waren mit den Resten vergangener Mahlzeiten und verschütteter Getränke überzogen. Die Stühle wackelten und waren so alt und ausgetrocknet, dass nicht einmal die Holzwürmer sie anzurühren wagten. Der schwere Geruch von kaltem

Zigarrenrauch, vermischt mit dem erdrückenden Gestank von Schweiß und schalem Bier, lag wie ein Schleier über dem Schankraum. Der Tresen stand den Tischen, dem Fußboden und vermutlich auch der hiesigen Toilette an Sauberkeit in nichts nach.

Hinter dem Tresen saß der Barmann. Die Reste eines alten, vom Schweiß der Jahrzehnte gelb gefärbten und mit Essensresten besudelten, ehemals weißen Hemds, schmiegten sich hauteng um ihn. Die wenigen Haare, die dem Mann noch geblieben waren, hatte er von der einen Seite seines Kopfes quer hinüber zur anderen Seite gekämmt. Als die vier Personen den Schankraum betraten, blickte er kurz von der Zeitschrift die er las auf und kratzte sich genüsslich den Dreitagebart. Er wollte in einen Napf, der neben ihm am Boden stand, spucken, verfehlte diesen aber und wischte sich dann mit den Resten des Hemds den Mund, ehe er den Gästen kurz zunickte.

„Ein heimeliges Örtchen", sagte Flaubert und verzog das Gesicht. Einmal mehr war er froh darüber nicht atmen zu müssen und versuchte sich gar nicht erst vorzustellen, wie es hier wohl riechen mochte.

„Setzt euch", sagte die junge Frau in perfektem Englisch und nahm auf einem der maroden Stühle an einem der weniger verschmutzten Tische Platz. Die Schrotflinte hatte sie vor sich auf den Tisch gelegt und wartete nun darauf, dass sich die anderen drei setzten.

„Bist du in Ordnung?", fragte sie schließlich

freundlich und sah Maria an, die sich neben Mac Lane gesetzt hatte und inzwischen wieder etwas gefasster wirkte.

„Ja", hauchte Maria und wischte sich mit dem Saum ihres Ärmels ein paar letzte Tränen aus den Augen.

„Wer zum Teufel sind Sie, Lady? Arbeiten Sie für die Armee?", fragte Flaubert, sah die Frau mit der Waffe fragend an und verzichtete darauf, sich erst einmal selbst vorzustellen.

„Du solltest Vertreter für die Dinger werden", sagte Mac Lane und grinste Flaubert kopfschüttelnd an.

„Was für Dinger?", fragte Flaubert verdutzt.

„Türen", sagte Mac Lane. „Du hast doch immer welche dabei, um damit ins Haus zu fallen. Du solltest sie verkaufen."

„Nein, das sind meine, die brauche ich", sagte Flaubert bestimmt und starrte Mac Lane empört an.

„Ihr zwei habt sie nicht alle, richtig?", fragte die junge Frau und musterte Mac Lane und Flaubert eindringlich.

„Wenn es hier jemanden gibt, der sie nicht mehr alle hat, dann sind das ja wohl Sie, Schätzchen. Ballern einfach mit dem Ding durch die Gegend. Sie hätten auch uns treffen können", empörte sich Flaubert und verschränkte eingeschnappt die Arme vor der Brust.

„Woa, was?!", fragte die Frau zornig, mit funkelnden Augen und stand ruckartig von ihrem

Stuhl auf, um mit den flachen Händen auf den Tisch zu schlagen, sodass er zu wackeln begann. „Ich habe euch gerade den Arsch gerettet und *du* wagst es, mir zu sagen, *ich* hätte sie nicht alle?! Wahrscheinlich kannst du nur nicht damit umgehen, dass dir gerade eine Frau das Leben gerettet hat. Eine Frau, die nicht nur um Längen besser aussieht als du, sondern, die auch mit Waffen umgehen kann und die, was dir wohl am allermeisten missfällt, dir geistig weit überlegen ist! Und nenn' mich gefälligst nicht „Schätzchen", ich heiße Alex."

Mac Lane lachte laut auf, ehe Flaubert die Chance hatte, sich zu rechtfertigen. „Also ich mag sie", stellte er grinsend fest und nickte der Frau zu.

„Ja klar, weil du jetzt jemanden hast, mit dem du dich zusammen über mich lustig machen kannst", sagte Flaubert verärgert und stand auf. „Aber das ist mir jetzt egal, ich will endlich wissen, wer zum Teufel Sie sind. So wie Sie aussehen, tippe ich darauf, dass Sie wohl eher nicht aus diesem Drecksloch hier stammen."

„Bemerkenswert scharfsinnig", erwiderte Alex und rollte mit den Augen.

„Ja, manchmal hat er solche Sternstunden", erläuterte Mac Lane. „Komm schon, setz' dich wieder hin." Mac Lane nickte Flaubert auffordernd zu, der noch immer neben seinem Stuhl stand und sein grimmiges Starren trainierte.

„Ich will aber nicht", antwortete Flaubert trotzig.

„Dann eben nicht", sagte Mac Lane gelassen. „Dann muss ich wohl wieder die ganze Arbeit machen, so wie sonst auch."

„Was, was, was?!", fragte Flaubert zornig und sein Gesicht begann langsam rot anzulaufen. „Ich hör' wohl nicht richtig. Hab ich 'n Walross im Horchlappen? Wenn hier einer die Arbeit macht, dann ja wohl ich oder hast du schon wieder vergessen, wer dir da draußen gerade die ganzen Spinner vom Hals gehalten hat, während du deinen Punchingball bearbeitet hast?"

„Als ob ich das nicht auch allein geschafft hätte", erwiderte Mac Lane, stand auf und trat direkt vor Flaubert. „Und welches Genie hat unser letztes Satellitentelefon mit einem Raketenwerfer in die Stratosphäre geblasen? Häh?"

„Vielleicht das gleiche Genie, das es für eine tolle Idee gehalten hatte, mit einem Bus in ein Krankenhaus zu rauschen?", konterte Flaubert und stupste Mac Lane mit dem Zeigefinger auf die Brust.

„Was soll denn das schon wieder heißen? Das kann man doch unmöglich vergleichen. Bei mir ging es ja auch um einen medizinischen Notfall, bei dir war 's nur Schwachsinn! Und stups' mich nicht, verstanden?", Mac Lane gab Flaubert einen Schubs mit der flachen Hand.

„Ich bin nicht schwachsinnig, du Irrer und ich stupse wen immer ich will, verstanden?" Flaubert versetzte nun seinerseits Mac Lane einen Schubs und funkelte ihn mürrisch an. „Und vergiss mal lieber nicht, wer dir den Hintern gerettet hat, als dich die drei Clowns vor meiner Wohnung auseinandernehmen wollten."

„Damit wäre ich auch sehr gut allein klargekommen und nebenbei habe *ich* mir nicht das Hirn rausballern lassen, auch wenn das bei dir keinen Unterschied gemacht hat. Und nenn' mich nicht irre, du Idiot."

Bevor Flaubert die Gelegenheit hatte zu einem erneuten Konter anzusetzen, hallte ein Gewehrschuss von den Wänden des Gastraums wider und ließ Flaubert und Mac Lane herumfahren.

Alex war aufgestanden und hielt ihre Schrotflinte in Händen. Der rauchende Lauf der Waffe war auf die hölzerne Decke gerichtet, von der nun Holzsplitter regneten.

Der Wirt hatte nur kurz aufgesehen, den Vorfall zur Kenntnis genommen und sich wieder gleichgültig seiner Lektüre gewidmet.

„Wow! Wer hätte das gedacht, sie sind gleich lang! Und jetzt seid so gut und rollt sie wieder auf, bevor noch jemand darüber stolpert und ab zurück in die Hose!", ließ Alex verlauten und wartete eine Reaktion ab.

„Ich kann sie nicht leiden", wiederholte Flaubert mürrisch.

„Ja, ja", presste Mac Lane hervor und nickte in Richtung Tisch. „Setzen wir uns."

„Wer zur Hölle seid ihr eigentlich? Zu Capitán Peres' Truppen gehört ihr nicht, so viel ist mir klar.

Wenn ich mir eure Klamotten und eure überzogene, aufgeblasene Selbstüberschätzung so anschaue, tippe ich mal auf Amerikaner. Richtig?", fragte Alex und legte ihr Gewehr wieder sorgsam vor sich auf den Tisch, die Mündung in Richtung Flaubert und Mac Lane.

„Pah", schnaubte Flaubert empört. „Ich bin Franzose. Ich und Amerikaner, das wäre ja noch schöner. Amerikaner – pah!"

„Schotte", erklärte Mac Lane knapp, lächelte freundlich und beließ es dabei.

„Hmm", brummte Alex erstaunt. „Das hätte ich wirklich nicht gedacht. Ein Schotte und ein Franzose. Das klingt wie der Anfang von einem schlechten Witz. Was verschlägt einen Schotten und einen Franzosen in diesen Teil der Welt?"

„Das kommt ganz darauf an, wer das wissen will", entgegnete Flaubert harsch.

„In Ordnung", sagte Alex. „Ich hatte gehofft, meine Tarnung so lange wie möglich aufrecht halten zu können, aber bei solchen Genies wie euch … Also, die Wahrheit ist, ich bin eine Topspionin. So, nun ist es raus."

„Hah!" Flaubert war aufgesprungen und deutete mit weit ausgestrecktem Zeigefinger triumphierend auf Alex. „Ich wusste, dass Sie sich irgendwann verplappern würden! Für wen arbeiten Sie?"

„Setz' dich wieder hin", sagte Mac Lane fassungslos und massierte sich mit Daumen und Mittelfinger seiner rechten Hand die Schläfen.

„Was? Wieso?", fragte Flaubert. „Wir haben sie

doch endlich."

„Setz' dich nur einfach wieder hin und halt die Klappe."

„Ich wüsste gerne, was ich jetzt schon wieder falsch gemacht habe", schmollte Flaubert und setzte sich.

Maria rückte ein Stück weiter vom Tisch weg. Sie war den beiden Fremden zwar dankbar für ihre Rettung, doch allmählich bekam sie den Eindruck, dass beide nicht ganz zurechnungsfähig waren.

Alex hatte Flaubert die ganze Zeit über verblüfft angestarrt und schwankte nun zwischen hysterischem Gelächter und totaler Fassungslosigkeit.

„Sie hat dich verarscht, weil du wieder eine saudumme Äußerung von dir gegeben hast, verstanden?", erklärte Mac Lane und blickte Flaubert fragend an.

„Weiß ich", erwiderte Flaubert grinsend. „Ich hab' *euch* verarscht!" Flaubert lachte lauthals los.

„Beachten Sie ihn einfach nicht, dass passiert manchmal, seit man ihm das Gehirn rausgeballert hat", sagte Mac Lane und machte eine beschwichtigende Geste in Richtung Alex.

„Wahnsinnig witzig, wirklich", sagte Alex.

„Sollte es nicht sein", erwiderte Mac Lane grinsend. „Aber lassen wir das. Ich bin John Mac Lane und der Gentleman zu meiner Linken hört auf den Namen Henry Flaubert."

Alex nickte und setzte ein mattes Lächeln auf. „Nett euch kennenzulernen. Alexandra da Silva

Moreira. Archäologin. Und die Herren? Was ist euer „Fachgebiet"?"

„Was?", Mac Lane lehnte sich nach vorne und starrte Alex verblüfft an. „Was sagten Sie, wie Sie heißen?"

„Alexandra da Silva Moreira", wiederholte Alex erstaunt und musterte Mac Lane überrascht.

„Was denn?", fragte Flaubert erstaunt.

„Der gleiche Name", sagte Mac Lane und drehte sich zu Flaubert um. „Der Kerl den wir suchen hat den gleichen Nachnamen."

„Was? Im Ernst?" Flaubert lehnte sich nun ebenfalls ruckartig nach vorne und stützte sich mit den Ellenbogen auf der Tischplatte ab.

„Du hohle Nuss willst mir nicht im Ernst erzählen, dass du den Namen der Person vergessen hattest, die wir suchen, oder?", zischte Mac Lane.

„Moment mal", unterbrach Alex den aufkeimenden Disput. „Ihr sucht jemanden dessen Nachname da Silva Moreira ist? Etwa Tiago da Silva Moreira?"

„Genau den", sagte Mac Lane entschlossen. „Sie kennen ihn also?"

„Tiago da Silva Moreira ist mein Bruder."

11

Eine Weile lang war es still.

Flaubert und Mac Lane starrten Alex an, als hätten sie noch nie zuvor eine Frau gesehen und wussten nun nichts mit diesem sonderbaren Ding anzufangen.

Alex wiederum fasste abwechselnd Mac Lane und Flaubert ins Auge und musterte sie mit unverhohlenem Misstrauen. Typen wie diese beiden schickte man nicht, um eine Geburtstagseinladung oder ein singendes Telegramm zu überbringen, sondern um Schulden einzutreiben – oder als Kopfjäger. „Also schön", sagte Alex entschlossen und legte die Hand auf den Griff ihrer Flinte. „Ich hätte jetzt doch gern ein wenig mehr über euch gewusst, als nur eure Namen. Was wollt ihr von meinem Bruder?"

„Wir sind nicht hier, um Ihrem Bruder zu schaden, falls Sie das denken. Darauf gebe ich Ihnen mein Wort", sagte Mac Lane ernst.

„Ihr Wort?", erwiderte Alex in einem Ton der Mac Lane und Flaubert unmissverständlich klar machte, wie wenig ihr dieses Versprechen wert war. „Nein, ich fürchte, das reicht mir nicht."

„Weißt du was? Ich lasse dich einfach ein wenig allein mit ihr quatschen und gehe in der Zwischenzeit mal die Leichen von der Straße sammeln", sagte Flaubert und stand auf.

„Sitzen bleiben!" Alex hob ihre Waffe vom Tische und richtete sie auf Flaubert. „Du gehst nirgends hin, bevor ich nicht meine Antworten habe. Verstanden?"

„Verstanden schon, aber ich geh' trotzdem", antwortete Flaubert und marschierte in aller Ruhe weiter auf die Tür zu.

„Ich mein 's ernst. Bleib stehen oder ich knall dich ab!" Alex' Ton war ein gutes Stück schärfer geworden.

„Ja, ja", sagte Flaubert unbeeindruckt und ging unbeirrt weiter.

Mac Lane hob seine Hand und steckte in aller Ruhe einen Finger in die Mündung der Flinte.

Alex starrte ihn verdutzt an.

„Wir sind hier, um Ihren Bruder aus der Anstalt zu holen", beteuerte Mac Lane gelassen. „Wir glauben, dass er über Informationen verfügt, die von unermesslicher Wichtigkeit für uns sind."

„Was für Informationen?", hakte Alex mit ernster Mine nach, ohne die Waffe zu senken.

„Ist geheim", sagte Flaubert, kurz bevor er die Bar verließ und die Tür hinter sich schloss.

„Das stimmt leider", erklärte Mac Lane.

„So?", fragte Alex scharf. „Und wenn mir das nicht reicht?"

„Dann tut es mir leid. Aber lassen Sie mich eines ganz klar stellen: mein Partner und ich werden uns nicht aufhalten lassen, weder von der Armee, noch von irgendwelchen Spinnern und auch nicht von Ihnen. Verstanden?" Mac Lane sah Alex eindringlich an.

„Verstanden", sagte Alex und senkte die Waffe, während Mac Lane den Finger aus dem Lauf zog. „Aber dann werde ich euch begleiten und das ist nicht verhandelbar. Verstanden?"

Mac Lane lachte laut auf. „Na gut. Wir können eine Führerin sicher brauchen." Er schmunzelte und verschränkte die Arme vor seiner Brust.

„Und … ich?", fragte Maria, die noch immer etwas abseits des Tisches saß. „Nehmen Sie mich auch mit? Bitte, lassen Sie mich hier nicht zurück, bitte."

„Wo wir hingehen, ist kein Ort für dich. Es wird gefährlich werden und vermutlich auch blutig. Wir können dich nicht mitnehmen", sagte Mac Lane ohne sie anzuschauen.

„Natürlich nehmen wir dich mit", beruhigte Alex Maria und lächelte sie freundlich an. Den verblüfften Blick, den Mac Lane ihr zuwarf, ignorierte sie.

„Verzeihung bitte, aber ich sagte gerade … ", holte Mac Lane aus, wurde aber sofort von Alex unterbrochen.

„Wir nehmen sie mit, verstanden? Wenn wir sie hier lassen, ist das ihr Ende. Die Typen die ihr umgelegt habt … "

„Die *wir* umgelegt haben", verbesserte Mac Lane.

„Die Typen die *wir* umgebracht haben, hatten eine Abmachung mit dem Capitán des Armeestützpunkts. Fünfzig Prozent ihrer Einnahmen haben sie dem Capitán jeden Monat überlassen und einmal in der Woche einen Wagen mit Mädchen geschickt. Wenn Capitán Peres erfährt was hier passiert ist, haben wir sie alle am Hals. Wir müssen sie mitnehmen."

„Das glaube ich einfach nicht", stöhnte Mac Lane. Er sah Maria an, die mit verweinten Augen und noch immer leicht blutender Lippe wie ein Häufchen Elend auf ihrem Stuhl saß. „Also gut", seufzte er. „Ich habe da den richtigen Babysitter für dich." Mac Lane drehte sich um und warf einen Blick nach draußen, auf Flaubert.

Flaubert hatte sich einige der toten Männer am Hosenaufschlag gepackt und zerrte sie hinter sich her durch den Staub. Bei der nächsten Leiche angelangt, bückte er sich, griff sich die Hosenbeine und marschierte wieder weiter. Als plötzlich eine der Leichen liegen blieb und er nur noch ihre Hose in Händen hielt, verzog er das Gesicht, schüttelte den Kopf und schlug dann, vor Wut wild fluchend, mit der Hose auf die Leiche ein.

Mac Lane drehte sich kopfschüttelnd wieder zu den Frauen um. „Andererseits mache ich das vielleicht doch lieber selbst."

„Dann nehmen Sie mich wirklich mit?", fragte Maria begeistert und lächelte Mac Lane freudig an.

„Habe ich eine andere Wahl?"

„Vielen Dank", jauchzte Maria und fiel Mac Lane um den Hals.

„Ist ja gut", sagte Mac Lane und drückte Maria behutsam von sich weg. „Was gibt es über diese Anstalt zu wissen?", fragte er an Alex gewandt und wartete gespannt.

„Es ist keine gewöhnliche Anstalt", begann Alex zu erklären. „In dieser „Anstalt" hält das Militär Leute fest, die eine Bedrohung dessen darstellen, was sich die Mächtigsten dieses Landes aufgebaut haben."

„Um ehrlich zu sein, dieser Gedanke ist mir auch schon gekommen. Es gibt schließlich keinen vernünftigen Grund dafür, eine Anstalt mitten im Dschungel zu errichten", erklärte Mac Lane und nickte. „Was ich mich aber frage ist, warum man deinen Bruder in dieser Anstalt gefangen hält."

„Das kann ich auch nicht so genau sagen", murmelte Alex. „Aber vielleicht ist man hier aus demselben Grund hinter ihm her, wie ihr zwei auch. Ich weiß nur, dass man ihn bei seiner Verhaftung immer wieder nach einer bestimmten Information gefragt hat. Wenn ich nur wüsste, was sie damit gemeint haben." Alex senkte den Blick und dachte angestrengt nach. „Aber mir will einfach nicht einfallen, was er wissen könnte, das von Interesse für diese Leute wäre."

„Das glaube ich nicht", sagte Mac Lane und winkte ab. „Ich wüsste nicht welchen Wert die Information, die wir brauchen, für diese Leute haben sollten oder woher sie überhaupt wissen sollten, wonach wir suchen."

„Ich hätte mir nie diesen bescheuerten Plan einfallen lassen dürfen, dann wäre jetzt alles in Ordnung, aber nein", murmelte Alex vor sich hin und Mac Lane war sich nicht sicher, ob sie seine Ausführungen gehört hatte.

Die Tür der Bar öffnete sich und Flaubert trat ein. Ein mürrischer Ausdruck lag auf seinem Gesicht, als er die kleine Gruppe, die noch immer um den schäbigen Tisch herum saß, ins Visier nahm. Mit einigen kräftigen Schlägen klopfte er sich den Staub der Straße ab. Etwas Unverständliches vor sich hin brummend, ging Flaubert zurück zu seinem Stuhl und nahm wieder Platz.

Die Runde schwieg.

„Ich hab' die Leichen in den Dschungel gezerrt", löste Flaubert das Schweigen. „Und was gibt 's hier Neues?"

„Dieser Capitán – wie regelmäßig besucht er dieses Dorf?", wollte Mac Lane wissen und überging Flauberts Frage.

„Normalerweise zweimal in der Woche", sagte Alex beiläufig und dachte offenbar wieder darüber nach, was das Militär wohl von ihrem Bruder wollte.

„Normalerweise?" hakte Mac Lane nach.

„Hallo!", rief Flaubert und fuchtelte mit den Händen herum, um auf sich aufmerksam zu machen.

„Seit einigen Tagen waren die Wagen, die das Dorf heute passiert haben, das Einzige, was wir vom Militär gesehen haben. Vermutlich hängt das mit den neuen Leuten zusammen", erläuterte Alex.

„Neue Leute? Du meinst, mehr Soldaten?" Mac Lane beugte sich neugierig vor und lehnte sich mit den Armen auf den Tisch, der darauf ein leises Ächzen hören lies.

„Haaaaallo!", versuchte Flaubert erneut auf sich aufmerksam zu machen. „Ignoriert mich gefälligst nicht. Was für Soldaten? Und was für ein Capitán?"

„Vor einigen Tagen sind zwei Kerle in

Militäruniformen hier aufgetaucht, Offiziere, wenn ich das richtig mitbekommen habe. Und heute kamen offenbar neue Soldaten an, aber wozu das Ganze nutzen soll, weiß ich nicht."

„Wie haben die Typen denn ausgesehen?", fragte Flaubert neugierig.

„Ganz gewöhnlich. Beide Männer waren eher Durchschnittstypen. Kurzer, militärischer Haarschnitt, straffe Haltung, dunkle Sonnenbrillen und das typische, überzogen arrogante Verhalten, das alle hochrangigen Militärs hier an den Tag legen." Alex schüttelte sacht den Kopf, dann flüsterte sie: „Ich hätte ihn da nie mit reinziehen dürfen."

Mac Lane und Flaubert sahen sich fragend an und Flaubert zuckte mit den Schultern. Keiner von beiden wusste, was Alex gemeint hatte.

„Verzeihung", sagte Mac Lane vorsichtig. „Was meinst du mit „nicht mit reinziehen dürfen"? Nicht in *was* mit hineinziehen?"

Alex holte tief Luft und schüttelte wiederholt schweigend den Kopf. Es fiel ihr sichtlich schwer auszusprechen, was ihr auf der Seele lag. Nach einem tiefen Seufzer gab sich Alex aber schließlich einen Ruck. „Mein Bruder ist kein Archäologe, sondern ich."

Flaubert und Mac Lane saßen einfach da. Es dauerte eine Weile, bis die Information völlig in ihren Gehirnen angekommen und verarbeitet worden waren, dort keinen Sinn ergab und neu geprüft wurde, bis das Gehörte schließlich eine synchrone, komplexe, verbale Reaktion der beiden hervorrief: „Hä?"

„Es ist so", sagte Alex und strich sich mit der rechten Hand verlegen über den Kopf. „Ich habe lange versucht eine Genehmigung für Forschungen und Grabungen zu bekommen, leider jedoch ohne Erfolg. Nach einiger Zeit erfuhr ich schließlich, dass man mir keine Erlaubnis gab, weil ich eine Frau bin."

„Ich ahne schon, worauf das hinausläuft", seufzte Mac Lane und warf einen Blick hinüber zu Flaubert, der über das ganze Gesicht grinste. Misstrauisch zogen sich Mac Lanes Augenbrauen zusammen, ehe er Flaubert aber fragen konnte, was es mit dem Grinsen auf sich hatte, fuhr Alex mit ihren Ausführungen fort.

„Tja, also habe ich schließlich einfach meinen kleinen Bruder als Archäologen ausgegeben und ihn als Grabungsassistentin begleitet. Mein Bruder ist zwar in der Tat Professor, allerdings nicht der Archäologie, sondern der Biologie und Physik an der Universität von Lissabon."

„Dann sind alle archäologischen Forschungen und Forschungsberichte in Wirklichkeit nicht von ihrem Bruder durchgeführt und veröffentlicht worden, sondern … ", führte Mac Lane den Gedanken zu Ende.

„Sondern von mir, ja. Professor Doktor Alexandra da Silva Moreira."

„Würdest du mir verraten, warum du so dämlich grinst?", fragte Mac Lane Flaubert, der seinem

Grinsen mittlerweile auch ein leises Kichern zur Seite gestellt hatte.

„Ist das nicht klar?", fragte Flaubert freudig erregt. „Wir müssen jetzt nicht mehr in die scheiß Anstalt einbrechen. Wir haben unsere Quelle direkt hier." Er nickte in Richtung Alex und lachte. „Ist das zu fassen? Da ist das Glück doch tatsächlich mal auf unserer Seite."

„Oh-ho-ho, nein! So nicht!", rief Alex aufgeregt und schlug so energisch mit der flachen Hand auf die Tischplatte, dass selbst die Flaschen im Regal hinter dem Tresen zu beben anfingen. „Ohne meinen Bruder läuft hier gar nichts, ist das klar? Wir holen meinen kleinen Bruder da raus oder ich werde euch nicht helfen."

„Wir könnten dich auch zwingen uns zu helfen", sagte Flaubert trocken und zuckte mit den Schultern.

„Einverstanden", sagte Mac Lane und streckte Alex die Hand entgegen.

„Was?", fragte Flaubert empört. „Hast du sie noch alle?"

„Reg dich ab", erwiderte Mac Lane ruhig. „Wir hätten so oder so da rein gemusst. Außerdem wirst du doch nicht einer Dame in Nöten die Hilfe verweigern wollen, oder?", fragte Mac Lane und behielt Alex freundlich lächelnd im Auge.

„Ja, ja, schon gut", brummte Flaubert. „Mit mir kann man 's ja machen."

„Und noch etwas", sagte Alex entschlossen. „Ihr werdet uns auch außer Landes schaffen." Sie wartete Mac Lanes Reaktion ab, als der nicht lange zögerte und zustimmend nickte, schlug Alex ein und seufzte. „Danke."

Kapitel 3

Unerwartete Hilfe

1

Der kleine Jeep mit seinen vier Passagieren, holperte langsam durch das Dickicht des nächtlichen Dschungels. Die Straße zu benutzen war mitten in der Nacht viel zu gefährlich. Das grelle Licht der Scheinwerfer und das dröhnende Geräusch des Motors hätten ihre Position jedem Feind bereits auf große Entfernung offenbart. Das Buschwerk des Dschungels war auf dieser Strecke nicht besonders dicht, sodass sich das kleine Fahrzeug tapfer seinen Weg bahnen konnte, ohne viel Lärm zu machen.

Eine knappe Meile vor der Anstalt, hielt Mac Lane den Wagen an. „Von hier an geht 's zu Fuß weiter", erklärte er. „Wir wollen ja so leise wie möglich rein, Tiago schnappen und wieder raus. Wir nehmen nur das Nötigste mit, verstanden?", fragte Mac Lane und warf Flaubert am Ende seiner Ausführungen einen prüfenden Blick zu.

„Was machen wir mit den beiden?", fragte Flaubert vom Beifahrersitz aus und nickte in Richtung Rückbank, auf der Alex und Maria saßen.

„Wir nehmen sie mit", sagte Mac Lane bestimmt, während er seine Pistole aus dem Holster zog, um sie zu überprüfen.

„Sicher?", fragte Flaubert misstrauisch und man konnte deutlich hören, dass ihm Mac Lanes Vorschlag nicht gefiel.

„Ganz sicher", sagte Mac Lane und verstaute seine Waffe wieder sicher im Holster. „So können wir am besten auf sie aufpassen."

„Ich glaube, er hat recht", pflichtete ihm Alex von der Rückbank aus bei.

„Ja, war mir klar", antwortete Flaubert schnippisch und stieg aus dem Fahrzeug. Er ging um den Jeep herum und öffnete die Klappe des kleinen Kofferraums, in dem er seinen Koffer verstaut hatte.

Mac Lane zog den Schlüssel aus dem Zündschloss und verstaute ihn in seiner Tasche. Aus einer Halterung am Armaturenbrett nahm er das tragbare Funkgerät der Militärs mit sich und stellte ihre Frequenz ein, ehe auch er aus dem Jeep ausstieg und zu Flaubert nach hinten ging. Ohne zu fragen griff er in den geöffneten Koffer und nahm eine von Flauberts zahlreichen Pistolen heraus.

„He! Finger weg!", empörte sich Flaubert, der bereits einen schweren Munitionsgürtel über die Schulter geschwungen hatte und ein Sturmgewehr durchlud. „Du hättest dir eigene Pistolen mitnehmen können. Die gehören mir!"

„Die ist nicht für mich", sagte Mac Lane ungerührt und ging mit der Waffe zu Alex, die, wie auch Maria, mittlerweile ausgestiegen war. „Hier", sagte Mac Lane und hielt Alex die Waffe, Griff voran, entgegen. „Die ist handlicher, als dein

Gewehr. Wie man damit umgeht, weißt du sicher."

„Muss das sein?", fragte Flaubert empört. „Nicht ausgerechnet meine Betty."

Mac Lane und Alex drehten sich um und starrten Flaubert an. „Du gibst deinen Waffen Namen?", fragte Mac Lane amüsiert.

„Na sicher", sagte Flaubert überzeugt, als wäre es das Natürlichste auf der Welt. „Du etwa nicht?"

„Und da hält man mich für irre", sagte Mac Lane kopfschüttelnd.

„Bekomme ich auch eine?", fragte Maria völlig unerwartet.

„Nein", sagte Mac Lane. „Drei bewaffnete Irre, die in der Nacht durch den Dschungel schleichen, reichen aus. Außerdem bin ich nicht sicher, ob „Captain Chaos" uns noch eine seiner Liebsten überlassen würde, ohne einen Herzinfarkt zu erleiden."

„Es wird schon gehen", sagte Alex und steckte Maria die gerade erhaltene Waffe in den Hosenbund. Alex hob ihre Schrotflinte und legte sie sich lässig über die Schulter „Ich bleibe doch lieber bei meinem Gewehr und es ist sicher nicht verkehrt, wenn Maria notfalls auf sich selbst aufpassen kann. Sorgt ihr nur einfach dafür, dass ihr meinen Bruder heil aus dieser verdammten Anstalt holt."

„Können wir dann endlich los?", fragte Flaubert und schlug die Kofferraumtür des Jeeps wieder zu. Er hatte sich zwei Munitionsgürtel über Kreuz um die Schultern geschlungen, sein Sturmgewehr hielt er triumphierend in der rechten Hand und seinen schweren Koffer hatte er sich über die linke Schulter gelegt.

„Ach was soll 's", seufzte Mac Lane und schüttelte den Kopf. „Wenn Hannibal es gleich mit mehreren Elefanten über die Alpen geschafft hat, dann schaffe ich es auch mit *einem* durch den Dschungel."

„Was erzählst du da?", fragte Flaubert, der sich in der Zwischenzeit wieder seinen Waffen gewidmet und nicht richtig mitbekommen hatte, was Mac Lane gesagt hatte.

„Nichts", versicherte Mac Lane. „Ich sagte nur, wir sollten langsam aufbrechen, dass ist alles."

„Na, dann mal los", sagte Flaubert, grinste über das ganze Gesicht und marschierte los, tiefer in den nächtlichen Dschungel hinein.

2

„Also", flüsterte Mac Lane, während sich die kleine Gruppe durch das Unterholz näher an die Anstalt heranpirschte. „Langsam könntest du damit anfangen, uns zu erzählen, was wir wissen wollen."

„Na klar – sobald mein Bruder frei ist", sagte Alex.

„Du bist ganz schön stur", lachte Mac Lane.

„Ich bin nicht stur", verbesserte Alex bestimmt. „Ich weiß nur, was ich will."

Mac Lane lachte wieder, dieses Mal etwas leiser

und mit einem düsteren Unterton. „Das tun wir auch", sagte er ernst. „Man könnte glatt den Eindruck bekommen, du traust uns nicht", erwiderte Mac Lane.

„Aber nicht doch", antwortete Alex sarkastisch.

Mac Lane nickte Alex zu. „Gut."

„Hey ihr", flüsterte Flaubert, der an der Spitze des kleinen Trupps ging und stehengeblieben war. „Da vorne ist Licht."

Mac Lane sah die beiden Frauen ernst an und legte seinen Zeigefinger über die Lippen, um ihnen zu bedeuten, leise zu sein. „Ihr wartet hier", zischte er leise, dann schloss er zu Flaubert auf.

Flaubert war hinter ein paar besonders dichten Büschen in die Hocke gegangen. Er hatte seinen Koffer von der Schulter genommen und neben sich auf dem Boden abgestellt. Mit der Linken hielt er sacht das Buschwerk zur Seite, sodass gerade genug Platz war, um ungehindert durch eine kleine Lücke spähen zu können.

Mac Lane hockte sich neben Flaubert und blickte mit ihm zusammen durch das Buschwerk. „Ich schätze wir sind da", flüsterte er.

Flaubert nickte zustimmend und ließ dann die Zweige des Busches langsam zurückgleiten. Er wandte sich seinem Koffer zu und öffnete den Deckel. „Hol die Frauen her", sagte er leise und kramte ein Zielfernrohr aus der Kiste.

Mac Lane nickte und schlich zurück zu Alex und Maria.

Als schließlich alle drei zu Flaubert

aufgeschlossen hatten und in die Hocke gegangen waren, reichte Flaubert das Zielfernrohr an Mac Lane weiter. „Das könnte schwieriger werden, als gedacht", seufzte Mac Lane und hielt Alex das Zielfernrohr hin.

Alex hob das Zielfernrohr an ihr Auge und blickte hindurch, setzte es aber sogleich wieder ab. „Soll das ein Scherz sein?", zischte sie ärgerlich. „Ich kann nichts sehen!"

„Verzeihung?", fragte Mac Lane verblüfft, ehe er einen Augenblick später leise kicherte und sich an die Stirn tippte. „Ach ja", sagte er. „Manchmal vergesse ich, das ihr nachts nicht..." Er hielt inne und starrte in Alex' fragendes Gesicht. „Schon gut. Flaubert, ein Fernglas mit Nachtsicht für die Dame, bitte."

„Hab' ich nicht", versicherte er glaubhaft. „Wozu auch?"

Alex blickte Mac Lane verwirrt an, sagte aber nichts.

„Was soll 's", erwiderte Mac Lane und warf selbst wieder einen Blick durch das Zielfernrohr.

3

Die ganze Anlage war von einer sechs Meter hohen Mauer umspannt, auf deren oberem Rand schwerer Stacheldraht gespannt war. In regelmäßigen Abständen gab es Wachtürme, von denen aus bewaffnete Soldaten das ganze Gebiet überblicken konnten. Jeder Wachturm war mit zwei Soldaten besetzt, die ständig die Umgebung im Auge hatten und gelegentlich mit einem am Turm montierten, großen Suchscheinwerfer das Gebiet ausleuchteten.

Das Haupttor der Anlage war hell beleuchtet und der am schwersten gesicherte Bereich der Anstalt. Panzersperren waren in drei Reihen auf der Zufahrtsstraße installiert und ließen gerade genug Platz, damit ein Jeep oder LKW in geringem Tempo hindurchfahren konnte. Links und rechts des Haupttors befand sich je ein schwer gepanzerter Bunker, aus dessen Schießscharten die Mündungen schwerer Maschinengewehre ragten. Das Mauerwerk auf beiden Seiten des Haupttors war verstärkt und ebenfalls mit Schießscharten versehen worden. Über dem Haupttor erstreckte sich ein Wehrgang, auf dem ständig bewaffnete Soldaten patrouillierten.

4

„Also, wie sieht der Plan aus?“, fragte Alex leise und gab Mac Lane einen Schubs.

„Wissen wir noch nicht“, sagte Flaubert und blickte Mac Lane fragend an. „Oder?“

„Hmm“, brummte Mac Lane nachdenklich. „Wir haben die zwei Uniformen, die wir heute Morgen den Soldaten aus dem Jeep abgenommen haben. Wir könnten es also durch das Haupttor versuchen und euch als unsere Gefangenen ausgeben.“

„Das wird nicht gehen“, sagte Alex überzeugt. „Vor einer Weile hatten schon ein Mal ein paar Leute diese Idee.“

„Und weiter?“, fragte Flaubert ungeduldig und fuchtelte auffordernd mit der Hand in der Luft herum.

„Man hat sie erschossen. Direkt am Tor. Die Wachen haben Schießbefehl, für den Fall, dass sich jemand dem Tor unangemeldet nähert“, erläuterte Alex.

„Und du weißt rein zufällig von diesen Leuten?“, erkundigte sich Mac Lane skeptisch und starrte Alex mit bohrendem Blick an.

Alex schwieg, senkte den Blick und starrte verlegen die Spitzen ihrer Stiefel an, ehe sie schließlich betroffen sagte: „Nein. Diese Männer... sind meinetwegen gestorben. Ich hatte schon früher die Idee gehabt, meinen Bruder auf diese Weise zu befreien und ein paar Typen angeheuert. Es lief alles glatt, von der Organisation, bis hin zur Beschaffung der Uniformen, aber als sie das Tor erreichten...“ Alex schüttelte den Kopf.

„Ich verstehe“, sagte Mac Lane ruhig.

„Also ist das keine Option“, entschied Flaubert. „Aber was machen wir dann?“

„Wir könnten die Wachen auf einem der Türme ausschalten und dann versuchen über den Turm einzudringen“, schlug Alex vor.

„Könnten wir tun, ja“, antwortete Mac Lane.

Alex wandte sich an Maria, die ein Stück hinter

ihr saß.

Maria hatte ihre Augen geschlossen und rieb sich stöhnend ihre Schläfen.

„Alles in Ordnung?", fragte Alex besorgt.

Maria blinzelte einige Male schnell, so als hätte Alex sie gerade aus einem Traum gerissen. „Was? Ähm... Nein", stammelte Maria. „Also ich meine: nein, es ist nichts. Alles in Ordnung. Das liegt an den Schlägen."

Mac Lane sah sich zu Maria um und behielt sie eine Weile stumm im Blick, ehe er fragte: „Sicher?"

Maria nickte eifrig.

„Gut", sagte Mac Lane. Wahrscheinlich war Maria einfach nur etwas mitgenommen nach den Strapazen der vergangenen Stunden. „Tja", sagte Mac Lane schließlich und sah Alex an. „Über einen Turm könnte es gehen, aber wir müssten verdammt schnell sein."

„Hey, seht euch das mal an!", flüsterte Flaubert aufgeregt, winkte Mac Lane und Alex zu sich heran und hielt ihnen das Zielfernrohr hin. „Sie ziehen die Truppen von den Türmen ab."

Mac Lane nahm das Fernglas von Flaubert entgegen und spähte zu einem der Türme hinüber, auf den Flaubert verhalten mit dem Finger zeigte. „Das gefällt mir nicht", sagte Mac Lane ernst.

„Vielleicht nur ein Wachwechsel?", fragte Flaubert, dem kein anderer, plausibler Grund einfallen wollte.

„Vielleicht", murmelte Mac Lane nachdenklich. „Aber es passt einfach zu gut..."

„Was willst du damit sagen? Meinst du, die wissen, dass wir kommen?", fragte Flaubert erstaunt. „Woher sollten die das wissen?"

„Gute Frage", erwiderte Mac Lane. „Schließlich hören wir ihren Funk mit. Wenn sie wirklich jemand informiert hat, dann nicht auf diesem Weg."

„Also, was dann?", wollte Flaubert wissen und rutschte nervös hin und her.

„Ich weiß es nicht", sagte Mac Lane unsicher und schüttelte den Kopf. „Das schmeckt mir nicht. Das läuft zu glatt."

„Du hörst wieder die Flöhe husten. Das ist nur ein Wachwechsel, sonst nichts", sagte Flaubert schließlich überzeugt.

„Kommt dir das nicht ein wenig seltsam vor?", fragte Mac Lane mit besorgtem Gesichtsausdruck nach.

„Nein", erwiderte Flaubert überzeugt. „Es ist doch so, dass die Wahrscheinlichkeit besteht, dass wir genau zum Wachwechsel hier angekommen sind. Die Chance mag vielleicht klein sein, vielleicht sogar verschwindend gering, aber nicht gleich Null."

„Was soll das schon wieder heißen?", wollte Mac Lane wissen.

„Dass die Chance für diese Konstellation zwar wenig wahrscheinlich gewesen sein mag, aber selbst das unwahrscheinlichste Ereignis nicht völlig ausgeschlossen werden kann. Es ist eben nur unwahrscheinlich. Kapiert?" Flaubert hatte einen belehrenden Ton angeschlagen und lächelte Mac Lane rechthaberisch an.

„Hört endlich auf zu diskutieren, verdammt! Die können nicht wissen, dass wir kommen. Nutzen wir lieber unsere Chance!", mischte sich Alex ein. „Du hast es doch selbst schon ganz richtig erkannt. Über Funk wurden sie nicht gewarnt und einen anderen Weg gibt es da nicht. Es kann nur ein Zufall sein. Ein Zufall, den wir ausnutzen sollten." Alex blickte sie abwechselnd aufgeregt an. „Na? Worauf warten wir? Die werden nicht ewig brauchen."

„Also schön", seufzte Mac Lane. „Was soll 's. Macht euch bereit, wir gehen da rein."

„Bist du sicher?" fragte Flaubert um sicherzugehen.

„Nein", sagte Mac Lane trocken. „Aber rein müssen wir so oder so. Und überhaupt, gegen eine ordentliche Schießerei hätte ich eigentlich auch mal wieder nichts." Mac Lane grinste Flaubert an. „Meinst du nicht?"

„Doch, doch", nickte Flaubert, drehte sich zu seinem Koffer um und kramte Seil und Enterhaken heraus. Er zurrte das eine Ende des Seils sorgfältig am Haken fest, dann raffte er das Seil zusammen. „It 's partytime!"

„Was hast du da eigentlich alles drin?", fragte Mac Lane teils entsetzt, teils begeistert.

„Das Nötigste", erwiderte Flaubert. „Wie Blake gesagt hat. Also? Los?"

Mac Lane nickte Flaubert und Alex zu, dann

drehte er sich um. „Maria", rief er leise und winkte sie zu sich heran. „Wir steigen über einen dieser Türme da ein, verstehst du?", fragte er, als sie neben ihm in die Hocke ging.

Maria nickte zögerlich und man konnte deutlich sehen, wie nervös sie war.

„Keine Sorge, du schaffst das schon", beruhigte Alex sie und nickte ihr lächelnd zu.

„Also schön, es geht los. Folgt mir! Schnell! Und passt auf, dass ihr nicht stolpert." Mac Lane warf noch einen letzten prüfenden Blick durch die Büsche auf die unbemannten Türme und die nähere Umgebung. „Irgendwas ist hier faul..."

„Was murmelst du da wieder?", fragte Flaubert unruhig. „Geht 's da bald mal los?"

„Ja, ja, schon gut. Es geht ja los, nur die Ruhe. Also, einfach mir nach, alle Mann." Mit einem Satz hatte Mac Lane das Buschwerk hinter sich gelassen und eilte durch die Dunkelheit des nächtlichen Dschungels auf den Fuß des nächstgelegenen Turms zu.

Flaubert hastete ihm, seinen Koffer über der linken Schulter und sein Gewehr in der rechten Hand, hinterher, dicht gefolgt von Alex und Maria.

„Das ist doch nicht dein Ernst?!", fragte Mac Lane ärgerlich, obwohl er die Antwort auf seine Frage natürlich schon kannte. „Du schleppst den ganzen Koffer mit?"

„Sicher! Da ist alles drin, was ich brauche", empörte sich Flaubert.

„Alles was du brauchst, sind stärkere

Medikamente und die hätten auch in eine schöne Handtasche gepasst!", zischte Mac Lane.

„Ach ja?"

„Ach ja!"

„Schnauze!", zischte Alex wütend. „Reißt euch gefälligst zusammen oder ich tret' euch in den Arsch! Kleinkinder, verdammte. Los, hoch da!"

„Stärkere Medikamente – Ich geb' dir gleich stärkere Medikamente", murmelte Flaubert ärgerlich vor sich hin, während er seinen Koffer abstellte, das Gewehr umhängte und das präparierte Seil zur Hand nahm. Mit dem ersten, kraftvollen Schwung schleuderte Flaubert den Haken senkrecht in die Luft und am Turm vorbei. Sekunden später schlug der Haken mit einem dumpfen Geräusch auf dem Boden zwischen ihm und Alex auf.

„Was wird denn das? Willst du uns umbringen?", fragte Alex wütend. „Gib schon her du...", zischte sie, schluckte den Rest des Satzes vor Wut herunter und riss Flaubert das Seil aus der Hand. Mit einem gekonnten Wurf schleuderte Alex den Haken direkt im ersten Versuch über die Brüstung des Wachturms und zog das Seil fest. „So geht das."

Mac Lane schüttelte leise lachend den Kopf, griff sich das Seil und zog daran, um zu prüfen, ob es hielt. Zufrieden nickte er Alex zu. „Sehr gut. Also, ich mache den Anfang. Ihr wartet, bis ich oben bin und euch das Zeichen zum Nachkommen gebe. Maria, du kommst als Erste nach, dann Alex und zum Schluss Flaubert."

„Seht mal da!", flüsterte Flaubert und stieß Mac Lane an. Eifrig deutete er auf einen der benachbarten Wachtürme, auf dem gerade wieder Wachen erschienen waren.

„Scheiße!", zischte Mac Lane, gab sich einen Ruck und entschied, es trotzdem zu wagen. Gekonnt hangelte sich Mac Lane in Rekordzeit am Seil empor und schwang sich flink über die Brüstung. Vorsichtig sah er sich auf dem Turm um und spähte durch eine Luke im Boden, die Treppe hinab.

Es war niemand zu sehen.

Mac Lane bewegte sich langsam zurück zur Brüstung und winkte die anderen herauf, dann ging er an der Luke in Stellung für den Fall, dass Wachen auftauchen sollten.

Es dauerte nicht lange und auch Maria hatte es nach oben geschafft. Sie ging sofort neben Mac Lane in Deckung und blickte sich ängstlich um.

Wie vorgesehen, folgten schließlich auch Alex und Flaubert, der zuerst seinen Koffer, anschließend sich selbst über die Brüstung wuchtete. „Was denn?", flüsterte Flaubert genervt, als er Mac Lanes missbilligenden Blick auffing. „Ich mag das Ding eben, was dagegen?"

„Ich werd' dran denken, wenn ich deine Asche in dem Ding beerdige, nachdem man dich abgeknallt hat, weil du zu viel Lärm machst!", stellte Mac Lane fest.

„Ja, ja. Erzähl' mir lieber wie 's jetzt weiter

geht", sagte Flaubert unbeeindruckt.

„Keine Ahnung."

„Was?"

„Na, ich habe noch keine Ahnung. Erstmal müssen wir hier runter, dann sehen wir weiter. Wir haben schließlich keinen Plan von dem Gebäude."

„Großartig."

„Passt dir irgendwas nicht?", fragte Mac Lane verärgert.

„Ich war wirklich davon ausgegangen, dass du bereits einen Plan hast, das ist alles", presste Flaubert hervor.

„So schwer kann das nicht sein", unterbrach Alex die beiden. „Wie wäre es, wenn wir uns Uniformen des Wachpersonals beschaffen? Dann fallen wir hier nicht auf. Es muss hier ja schließlich irgendwo eine Wäschekammer geben."

„Keine schlechte Idee", sagte Mac Lane. „Gut, aber für den Fall der Fälle, werden wir lieber erst mal alle Waffen mit Schalldämpfern versehen." Mac Lane selbst machte den Anfang. Er zog einen langen, schwarzen Zylinder aus einer Tasche hervor und schraubte ihn behutsam auf den Lauf seiner Waffe.

Flaubert öffnete seinen Koffer und holte drei weitere Schalldämpfer heraus, von denen er einen Maria reichte und die übrigen zwei an seinen eigenen Waffen anbrachte.

„Fertig?", fragte Mac Lane schließlich und blickte in die Runde. Als er von allen Seiten ein zustimmendes Nicken als Antwort erhalten hatte, setzte er sich in Bewegung und schlich, die Waffe im Anschlag, vorsichtig die Treppe hinab. In kurzen Abständen folgten Alex, Maria und Flaubert, als Schlusslicht.

5

Das Erdgeschoss des Turms war leer. Eine einsame, alte Lampe, mit einem einfachen, metallenen Schirm, baumelte von der Decke und schwankte leicht hin und her. In einiger Entfernung aber, waren bereits Stimmen zu hören, die näher kamen. Die Wachablösung des Turms kam.

Mac Lane sah sich rasch um.

Es gab vier Ausgänge:

Eine Tür führte hinaus auf den Innenhof der Anstalt. Diese Tür stand einen Spalt breit offen, sodass Mac Lane hinaus auf den Hof sehen konnte. Der Hof wurde nur spärlich von einigen schwachen Laternen erhellt und zwischen maroden Bänken und kleinen Hecken liefen zwei Grüppchen aus je zwei Wachleuten ihre Runden.

Eine zweite Tür, links, führte über einen hell erleuchteten Gang, durch das Innere der Wehrmauer, zum nächsten Turm.

Die dritte Tür, auf der rechten Seite, führte zu einem ähnlichen Gang und schließlich ebenfalls zum nächstgelegenen Turm auf dieser Seite. Von hier waren die Stimmen zu hören.

Der vierte Ausgang schließlich, war eine Luke

im Boden. Eine stählerne Leiter führte hier offenbar in die Keller unter der Anlage.

„Und jetzt? Keller oder Hof?", fragte Flaubert leise und sah sich dabei immer wieder nach rechts und links um, um die Eingänge der Tunnel im Blick zu behalten.

„Hof", sagte Mac Lane bestimmt.

„Warum das?", fragte Alex überrascht. „Der Innenhof wird doch bewacht."

„Genau deshalb", antwortete Mac Lane.

„Sag mal, bekommst du eigentlich selbst mit, was du so redest?", fragt Flaubert verständnislos.

„Anfangs ja, aber dann wurde es mir irgendwann einfach zu anstrengend, da hab' ich 's wieder gelassen", erwiderte Mac Lane trocken, konnte sich aber ein flüchtiges Grinsen nicht verkneifen.

„Und was sieht dein – ach so brillanter – Plan in Bezug auf die Wachen da draußen vor?"

„Wir schalten sie aus."

„Alles klar", sagte Flaubert und huschte so schnell er konnte vorbei an Mac Lane, zur Tür des Innenhofs hinüber.

„Was machst du da? Komm zurück!", zischte Mac Lane wütend und versuchte noch vergeblich Flaubert zu packen, um ihn aufzuhalten.

Flaubert hatte die Tür flink ein Stück weiter geöffnet, sodass er mühelos durch den breiteren Spalt hatte schlüpfen können. Kaum hindurch, hatte er die Tür in einer fließenden Bewegung hinter sich geschlossen.

Mac Lane hatte Hamstis Stimme nie zuvor so deutlich vernommen, wie in diesem Moment. Sie war eindringlicher, düsterer und bedrohlicher, als sonst und Mac Lane schob diesen Umstand auf seinen vermutlich zu geringen Blutpegel. Nervös rutschte er hin und her. „Ja, Hamsti, da hast du recht. Die Hälfte der Wachen gehört mir", flüsterte Mac Lane schließlich.

„Geht 's dir gut?", fragte Alex besorgt, als Mac Lane anfing Selbstgespräche zu führen.

„Was? Ja, ja. Nur die Ruhe", versicherte er und winkte ab.

„Und was hat Flaubert vor?", fragte Alex weiter und sah ganz und gar nicht beruhigt aus.

„Die Wachen erledigen. Allein", sagte Mac Lane. „Aber das könnte ihm so passen. Er will den ganzen Spaß für sich allein haben, aber nicht mit mir. Ihr bleibt hier!" Mac Lane öffnete die Tür einen Spalt breit und eilte gebückt hinaus.

„Bist du sicher, dass es die klügere Wahl war, mit den beiden mitzugehen?", fragte Maria Alex und sah sie besorgt an.

„Wenn ich sie nur nicht so dringend bräuchte", seufzte Alex. „Wir Frauen werden also einfach auf uns selbst aufpassen müssen, wie immer."

6

Mac Lane hatte die Tür gerade wieder hinter sich geschlossen und wollte sich geduckt in den

Schatten einer nahen Hecke schleichen, als er Flaubert erspähte. „Was zum Teufel … ?"

Flaubert stand mitten auf dem Innenhof und sah zu Mac Lane herüber. Er hob die Hände und zuckte mit den Schultern, um Mac Lane zu verstehen zu geben, dass auch er nicht wusste, was vor sich ging.

Der Innenhof, kurz zuvor noch von zwei Patrouillen bewacht, war leer.

Mac Lanes Besorgnis hatte ein neues Level erreicht. „Wo sind die hin?", flüsterte er mit halber Lautstärke und bewegte sich vorsichtig auf Flaubert zu.

„Keine Ahnung", erwiderte Flaubert und ließ den Blick über die Türme und Wehrgänge gleiten. Auch hier fehlte jede Spur von Wachen.

„Was hast du gemacht?", wollte Mac Lane, halb verärgert, halb überrascht, wissen. „Ich wollte auch welche!"

„Wieso ich?!", rief Flaubert aufgebracht und eigentlich viel zu laut. „Hier war keiner. Ehrlich!"

„Wo sollen die denn hin sein? Zum Mond?", fragte Mac Lane, den seine Verwunderung einen deutlich vorwurfsvollen Ton hatte anschlagen lassen, als beabsichtigt.

Flaubert wollte gerade etwas erwidern, als aus heiterem Himmel der stark blutende und verstümmelte Leichnam eines Wachmanns zwischen ihnen landete.

Mac Lane und Flaubert waren so perplex, dass es einen Moment dauerte, ehe sie ihre Waffen zur

Hand hatten.

Die Leiche des Wachmanns zuckte noch und in ihrer Seite klafften zwei große Bisswunden, die Mac Lane und Flaubert sofort bewusst werden ließen, wer – oder besser *was* – diesen Wachmann erledigt hatte.

Mit einem gewaltigen Rums landete plötzlich eine der monströsen, roten Kreaturen, die beide schon aus Tokyo kannten, vor ihnen auf dem Boden. Die Kreatur blinzelte sie aus ihren vier diabolisch leuchtenden Augen grimmig an.

Flaubert und Mac Lane hatten das Biest gleich ins Visier genommen, verharrten nun aber, denn die Bestie verhielt sich eigenartig.

Die Kreatur ließ zwar ein leises Knurren hören und ihre Lefzen kräuselten sich, doch sie schien kein Interesse daran zu haben, die beiden anzugreifen.

„Aber, aber, meine Herren! Ich darf doch bitten, ja?", ertönte die Stimme eines Mannes aus den Schatten hinter der Kreatur. Eine in eine dunkelbraune Kutte gehüllte Gestalt trat hervor. Das Gesicht unter der Kapuze verborgen und die Hände vor der Brust in die Ärmel geschoben, kam sie langsam näher. Die Gestalt nahm langsam ihre Hände aus den Ärmeln und führte sie zur Kapuze um diese herunterzuziehen.

Mac Lane behielt die Kreatur im Visier, während Flaubert, nach deren Erscheinen, die Gestalt in der Kutte ins Visier genommen hatte.

„Wir sind doch alle zivilisiert und können über

alles reden, wie vernünftige Menschen. Nicht wahr?", sagte die Gestalt in der Kutte ruhig und hob beschwichtigend die Hände.

„Sind wir das?", fragte Mac Lane und ließ seinen Blick mit unverhohlener Verachtung und Ekel über das Gesicht der Gestalt gleiten.

Die Gestalt in der Kutte hatte zwar die Statur eines durchschnittlichen, menschlichen Mannes, jedoch in keiner Weise dessen äußere Erscheinung. Das Gesicht und auch die Hände waren mit den gleichen roten Schuppen bedeckt, wie der Körper der riesigen Kreatur vor ihnen. Das Gesicht war in die Länge gezogen, wie der rattenartige Schädel der Bestie. Vier rot glühende Augen blickten Flaubert und Mac Lane an. Die Mundwinkel der Gestalt verzogen sich zu einer Grimasse, die wohl ein freundliches Lächeln darstellen sollte. „Ich verstehe euer Misstrauen", sagte die Gestalt, während ihr größerer Artverwandter grimmig knurrte. „Erlaubt mir mich vorzustellen, mein Name ist Kar'tacc. Seid versichert, dass wir keinerlei Feindseligkeit euch gegenüber hegen."

„Ach, nein?", fragte Flaubert zornig. „Ich hab' da so meine Zweifel, wie du dir vielleicht denken kannst. Du musst wissen, wir hatten schon das Vergnügen mit anderen eurer Art."

„Ist mir bekannt", sagte Kar'tacc tonlos. „Doch die Differenzen der Vergangenheit, beruhten auf Gegebenheiten, die sich mittlerweile verändert haben. Wir sind heute nicht als eure Feinde hier. Wir wollen euch helfen. Euch und uns."

„So?", fragte Mac Lane der kein Stück weniger misstrauisch geworden war. „Und wieso sollten wir dir das glauben?"

„Weil wir sterben", antwortete Kar'tacc knapp.

Kapitel 4

Wiedersehen

1

Eine große, dunkle Wolke zog träge vor dem strahlenden Vollmond entlang und hielt sein silbernes Licht zurück. Die Birne der nahen Laterne auf dem Innenhof hatte zu flackern begonnen und tauchte die ganze Szenerie abwechselnd in mattes Licht und tiefe, wogende Dunkelheit.

Niemand rührte sich oder wagte es, nur mit einem Muskel zu zucken. Ein arrogantes, selbstzufriedenes Lächeln lag auf Kar'taccs Gesicht. Allein für dieses Lächeln hätte Mac Lane ihm liebend gern auf der Stelle den Kopf von den Schultern geschossen. Einzig seiner Neugierde und der Aussicht auf einen möglichen Austausch von Höflichkeiten, war es zu verdanken, dass Mac Lane sich bremste.

„Ihr sterbt?", fragte Mac Lane über den Lauf seiner Waffe, die er nicht einen Millimeter gesenkt hatte, hinweg. „Erklär 's mir."

„Gern", sagte Kar'tacc lächelnd. „Darf ich aber vorschlagen..."

„Nein!", unterbrach ihn Flaubert harsch. „Darfst du nicht!"

„Lass ihn ausreden", sagte Mac Lane entschieden.

„Danke", erwiderte Kar'tacc und nickte sacht.

„Bedank' dich nicht. Was willst du?", drängte Mac Lane.

„Ich würde vorschlagen, dass wir uns nicht unbedingt auf dem Hof unterhalten, sondern uns eine angemessenere, sicherere Lokalität für diese Konversation suchen."

„Nichts da, wir können auch hier konvertieren", sagte Flaubert bestimmt.

„Konversieren", verbesserte Mac Lane.

„Sag ich doch."

„Ich schlage den Wachturm vor. Für 's Erste sollten wir uns dort ungestört unterhalten können, bis wir die vorliegenden Missverständnisse geklärt haben", schlug Kar'tacc vor.

„Nein", sagte Mac Lane entschieden. „Keine gute Idee."

„Verzeihung?", fragte Kar'tacc höflich.

„Wir sind in Begleitung", sagte Flaubert grimmig. „*Menschlicher* Begleitung."

„Ich verstehe", sagte Kar'tacc und nickte. „Dann unterhalten wir uns eben hier."

„Wie habt ihr uns eigentlich gefunden?", fragte Flaubert misstrauisch, während sie sich zumindest langsam in die Schatten der Mauer zurückzogen, um nicht wie auf dem Präsentierteller zu stehen.

„Das war nicht ganz leicht", begann Kar'tacc zu erläutern. „Wir können die individuellen Energiemuster wahrnehmen, die jedes Lebewesen ausstrahlt. Diese Muster sind einzigartig, wie Fingerabdrücke, Geruch, oder DNA. Der einzige

Nachteil ist der, dass diese Signatur bei eurer Art nicht sehr deutlich ausgeprägt und daher schwerer aufzuspüren ist. Der Rest ist wieder leicht, ein „simpler" Ort-zu-Ort-Transport."

„Sehr praktisch", sagte Mac Lane und man konnte nicht umhin, eine gewisse Bewunderung in seiner Stimme mitschwingen zu hören.

„In der Tat." Kar'tacc nickte lächelnd.

„Na schön, aber zurück zum Wesentlichen", sagte Mac Lane. „Ich hoffe, deine Erklärung ist gut. Leg los."

„Die Welt aus der wir stammen, existiert in einer parallelen Dimension. Vor einigen hundert Jahren durchbrach eine fremde Macht die Barriere zwischen diesen Welten und stürzte unsere Gesellschaft ins Chaos. Wir bekämpften die Eindringlinge und konnten ihre Heere, obwohl wir zahlenmäßig stark unterlegen waren, doch immer vernichtend schlagen."

„Wie das?", fragte Mac Lane interessiert.

„Wir sind unsterblich", sagte Kar'tacc, als wäre es nichts Ungewöhnliches. „*Wirklich* unsterblich."

„Unsterblich?", fragte Flaubert ungläubig. „Das kann nicht sein. Wir haben einige von euch vernichtet, wenn du dich erinnerst."

Die große Kreatur ließ ein tiefes, verärgertes Grollen hören und bleckte die riesigen Fangzähne. Ihre Augen verengten sich zu fiesen, kleinen Schlitzen und funkelten Flaubert heimtückisch an.

„Nur die Ruhe, Großer!", sagte Flaubert.

„Verzeihung", sagte Kar'tacc und tätschelte

seinem Begleiter die Schulter. „Einige Abkömmlinge unserer Art sind etwas *einfacher* gestrickt, als andere. Er reagiert nur auf dich. Er kann Aggression spüren, deine Angst riechen."

„Das ist keine Angst, das sind meine Socken, ich stecke nämlich jetzt schon seit Tagen in diesen Klamotten", erwiderte Flaubert unbeeindruckt.

„Wie dem auch sei", fuhr Kar'tacc fort. „Jeder von uns besitzt eine – wie Ihr es nennt – , Seele, die genauso unsterblich ist, wie die eure. In der Natur unserer Art aber liegt es, nach dem Tod wiedergeboren zu werden. Wenn wir „sterben", erhält unsere Seele umgehend ein neues „Gefäß", das dem gegenwärtig nötigsten Zweck angepasst ist. Jede Seele behält dabei die Persönlichkeit und Erinnerungen ihrer vorherigen Leben. Doch das alles änderte sich eines Tages, als die Eindringlinge ein weiteres Mal in unsere Welt kamen. In der folgenden Schlacht, verging beinahe unsere ganze Art."

.

2

„Man hatte euch sterblich gemacht?", rief Mac Lane.

„Nicht einfach sterblich. Unsere Angreifer veränderten die Beschaffenheit unserer gesamten Welt, sodass die Seelen unserer Gefallenen nicht in neuen Körpern wiedergeboren werden konnten, sondern von den Eindringlingen gesammelt werden konnten.

Nur einige wenige von uns schafften es, zu fliehen und sich über die Jahre hinweg im Untergrund zu vermehren. Solange, bis wir stark genug waren um einen Gegenangriff zu führen. Einen Gegenangriff, gefolgt von einer Besetzung der Heimatwelt unseres Feindes und einer anschließenden Besiedlung als Kolonie. Zumindest war das unser Plan.

Mit unserem Gegenangriff hatten wir es schließlich geschafft, den Feind aus unserer Welt zu vertreiben und sie so zu befreien. Bis vor Kurzem hatten wir angenommen, dass die Angreifer aus dieser Welt stammten, da ihre Angriffe stets von hier ausgegangen waren. Bedauerlicher Weise, hatten wir uns geirrt. Wir wussten es nicht besser und hatten die Erde angegriffen, obwohl wir, wie wir nun wissen, den „Himmel" hätten angreifen müssen." Kar'tacc seufzte leise. „Als wir schließlich von einem Artefakt erfuhren, das in der Lage sein sollte, ganze Spezies auf einen Schlag auszulöschen, bemühten wir uns darum, dieses Artefakt in unseren Besitz zu bringen und es als Waffe in unserem Kampf verwenden zu können, um unseren Feind ein für alle Mal zu vernichten."

„Der Schädel", sagte Mac Lane ganz automatisch.

„Ja, genau", bestätigte Kar'tacc.

„Ich fürchte, ihr habt dabei nur eine winzige Kleinigkeit übersehen. Euer Plan wird so nicht funktionieren", bemerkte Flaubert.

Kar'tacc sah Mac Lane verwundert an. „Erklärt mir das bitte", sagte er schließlich neugierig.

„Der Schädel von Kukulcan hat keine Wirkung auf eure Angreifer", erläuterte Mac Lane und fügte hinzu: „Zumindest, wenn es sich bei diesen Angreifern um die Typen handelt, von denen ich glaube, dass Ihr von ihnen sprecht."

„Ihr nennt sie „Engel" und ihren Anführer Michael", sagte Kar'tacc zögerlich.

Mac Lane nickte. „Wie ich es mir dachte."

„Seid Ihr euch in dieser Sache ganz sicher?", fragte Kar'tacc mit ernster Stimme. „Der Schädel kann nicht gegen Michael eingesetzt werden? Woher habt Ihr dieses Wissen?"

„Wir haben unsere Quellen", erwiderte Flaubert kurz.

„So?", fragte Kar'tacc, der noch nicht überzeugt war. „Was sollen das für Quellen sein?"

„Blake", antwortete Mac Lane knapp und war sich recht sicher, dass jemand seines Kalibers auch Kar'tacc bekannt sein sollte.

Kar'tacc wurde blass und schluckte schwer. „Dann gibt es keine Hoffnung", sagte er und schüttelte den Kopf. „Für keinen von uns."

„Oh doch, die gibt es." Mac Lane senkte seine Waffe und hielt sie locker vor der Brust, dann wandte er sich Flaubert zu und gab ihm mit einem Nicken zu verstehen, dass auch er seine Waffe senken konnte.

Flaubert gab ein mürrisches Brummen von sich, senkte dann aber seine Waffe. Seine Haltung und das tiefe Brummen gaben unmissverständlich zu verstehen, wie wenig er von dieser Aktion hielt. „Ich behalte dich im Auge", brummte er der Kreatur entgegen, die mit einem dumpfen Knurren antwortete.

„Was für eine Hoffnung soll das sein? Seid Ihr wirklich der Meinung, dass Ihr es mit Michael aufnehmen könntet?", fragte Kar'tacc und musste lachen.

„Vielen Dank, für das Vertrauen", sagte Mac Lane bestimmt. „Wir vielleicht nicht, aber Blake."

„Wozu braucht Ihr dann noch den Schädel des Kukulcan?", fragte Kar'tacc skeptisch. „Wenn es stimmt, was Ihr sagt und der Schädel wirkungslos gegen Michael und seines Gleichen ist, was nützt er euch dann?"

„Wir suchen ihn, um es zu zerstören", sagte Flaubert. „Michael würde nie aufhören nach dieser Waffe zu suchen."

„Niemand sollte eine solche Macht besitzen", sagte Mac Lane und starrte seinem Gegenüber tief in die roten Augen. „Und selbst wenn Michael die Suche aufgeben würde, gäbe es sicher genügend andere, herrschsüchtige Größenwahnsinnige, die sich schon die Finger nach dem Schädel lecken."

Kar'tacc begann zustimmend zu nicken. „Da hast du recht", sagte er nachdenklich, dann ergänzte er unerwartet: „Wenn Ihr sie wollt, bieten wir euch unsere Hilfe an."

3

„Wenn Ihr nicht am Ende auf die glorreiche Idee kommt, unsere Welt doch erobern zu wollen", sagte Flaubert, der sein Gegenüber misstrauisch beäugte.

„Keine Sorge", versicherte Kar'tacc. „Selbst wenn wir es wollten, könnten wir es gar nicht. Außerdem sind wir im Grunde eine sehr friedliche Spezies."

„Ja, sehr friedlich", sagte Flaubert sarkastisch und schnaubte. „Wenn Ihr so friedlich seid wie du sagst, was sollten dann diese ganzen brutalen Menschenopfer?"

Kar'tacc schwieg einen Moment betroffen. „Es ist leider so, dass der Ort-zu-Ort-Transport für den Einzelnen innerhalb einer Dimension kein Problem darstellt und keines großen Aufwands bedarf. Ein dimensionsübergreifender „Sprung" braucht aber große Mengen Energie, besonders, wenn man etwas Großes transportieren will", erklärte er schließlich mit echtem Bedauern in der Stimme.

„Energie?", fragte Flaubert mürrisch, dem nicht gefiel wie einfach Kar'tacc diese Bezeichnung über die Lippen kam.

„Wenn Ihr wüsstet, wie schwer es uns gefallen ist", sagte er mit gedämpfter Stimme. „Die größte, mächtigste Energiequelle, die es gibt, ist die Seele. Je reiner und unschuldiger, desto unverbrauchter ist die Seele und damit die Energie. Daher wurden seit jeher besonders Kinder und Jungfrauen geopfert."

Mac Lane und Flaubert verzogen angewidert das Gesicht. „Wie charmant", stellte Flaubert schließlich angeekelt fest.

Mac Lane – ganz Profi – versuchte die Bilder, die sich in seinem Kopf manifestiert hatten, schnell bei Seite zu schieben. „Kommen wir doch zum Wesentlichen zurück", sagte Mac Lane. „Wieso könntet Ihr unsere Welt nicht erobern?"

Kar'tacc zögerte etwas, ehe antwortete: „Wie ich zu Beginn unserer Unterhaltung bereits erwähnt hatte, sterben wir."

„Ich erinnere mich, aber nach deinen Ausführungen hatte ich angenommen, du hattest dich damit auf die Ausrottung durch Michael bezogen", sagte Mac Lane überrascht.

„Nein, dass ist es nicht", sagte Kar'tacc kopfschüttelnd. „Wir sterben in eurer Welt, weil wir nicht für diese Dimension geschaffen sind. Etwas in der Art dieser Welt führt dazu, dass wir bereits nach wenigen Tagen krank werden. Der Verlauf der Krankheit ist sehr schnell und immer tödlich."

„Ihr würdet nicht wiedergeboren werden?", fragte Mac Lane neugierig.

„Nein, in eurer Welt, leider nicht", erläuterte Kar'tacc betroffen.

„Das tut mir leid", sagte Mac Lane ehrlich. „Aber ich dachte, Michael hätte dieses System verändert?"

„Nein", sagte Kar'tacc berichtigend. „Mit der kürzlichen Befreiung unserer Heimat und der

Vernichtung der Engel, normalisierte sich das Gefüge von selbst. Und um zu verhindern, dass etwas Derartiges wieder geschieht, starteten wir unseren Gegenangriff."

„Wie heißt eigentlich dein großer, roter Freund?", unterbrach Flaubert und musterte die Kreatur eindringlich.

„Seinen Namen könntet Ihr nicht aussprechen, bedauere. Ihr werdet ihm einen Spitznamen geben müssen", sagte Kar'tacc.

„Oh, prima!", rief Flaubert überschwänglich und rieb sich die Hände. „Darin bin ich gut. Ich glaub ich nenne ihn ... Bill!", entschied Flaubert und nickte. „Ja. Bill."

Mac Lane zuckte mit den Schultern. „Gut", sagte er schließlich. „Arbeiten wir zusammen." Er senkte seine Waffe nun völlig und streckte Kar'tacc die Hand entgegen.

„Sicher?", fragte Flaubert zögerlich.

„Ja." Mac Lane grinste. „Mein Gefühl sagt mir, dass wir ihm trauen können", versicherte Mac Lane.

„Dein Gefühl, ja?", grummelte Flaubert und seufzte. „Was soll 's", sagte er schließlich. „Ich verlasse mich auf dein Gefühl. Aber eines will ich noch klarstellen: Wenn mir eines von diesen Viechern nachher noch in den Hinter beißt, weil es Hunger bekommen hat, kriegst du was ganz anderes zu fühlen. Verstanden?"

„Ja, ja", sagte Mac Lane und schüttelte indes Kar'taccs Hand.

„Ich weiß genau was: „Ja, ja" heißt, du mieser, kleiner …", zischte Flaubert, schluckte den Rest seiner Beschimpfung aber hinunter und überwand sich dazu Kar'tacc ebenfalls die Hand zu reichen. „Aber eins sag ich dir", sagte Flaubert und blickte Kar'tacc tief in die Augen, ehe er von einem Knall unterbrochen wurde.

Der Schuss einer Schrotflinte, gefolgt von schrillenden Alarmglocken.

4

„Alex", riefen Mac Lane und Flaubert im Chor und spurteten in Richtung Wachturm davon.

Wieder wurde die Schrotflinte abgefeuert und es folgte das periodische Rattern mehrerer Maschinengewehre. Nach einem kurzen Moment der Stille, gab es einen Knall, der schwer nach der Explosion einer Granate klang.

„Alex!", rief Mac Lane besorgt.

Flaubert, Kar'tacc und Bill eilten ihm hinterher.

„Nein!", rief Mac Lane über die Schulter zurück. „Flaubert, du und Kar'tacc ihr geht ins Hauptgebäude! Findet Tiago! Wir treffen uns wieder hier! Bill, du kommst mit mir!"

5

Von Mac Lanes Anweisung völlig überrumpelt, blieben Flaubert und Kar'tacc abrupt stehen. „Wer ist Tiago?", fragte Kar'tacc verwundert.

„Ach, nur so 'n Typ, den wir suchen. Erkläre ich dir unterwegs", sagte Flaubert eilig und machte auf dem Absatz kehrt. Er und Kar'tacc stürmten direkt auf das große, doppelflügelige Eingangstor des Hauptgebäudes zu. „Du bist gut zu Fuß", lobte Flaubert seinen neuen Partner, der mühelos mit der übernatürlichen Geschwindigkeit des Vampirs mithalten konnte.

„Danke", erwiderte Kar'tacc knapp. „Also, was ist dein Plan? Wie willst du in das Gebäude kommen?" Kar'tacc sah Flaubert erwartungsvoll an.

„Wieso Plan?", fragte Flaubert und ergänzte ganz selbstverständlich. „Durch die Tür. Wie sonst?"

„In Ordnung", erwiderte Kar'tacc gelassen und blieb, im Gegensatz zu Flaubert, vor der geschlossenen Tür stehen.

Flaubert allerdings hatte „durch die Tür" tatsächlich wortlich gemeint. Als Flaubert ungebremst in die Tür rannte, wie eine menschliche Kanonenkugel, brach sie mit einem lauten Krachen nach innen auf. Ein Schauer von Trümmern ging im Inneren des Gebäudes auf eine Hand voll völlig überrumpelter Soldaten nieder, die in der Empfangshalle schon auf die Eindringlinge gewartet hatten.

„Einfach … unglaublich", hauchte Kar'tacc, der zwar von Flauberts Kraft beeindruckt war, jedoch ganz und gar nicht von seiner Vorgehensweise.

Im nächsten Moment war ein ganz ähnlicher Lärm vom anderen Ende des Hofs zu vernehmen und Kar'tacc sah sich um.

6

Auch Mac Lane hatte sich nicht die Mühe gemacht anzuhalten, sondern war, ganz wie Flaubert, einfach durch die geschlossene Tür gerannt. Die Tür hatte sich in einem Stück aus ihrer Verankerung in der Wand gelöst und einen Wachmann, der hinter der Tür gestanden hatte, mit zu Boden gerissen.

Auch Bill war ganz offensichtlich nicht so zurückhaltend und hatte Mac Lanes Methode auf ganz eigene Weise umgesetzt. Direkt durch die Wand.

Bevor der Rest des überrumpelten Wachpersonals überhaupt ansatzweise verstanden hatte, was vor sich ging, hatte Bill, in einem Schauer aus Trümmern, bereits den Ersten von ihnen gepackt und seine dolchartigen Zähne tief in der Schulter des Mannes vergraben. Während er den schreienden Mann mit einigen ruckartigen Bewegungen seines massigen Körpers und dem Einsatz seiner scharfen Klauen in blutige Fetzen riss, zuckte sein Schwanz wild durch die Luft und trennte mit gezielten Bissen Arme und Beine weiterer Wachmänner ab oder fügte ihnen schlicht tödliche Bisswunden zu.

Mac Lane brauchte trotz des herrschenden Chaos nicht lange, um Alex und Maria im hintersten Teil des Turms auszumachen. Während Bill noch damit beschäftigt war, buntes Konfetti aus seinen Widersachern zu machen, war Mac Lane schon bei den Frauen angekommen. „Seid ihr in Ordnung?", fragte er und schaute sich immer wieder hektisch nach links und rechts um. „Seid ihr in Ordnung?", wiederholte Mac Lane und rüttelte an Alex.

7

Alex war starr vor Angst. Sie saß einfach in der Ecke und fixierte das monströse, rote Biest, das gerade die Wachen zerfleischte. Sie hielt ihr Gewehr in der zitternden, weit ausgestreckten, linken Hand, genau auf Bill gerichtet. Ihren rechten Arm hatte sie fest um Marias Schultern gelegt und drückte die lauthals schreiende Frau fest an sich.

Als Bill schließlich den Rest der Wachen zerstückelt hatte, blieb er ruhig stehen. Seine roten Augen verengten sich, als er Alex und die auf ihn gerichtete Waffe in ihrer Hand erblickte. Sein massiger Schwanz fing wieder an angespannt von links nach recht zu zucken und er ließ ein leises, unmissverständliches Knurren hören.

„Es ist in Ordnung", sagte Mac Lane

beruhigend und drückte sanft, aber bestimmt, mit der flachen Hand Alex' Waffenarm herunter. „Es ist alles in Ordnung", beteuerte er wieder.

„Nein", flüsterte Alex mit zitteriger Stimme, ohne Bill dabei aus den Augen zu lassen. „Nichts ist hier in Ordnung. Gar nichts!"

So sehr er sich auch bemühte, konnte Mac Lane Alex nicht dazu bringen, freiwillig ihre Waffe zu senken. „Keine Angst", sagte er. „Dir wird nichts passieren. Bill gehört zu uns."

„B-B-Bill?", stotterte Alex verwirrt und ihr Herz raste noch immer vor Angst und Aufregung.

„Vertrau mir", sagte Mac Lane ruhig und kam sich insgeheim reichlich dämlich vor, bei diesem Vorschlag.

„Was ist das für ein Ding?", flüsterte Alex ungläubig. „War das mal Flaubert?" Sie zitterte am ganzen Leib.

Mac Lane konnte sich ein herzliches Lachen nicht verkneifen. „Nein", sagte er schließlich. „Das ist Bill."

Mit einem plötzlichen Ruck stieß Alex Mac Lane von sich weg und stand, Maria noch immer fest an sich gedrückt, mit ihr zusammen auf. Sie schwenkte ihre Waffe nun zwischen Bill und Mac Lane hin und her. „Bleibt bloß weg von uns!", rief Alex ängstlich, aber wütend. „Ich will auf der Stelle wissen, was hier vor sich geht und wer ihr Typen eigentlich wirklich seid!"

„Beruhige dich erst mal", sagte Mac Lane, der sich langsam aufgerichtet hatte. „Es ist wirklich alles in Ordnung. Ich verstehe ja, dass du im Moment etwas verwirrt bist..."

„Etwas verwirrt?!", rief Alex verstört. „Ich bin nicht verwirrt, verstanden? Du sagst mir jetzt was hier los ist oder ich lege euch auf der Stelle um!"

Bill machte einen halben Schritt vorwärts auf Alex zu. Das Zucken seines Schwanzes war schneller und sein Knurren lauter geworden.

Schlagartig ließ Alex die Mündung ihres Gewehrs auf Bill gerichtet. „Keinen Schritt näher, du Monster. Ich schwöre dir, ich drücke ab, wenn du noch ein Stück näher kommst!"

„Ich werde dir alles erklären, aber zuerst müssen wir hier raus. Die nächste Welle Wachen wird nicht lange auf sich warten lassen", erklärte Mac Lane und versuchte noch immer Alex zu beruhigen. „Dir passiert nichts, dass verspreche ich dir."

„Nein", erwiderte Alex störrisch und sah Mac Lane entschlossen an. „Jetzt! Du erklärst es mir jetzt und *dann* entscheide ich, ob ich euch abknalle oder nicht!"

„Na schön, wie du willst", sagte Mac Lane ruhig. „Hör gut zu und unterbrich mich nicht. Was ich dir erzählen werde, wird dir unglaublich vorkommen, aber jedes Wort ist wahr. Es zu leugnen hätte auch keinen Sinn, schließlich steht mein großer, roter Freund direkt vor dir. Verstanden?"

Alex nickte harsch.

„Also schön. Vor Millionen von Jahren", begann Mac Lane zu erzählen.

„Kürzer!", zischte Alex wütend.

Mac Lane nickte. „Gut." Er erzählte Alex die Kurzfassung der Geschichte ihrer Reise. Die Wahrheit über Vampire, Werwölfe und andere übernatürliche Kreaturen, die im Schatten der modernen, menschlichen Zivilisation existierten – und auch die Wahrheit über Gott. Mac Lane erzählte so schnell er konnte, ohne wichtige Fakten auszulassen und endete schließlich mit den Worten: „Und deshalb sind wir heute hier und auf deine Hilfe angewiesen."

8

Alex hatte inzwischen ihre Waffe gesenkt. Von Fassungslosigkeit übermannt schüttelte sie immer wieder den Kopf. Ihre Lippen formten Worte, ohne sie laut auszusprechen. Von Mac Lanes Ausführungen überwältigt, hatte sie schließlich nicht mehr die Kraft sich auf den Beinen zu halten und sackte zusammen.

Maria versuchte noch, Alex aufrecht zu halten, sackte aber schließlich mit ihr zusammen zu Boden. Sie hatte geschwiegen – und geweint – und sagte noch immer nichts, sondern starrte nur unablässig auf den Boden.

„Es zu leugnen ist zwecklos", sagte Mac Lane und hielt Alex die Hand hin, um ihr aufzuhelfen.

Alex hob den Kopf und starrte Mac Lane mit hohlem Blick an. Alles was sie bisher über die Welt, Gott und die Ordnung der Dinge zu wissen geglaubt hatte, war in wenigen Minuten von Mac Lanes Geschichte hinweggefegt worden. Sicher, es *war* unglaublich, aber auf der anderen Seite stand ihr diese riesige Kreatur gegenüber und wenn sie nicht alle eine Massenhalluzination hatten, musste das Erzählte wahr sein.

„Wir müssen weiter", sagte Mac Lane und ging vor Alex in die Hocke, um mit ihr auf Augenhöhe zu sein. „Wir brauchen dich."

„Wozu?", fragte Alex matt und ihre Augen füllten sich mit Tränen. „Wenn all das stimmt, warum sollte ich euch helfen?" Tränen liefen ihre Wangen in kleinen Strömen hinab und tropften von der Spitze ihres Kinns zu Boden.

„Weil es das Richtige ist", sagte Mac Lane mit fester Stimme.

„Das Richtige", murmelte Alex, wiederholte es einige Mal und schnaubte dann. Sie wischte sich mit dem Ärmel die Tränen aus den Augen und schüttelte den Kopf. „Wie kann es das Richtige sein?", fragte sie verzweifelt. „Seht euch doch an!", Alex lachte sarkastisch. „Ein rotes Monstrum und ein Vampir. Soll das die bessere Wahl sein? Warum sollte ich euch helfen? Warum sollte ich euch Kreaturen erhalten wollen? Wären die Menschen nicht ohne euch besser dran?"

„Ich verstehe, dass es nicht einfach für dich ist, damit umzugehen", sagte Mac Lane in mitfühlendem Ton.

„Einen Scheißdreck tust du!", zischte Alex. Sie sah Mac Lane mit hasserfülltem Blick an und stand auf. „Wie konntest du mir das antun? Wie konntest du mir das antun?", schrie Alex, stürmte auf Mac Lane los und versetzte ihm einen rechten Haken gegen das Kinn. Ihre Hand schmerzte fürchterlich, doch es war ihr egal.

Bill knurrte laut, rührte sich aber nicht von der Stelle.

Mac Lane hob die Hand und bedeutete Bill mit einer beschwichtigenden Geste, dass alles in Ordnung war und er sich beruhigen sollte. Eine Weile starrte er Alex schweigend an.

Zitternd, mit geballten Fäusten und noch immer feuchten, vor Zorn funkelnden Augen, stand Alex da und blickte Mac Lane an. Was sie nicht mit Worten ausdrücken konnte, sagten ihre Augen.

„Ich weiß, wie du dich fühlen musst", sagte Mac Lane mit sanfter Stimme. „Als ich all das erfahren habe, da konnte ich es zuerst genauso wenig glauben, wie du. Ich weiß, wie sehr diese Informationen meine Sicht der Welt durcheinandergebracht haben und ich kann mir vorstellen, wie es dir als Sterbliche dabei gehen muss."

„Sag mir, warum ich diese Gelegenheit nicht nutzen sollte", fragte Alex kalt. „Warum sollte ich nicht helfen, ein Übel wie euch, endgültig vom Angesicht der Welt zu fegen?", fragte Alex. Die Kälte ihrer Worte war beinahe physisch spürbar.

„Weil wir das kleinere Übel sind", antwortete Mac Lane ruhig.

„Gibt es einen Himmel?", fragte Alex

unerwartet und gewann langsam ein wenig ihrer Fassung zurück.

„Einen Himmel?", fragte der völlig verdutzte Mac Lane, der nicht mit dieser Frage gerechnet hatte.

„Gibt es einen Himmel? Was passiert mit uns, wenn wir sterben?", setzte Alex nach.

„Das... Das weiß ich nicht", musste Mac Lane zugeben. Alex hatte eine Frage gestellt, über die er sich selbst noch keine Gedanken gemacht hatte. Alles was er über das tatsächliche Wesen der Welt wusste, wusste er von Blake und der hatte diesen Punkt nicht erwähnt.

„Das glaube ich dir nicht", sagte Alex zornig und schüttelte entschieden den Kopf. „Wenn du so gut über alles Bescheid weißt, warum dann nicht darüber? Was willst du mir nicht erzählen?"

„So ist es nicht", versicherte Mac Lane, der noch immer etwas perplex war. „Ich weiß es wirklich nicht. Mein Boss hat uns dazu nichts gesagt."

„Dein *Boss*?", fragte Alex überrascht. Mac Lane hatte ihr zwar alle Fakten mitgeteilt, aber nicht erwähnt, dass sie für jemanden arbeiteten „Ihr Typen habt einen *Boss*? Wer soll das sein, Graf Dracula?", fragte Sie sarkastisch und schnaubte.

„Nein. Schlimmer." Mac Lane schüttelte den Kopf.

„Schlimmer?", fragte Alex verwundert. Seine Antwort hatte sie erstaunlicher Weise nicht gerade beruhigt.

„Schon gut", sagte Mac Lane. „Vergiss das."

„Also gut." Alex sah Mac Lane entschlossen an. „So geht es weiter." Sie hob ihre Flinte und stieß mit der Mündung, anstelle ihres Fingers, mehrmals vor Mac Lanes Brust, während sie weitersprach. „Ich werde mit euch zusammen meinen Bruder befreien und wenn das geschehen ist, überlege ich mir, was ich weiter tun werde."

Als die Mündung Mac Lanes Brust berührte, ließ Bill ein Brüllen hören, um sein Missfallen über diese Art der Behandlung auszudrücken und kam schnell einige Schritte näher.

Ehe Mac Lane ihm wieder bedeuten konnte ruhig zu bleiben, fuhr Alex herum. „Halt 's Maul!" schrie sie Bill, mit wutentbranntem Blick, aus vollem Hals an.

Die hünenhafte, rote Kreatur blieb augenblicklich stehen und machte zitternd einige Schritte rückwärts, wobei sie ein leises Wimmern hören ließ. Etwas in dem Funkeln in Alex' Augen hatte Bill Respekt eingeflößt.

„So ist es brav", sagte Alex und wandte sich wieder Mac Lane zu, der Bill mit völlig fassungslosem Blick ansah. „So und nicht anders wird das ablaufen, verstanden?"

„In Ordnung", sagte Mac Lane und nickte zustimmend.

Drei dicht aufeinanderfolgende Explosionen, die aus Richtung Hauptkomplex kamen, unterbrachen die Unterhaltung der beiden jäh.

„Was war das?", fragte Alex erschrocken und

riss reflexartig ihre Waffe herum, als könne sie sich gegen den Lärm verteidigen.

„Ich weiß es nicht", sagte Mac Lane mürrisch. „Zumindest nicht mit Sicherheit, aber ich habe da so eine Ahnung – oder sagen wir: Befürchtung."

„Flaubert", sagte Alex, der erst jetzt richtig bewusst wurde, dass er fehlte. „Was treibt er da?"

„Keine Ahnung, aber wie ich ihn kenne, wird er irgendeine großkalibrige Waffe in die Finger bekommen haben und amüsiert sich damit", seufzte Mac Lane.

„Ihr seid schon eine seltsame Truppe."

„Wir sollten uns lieber beeilen und nachsehen, was er da treibt, bevor er noch das ganze Gebäude zerlegt."

„Warte mal", sagte Alex und drehte sich um.

Hinter ihnen saß Maria noch am Boden. Sie hockte unverändert da und starrte den blanken Boden an.

„Maria", sagte Alex sanft und ging vor ihr in die Knie. Behutsam strich sie Maria eine Strähne ihres langen Haares aus dem Gesicht. Maria hob den Kopf und blickte Alex unsicher an, sagte aber weiterhin kein Wort.

„Willst du uns nicht begleiten?", fragte Alex vorsichtig und nahm Marias Hand.

Maria schüttelte zögerlich den Kopf. „Nein", brachte sie schließlich hervor und ihre Augen füllten sich langsam mit Tränen. Sie wandte den Kopf zur Seite und wischte sich mit dem Ärmel über das Gesicht. „Nein", wimmerte sie wieder und zog langsam ihre Beine an sich. Sachte vor– und zurückwippend, saß sie, ihre Knie mit den Armen umschlingend, da.

„Maria", versuchte Alex es erneut und streichelte sanft über Marias Kopf, die sich aber unter Alex' Berührung weg drehte. „Du bist hier nicht sicher. Wenn die Soldaten kommen, dann ..."

„Nein", wiederholte Maria entschieden und schniefte. „Sie sind keine Menschen!"

„Wir haben keine Zeit!", sagte Mac Lane ruhig, aber entschieden. „Beeilt euch. Bill und ich gehen schon vor", rief Mac Lane, der bereits halb durch das Loch in der Wand, das Bill gerissen hatte, gestiegen war.

„Geht einfach!" rief Alex über die Schulter. Im nächsten Moment kümmerte sie sich wieder um Maria und versuchte, sie dazu zu bewegen, ihr zu folgen.

9

Mac Lane spurtete über den Innenhof und weiter durch die zerfetzte Tür des Hauptgebäudes. Seine Waffe hatte er wie gewohnt bereits im Anschlag und ließ seinen Blick über den Trümmerhaufen und die Leichen in der Empfangshalle gleiten.

Die Empfangshalle, deren Boden mit feinem Teppich ausgelegt war, stand an einigen Stellen in Flammen. Das Feuer hatte bereits begonnen, sich auszubreiten und immer weitere Teile des Raums in

Besitz zu nehmen.

Einige tote Soldaten lagen unter den Resten der massiven Eingangstür begraben, einige andere waren durch Pistolen oder Gewehrschüsse getötet worden.

Ein prachtvoller, massiger Kronleuchter lag mitten in der Halle. Etliche seiner kunstvoll geschliffenen Bleikristallstücke waren beim Aufprall auf den Boden teilweise zersplittert und lagen überall herum. Einige der größeren, spitz zulaufenden Kristallelemente steckten in Hals, Brust oder Kopf einiger Wachen. Vermutlich hatte Flaubert sie vom Leuchter gerissen und wie Wurfmesser verwendet.

Eine kleine Gruppe von vier Männern, lag in einem mit Ruß verschmierten Durchgang auf der linken Seite. Ihre zur Unkenntlichkeit verbrannten Leichen dampften noch, als Mac Lane sie erreichte. „Gut durch", sagte er trocken. „Schätze, das war dein Freund." Er drehte sich kurz zu Bill um, der sacht nickte. „Du machst nicht viele Worte, was?", fragte Mac Lane grinsend.

Die Zerstörungen im Gang waren ebenso verheerend, wie die in der Empfangshalle. Bilder waren von den Wänden gefallen und lagen zwischen den Resten ihrer Rahmen am Boden. Das einzige Licht fiel durch zwei vergitterte Dachfenster in den schmalen Gang. Am hinteren Ende des Gangs, bei einer Biegung, lag der abgetrennte, Blut überströmte Arm eines Wachmanns.

„Wenigstens kann man ihm leicht folgen", murmelte Mac Lane, der sich jetzt ganz sicher war, dass Flaubert und Kar'tacc diesen Weg genommen hatten. Gefolgt von Bill bewegte sich Mac Lane vorsichtig weiter den Gang entlang, bis sie an seinem Ende anhielten.

Der Gang teilte sich hier nach schräg links und rechts.

Mac Lane sah sich aufmerksam um. Genau wie der vorherige Gang, wurde auch der abzweigende, linke Gang nur spärlich durch zwei Dachfenster beleuchtet. Entlang seiner rechten Wand gab es drei große, hölzerne Türen. Mit ihren vielen, schweren Eisennieten und der Art ihrer Konstruktion nach, sahen sie aus wie mittelalterliche Verliestüren. Eine schwere Sicherheitstür am Ende des Gangs führte offenbar ins Innere der Wehrmauer. Da sowohl dieser Gang, als auch dessen Türen noch intakt waren, wusste Mac Lane, dass Flaubert ihn nicht genommen haben konnte.

Bill, der hinter Mac Lane stehengeblieben war, hob seinen Kopf ein Stück in den Nacken und schnüffelte aufgeregt. Er ließ schließlich ein dumpfes Knurren vernehmen und bleckte seine mächtigen Zähne. Er sah abwechselnd den rechten Abzweig des Ganges und Mac Lane auffordernd an.

„Ich weiß", sagte Mac Lane beruhigend und stieg gleichgültig über den abgetrennten Arm, den er von weitem gesehen hatte.

Bill schnüffelte an dem Arm und schnaubte.

Mac Lane drehte sich um. „Was ist?", fragte er überrascht. „Hunger? Oder willst du spielen?", Mac Lane ging in die Knie und hob den abgetrennten Arm des Wachmanns auf.

Bei näherer Betrachtung stellte er fest, dass der Arm wohl mit roher Gewalt aus dem Gelenk gerissen worden war. Das Kugelgelenk der Schulter war beinahe noch völlig in Takt und blutige Fetzen von Fleisch und Sehnen hingen an ihm herab.

Mac Lane schüttelte den Kopf. „Wer macht bloß so was?", fragte er rhetorisch und grinste. Als er wieder aufstand, wedelte er mit dem Arm vor Bills Gesicht herum. „Na, willst du spielen? Ja? Na los, hol' das Stöckchen!" Mit einem Ruck warf er den Arm in hohem Bogen den Gang entlang, den sie gekommen waren.

Bills Augen verengten sich und gaben Mac Lane zu verstehen, dass er auf diese Art Humor keinen Wert legte.

„Nicht?", fragte Mac Lane und gab sich Mühe so zu klingen, als wisse er es wirklich nicht, konnte sich dabei aber ein Grinsen nicht verkneifen.

Bill senkte seinen Kopf und schob ihn dicht vor Mac Lanes Gesicht. Mit einem heftigen Schnauben stieß er ein dunkles Wölkchen heißen Qualms aus seinen Nüstern, genau in Mac Lanes Gesicht. Als sich der Qualm gelegt hatte, stand Mac Lane mit Ruß verschmiertem Gesicht und zusammengekniffenen Augen da. Langsam öffnete er sie wieder und blinzelte Bill mürrisch an. „Nicht komisch", sagte er trocken und wischte sich mit dem Ärmel das Gesicht.

10

„Vielleicht hast du recht", sagte Mac Lane urplötzlich, völlig zusammenhanglos und tätschelte die Tasche, in der er seinen Hamster trug. „Vielleicht, sollten wir doch lieber sehen, wo die Frauen bleiben."

„ICH HABE ÜBERHAUPT IMMER RECHT." Die Stimme des Hamsters war dieses Mal sogar noch deutlicher, beinahe greifbar.

„So weit würde ich nicht gehen."

„SIEH NACH DER FRAU!!"

„Ich bin ja schon unterwegs", sagte Mac Lane und ging an Bill vorbei zurück zur Empfangshalle. „Pass auf, mein Großer", sagte er und sah Bill an, der Mac Lane verdutzt anstarrte, als habe der seinen Verstand verloren. „Ich schaue nach den Frauen."

„DER FRAU! WIR BRAUCHEN SIE NICHT BEIDE!"

„Du suchst Flaubert und deinen Freund. Sie können noch nicht allzu weit gekommen sein. Verstanden?", rief Mac Lane Bill zu.

Bill nickte, sah Mac Lane noch einen Augenblick lang fragend hinterher und spurtete schließlich los, weiter den Gang entlang.

Wieder in der Empfangshalle angekommen, hielt Mac Lane kurz inne und sah sich um. Das

Feuer hatte sich inzwischen zu einem handfesten Brand ausgeweitet und beherrschte die komplette, nördliche Empfangshalle.

„Alex!", rief Mac Lane, nur um sicher zu gehen, dass sie nicht vielleicht schon auf die andere Seite des Feuers gelangt war. Er wartete einen Moment, dann drehte er sich um und lief zurück zur zerbrochenen Eingangstür.

„Wir sind hier!", hörte Mac Lane Alex' Stimme über den dunklen Innenhof hallen.

„Alex!", rief Mac Lane erleichtert und lächelte.

„Laaaaaaaauf!", schrie Alex ihm entgegen und Mac Lane hörte an der Schnelle ihrer Schritte, dass Maria bei ihr war und dass sie rannten.

Ein Knall ertönte und ein greller Lichtblitz zerschnitt die Finsternis der Nacht für eine Sekunde. Mündungsfeuer.

11

„Schnell! In Deckung!", rief Mac Lane und blinzelte in die Dunkelheit, um Alex' Umrisse zu erspähen. Er konnte zwar im Dunkeln sehen, als wäre es Tag, doch bei Licht verhielten sich seine Augen unter dieser Fähigkeit so, als blickte man mit einem Nachtsichtgerät in die Sonne. In der vom Feuer erhellten Empfangshalle wäre der Einsatz dieser Fähigkeit also keines Falls zu empfehlen gewesen.

Es gab einen zweiten Knall und ein weiteres Mal

Mündungsfeuer.

Mac Lane eilte auf Alex und Maria, die er jetzt deutlich erkennen konnte, zu.

Ein dritter, sehr viel lauterer Knall ertönte von weit oben und die Wände der Anlage wackelten. Donner. Nur Sekunden später fielen dicke Regentropfen in dichten Strömen vom Himmel.

Mac Lane hechtete durch die Regenschleier, weiter auf die beiden Frauen zu.

Das Loch in der Wand des Wachturms spie unterdessen weitere Wachmänner aus, die eilig auf Mac Lane und die Frauen zugelaufen kamen. Einige von ihnen gingen aber, kaum, dass sie im Freien waren, in Stellung und legten auf die Flüchtenden an. Wieder hallten Schüsse über den Hof. Es war nur der spärlichen Beleuchtung und dem Regen zu verdanken, dass Alex und Maria noch nicht getroffen worden waren.

Im surrealen Lichtspiel aus Mündungsfeuer, in der Ferne über den Himmel huschenden Blitzen und dem grauen Schleier aus Regen, sah Mac Lane, wie Maria aufschrie und zu Boden ging. Alex hatte so abrupt gestoppt, um nach Maria zu sehen, dass sie auf dem glatten Boden ihren Halt verloren hatte und unsanft auf das harte Pflaster des Innenhofs gestürzt war. Ein Knacken drang selbst durch Regen und Donner an Mac Lane heran, als Alex aufschlug. Sie stieß einen lauten Schrei aus, zog den linken Arm dicht an sich heran und hielt ihn fest. Ein kleiner, weißer Knochensplitter ragte seitlich aus ihrem Handgelenk heraus.

Die Wachen hatten unterdessen erneut angelegt, um zu schießen, als zwei von ihnen, dicht aufeinandergefolgt, tot zu Boden gingen. Die übrigen Männer hatten ihre Waffen daraufhin für einen Moment erschrocken gesenkt und ihre toten Kameraden angestarrt. Unmittelbar zwischen den Augen beider Männer, klaffte je eine Schusswunde, die schwach blutete. Unter den Köpfen der Männer aber, wuchs eine große Blutlache heran, in der vereinzelt kleine Fetzen von Hirnmasse schwammen, wie Frühstücksflocken in einer Schale Milch.

Mac Lane hatte geschossen, während er gerannt war und jeder Schuss hatte sein Ziel präzise gefunden.

Als ein dritter Wachmann tödlich getroffen neben seinen Kameraden zu Boden sank, hatten sie ihre Fassung so weit wieder erlangt, dass sie ihre Waffen heben konnten. Sie mussten die Waffen rasch wieder in Anschlag bringen und den gegnerischen Schützen ausschalten. Wer bei diesem Wetter, in der Nacht und in vollem Lauf so präzise schießen konnte, war ein furchteinflößender Gegner. Beinahe gleichzeitig hatten die Wachmänner ihre Waffen auf automatisches Feuer umgestellt und feuerten nun ganze Salven auf den Schützen und die Eindringlinge ab.

Mac Lane kam es, dank seiner übernatürlichen Schnelligkeit, so vor, als geschehe alles um ihn herum in Zeitlupe. Als er Alex und Maria erreicht hatte und in der Ferne wieder Schüsse ertönten, ließ er seine Waffe sinken. Mac Lane packte Alex und Maria und zog beide blitzschnell an sich heran, ehe er sich mit dem Rücken in die Schusslinie drehte.

Eine nach der anderen, schlugen vier des abgefeuerten Dutzends Kugeln in Mac Lanes Rücken ein. Jedes Mal zuckte er leicht zusammen. Er hielt beide Frauen so gut er konnte fest, sank aber bereits leicht vorn über. Aus dem Augenwinkel heraus konnte er sehen, dass Alex ihn entsetzt anstarrte. Er hatte es, unentschuldbarer Weise, versäumt, vor ihrem Aufbruch seine Blutreserven aufzufüllen und der andauernde Einsatz seiner Fähigkeiten, forderte nun seinen Preis.

Der vampirische Körper widerstand Schüssen und anderen Schäden nicht zur Gänze einfach von selbst, vielmehr wurde seine Widerstandskraft, passiv, von Blut verstärkt. Da sein Blutvorrat fast erschöpft war, zeigten die Kugeln sehr viel deutlichere Wirkung.

„Bewegt euch nicht", stöhnte Mac Lane, dem etwas Blut aus dem Mundwinkel ran. Seine rechte Hand hatte er fest auf Marias Mund gepresst, um sie zum Schweigen zu bringen.

„TÖTE SIE! TÖTE SIE! TÖTE SIE – ALLE!"

12

Mac Lane konnte seinen eigenen Herzschlag hören. Wie die Schläge riesiger Pauken, dröhnte er in seinen Ohren – langsam, aber regelmäßig.

Der Geschmack von Blut breitete sich in seinem Mund aus.

Der Geschmack von *seinem* Blut.

Mac Lane starrte wie gebannt auf den Boden. Es gab plötzlich nichts anderes mehr, um ihn herum. Einzig der Geschmack von Blut, der sich ausbreitete, ihn durchströmte, wärmte und langsam mit sich zu reißen begann. Der Rhythmus seines Herzschlags, der ihn lockte.

Ist er das? Der Moment, vor dem mich Angus immer eindringlich gewarnt hat?, fragte sich Mac Lane.

„*TÖTE!*"

Da war sie wieder, die Stimme, die er nur zu gut kannte, und lockte ihn.

Die Stimme, die aus endloser Dunkelheit zu ihm drang.

Die Stimme, die ihm Stärke gab.

Die Stimme, die ihm so vertraut war und heute doch so fremd, wie sie nur sein konnte.

Das ist sie also, die Wildheit. Der Dämon, der tief im Innersten jedes Vampirs schlummert. Angus … ich … verliere.

Langsam wurde alles schwarz. Ein Feuer loderte in ihm, drängte darauf, freigegeben zu werden, ihn mit sich zu reißen und alles und jeden zu verzehren, der sich ihm in den Weg stellte.

„TÖTE!"

Welle um Welle einer blutigen, roten Flut umspülte seinen Verstand. Langsam verlor er den Halt und trieb davon, auf einem Meer aus Blut und Verlangen. Nur mehr mit einem Fuß, stand er noch am Ufer eines Strands, den er nicht sehen oder von dem verstehen konnte, warum es ihn gab – dieser Strand, war seine Menschlichkeit.

„TÖTE! TÖTE! TÖTE!"

Die Stimme schrillte durch seinen Verstand und verzehrte sich nach Leben – gleich welcher Art.

„Ja...", flüsterte Mac Lane heiser.

Er wollte es.

Er wollte den Fuß vom sicheren Ufer lösen.

Sich treiben lassen.

Töten.

13

„Mac Lane!"

14

Eine Stimme hallte aus dem Nichts über die rote See. Eine Stimme, die Mac Lane vertraut vorkam, die Wärme in ihrem Klang mit sich trug. Erst vernahm er sie nur leise, dann immer deutlicher. Sie drang aus der Ferne an ihn heran, wurde aber immer lauter.

Alex …

„NEIN! TÖTE!"

„Nein …", hauchte Mac Lane leise.

„Mac Lane", sagte Alex wieder und wieder und schüttelte ihn.

„Alex …", stöhnte Mac Lane und der Rest seines Verstands klammerte sich an ihre Stimme und hielt sich an ihr fest. Die Wogen der rote Flut begannen sich zu glätten.

„NEEEEEIN! TÖTEN! DU SOLLST…TÖTEN!"

Die Stimme schrie und tobte verzweifelt.

Die rote See begann zu brodeln. Wellen schlugen auf und ab, als fege ein Sturm über das Wasser her, das trotzdem langsam verschwand. Es zog sich zurück. Zurück in die Tiefen, aus denen es gekommen war.

15

„Alex", wiederholte Mac Lane und drehte den Kopf in ihre Richtung. Er sah sie aus leuchtenden, blutroten Augen an.

Sie zuckte zusammen.

„Verschwindet!", befahl Mac Lane heiser und stand mühsam, mit letzter Kraft auf.

„Aber … ", stammelte Alex erschrocken und schob sich aus Reflex ein Stück von Mac Lane weg.

Maria, die mittlerweile nicht mehr schrie, sondern nur noch leise schluchzte, wurde von Alex am Arm mitgezogen.

„Ich halte sie auf", hauchte Mac Lane in den Regen und drehte sich zu den Wachleuten um, die weiter auf sie zugelaufen kamen. *Du willst Blut? Das kannst du haben, erklärte Mac Lane der Stimme in seinem Kopf entschieden und schoss wie eine Bowlingkugel davon, genau auf die Wachleute zu.*

Einige der Wachleute versuchten sich in wilder Panik zu retten und zum Wachturm zurückzulaufen. Andere hingegen, legten an und feuerten.

Zwei Kugeln schlugen in Mac Lanes Körper ein, doch er lief unbeeindruckt weiter, bis er den ersten Mann zu packen bekam. Mac Lane zerrte den Mann mühelos, wie ein großes Spielzeug, zu sich heran. Er riss den Mund auf und vergrub seine langen, spitzen Fangzähne mit einem Ruck im Hals des Mannes.

Blut schoss Mac Lanes Kehle hinab und mit jedem Schluck ging es ihm besser. Seine Wunden begannen sich zu schließen.

Von Entsetzen gepackt, hatte inzwischen auch der letzte Wachmann davon abgelassen, auf Mac Lane zu schießen und stattdessen lieber die Flucht ergriffen.

Als der letzte Tropfen Blut aus dem Mann gesaugt war, ließ Mac Lane den toten Körper fallen, wie ein welkes Blatt. Seine Wunden hatten sich völlig geschlossen und auch sein Verstand arbeitete wieder so, wie er sollte.

16

Alex hatte es geschafft, sich aufzurichten und hatte anschließend Maria aufgeholfen.

Die Kugel hatte Maria am Bein erwischt, doch die Wunde war nicht sehr tief. Da sie dennoch sehr schmerzhaft war, zog Maria ihr Bein aber humpelnd nach.

Alex war, so schnell es Marias Verletzung zugelassen hatten, mit ihr auf die zerstörte Empfangshalle zugerannt. Immer wieder hatte sie dabei prüfende Blicke über die Schulter zu Mac Lane geworfen.

Eine massive, unterirdische Explosion, die Alex zuerst für ein weiteres Donnern gehalten hatte, erschütterte den gesamten Komplex.

Alex bremste ungewollte, da sie um ihr Gleichgewicht kämpfen musste. Die beiden Frauen sahen einander ängstlich nach allen Richtungen um.

Mac Lane war von der Explosion genauso überrascht worden, wie Alex und Maria. Für ihn gab es jedoch eine völlig logische Ursache für diese Explosion: Flaubert. *Was treibt der nur wieder?*, fragte er sich, während er zu Alex und Maria aufschloss. Unterwegs konnte Mac Lane nicht umhin, sich die Frage zu stellen, ob es wirklich das Tier in ihm gewesen war, das die Kontrolle hatte übernehmen wollen oder ob es etwas anderes, dunkleres gewesen war, von dessen Existenz er bisher selbst nichts gewusst hatte.

17

„Maaaac Laaaaaaaane!", schrie Flaubert aus vollem Hals, als er durch die zerbrochene Tür der Empfangshalle ins Freie gestürmt kam. Er hatte zahlreiche Gewehre um die Schultern geschlungen und ein weiteres Gewehr in jeder Hand. Er kam so schnell er konnte zu Mac Lane und den Frauen gerannt, die unter einer der wenigen, flackernden Laternen standen.

„Was ist los?", fragte Mac Lane.

„Was war das für eine Explosion?", mischte sich Alex ängstlich ein.

„Kar'tacc hat die Hauptverriegelung der Zellen gesprengt", erklärte Flaubert und grinste breit. „Ich schätze, ich habe die nötige Menge Sprengstoff etwas überschätzt."

„War mir schon klar, dass du dahintersteckst", spottete Mac Lane.

„Was soll das denn heißen?", fragte Flaubert erbost und stemmt eine Hand in die Hüfte.

Alex schob die noch immer schluchzende und zitternde Maria hinter sich. Sie selbst hielt gebührenden Abstand zu Mac Lane und Flaubert.

„Was hast du denn mit den Frauen angestellt?", fragte Flaubert entsetzt, als er die beiden verletzt und weinend vorfand. „Hast du etwa zugelassen, dass sie angeschossen werden?", fragte Flaubert empört.

„Ist halb so schlimm", sagte Mac Lane um Flaubert zu beruhigen.

„War das dein Herzschlag, vorhin?", fragte Alex völlig unerwartet.

„Du … konntest das hören?", fragte Mac Lane verblüfft und sah Alex staunend an.

„Es klang wie eine Pauke", erklärte sie und sah Mac Lane ernst an.

„Das … ist doch normal, nicht?", fragte Mac Lane zögerlich.

„Sollten Untote nicht eigentlich keinen Herzschlag mehr haben?", hakte Alex misstrauisch nach.

„Das sind nur Märchen", lachte Mac Lane und auch Flaubert begann zu kichern. „Das aufgenommene Blut muss schließlich irgendwie durch den ganzen Körper gelangen. Wie genau es vom Magen in den Blutkreislauf gelangt, kann ich dir nicht sagen, aber wie du siehst, funktioniert es."

„Wenn du das sagst", erwiderte Alex schnippisch und beäugte ihn noch immer etwas misstrauisch.

„Leute, Leute!", sagte Flaubert hektisch. „Wir sollten lieber aufpassen."

„Worauf?", fragte Mac Lane. „Dass wir die Wachen nochmal wiedersehen, glaube ich nicht."

„Nein, nein", sagte Flaubert. „Wir müssen ihren Bruder identifizieren."

„Was?", fragten die drei übrigen erstaunt.

„Wieso?", fragte Alex unsicher und besorgt.

„Moment mal", sagte Mac Lane fassungslos. „Du bist nicht etwa auf die glorreiche Idee gekommen, Kar'tacc *alle* Zellenverriegelungen sprengen zu lassen – oder?"

Flaubert schwieg, senkte den Blick und spielte verlegen an dem Gurt eines Gewehres herum.

„Doch, bist du", beantwortete sich Mac Lane die Frage selbst.

„Ich wusste ja nicht, in welcher Zelle er sitzt", verteidigte sich Flaubert.

„Ladies, zurücktreten. Wir wissen nicht, was für Irre da gleich rausströmen werden", stellte Mac Lane mit eigentümlicher Betonung des Wortes „Irre" fest.

Gespannt behielten sie die kaputte Eingangshalle im Blick und es dauerte tatsächlich nicht lange, bis die ersten Personen in Anstaltskleidung durch die zerstörte Tür ins Freie gestürmt kamen.

Ein kleiner, dicker Mann mit Brille, dessen rotblondes Haar zu einer Halbglatze ausgedünnt war, blieb plötzlich stehen und blickte sich verwirrt um. Als der Mann schließlich Flaubert unter der Laterne stehen sah, kam er eilig auf ihn zugerannt.

Flaubert sah ihn verwundert an und wartete ab.

„Wie wär 's mit uns, Süße?", flüsterte der Mann lasziv.

Flaubert stutzte, dann schob er den Mann einfach zur Seite. „Bin ich etwa ein Magnet für Irre?"

„Die stehen eben auf ihresgleichen", sagte Mac Lane und grinste verschmitzt.

„Was soll das denn jetzt? Willst du schon wieder davon anfangen? Wenn hier einer nicht mehr alle

Murmeln im Sack hat, dann ja wohl du!", empörte sich Flaubert.

„Nimm gefälligst nicht meinen Murmelsack in den Mund, ja? Und davon abgesehen, wer hat denn bitte mit einem Raketenwerfer auf einen Affen geballert?", fragte Mac Lane gereizt.

„Du siehst den größeren Zusammenhang dabei nicht!", erklärte Flaubert.

„Den wie bitte, was?", fragte Mac Lane entrückt.

„Tiago!", rief Alex und unterbrach damit den neuerlichen Streit der beiden. Sie schob Maria, so behutsam sie konnte, zu Mac Lane hinüber, damit er sie weiter stützen konnte. Mit großen Schritten eilte sie auf einen jungen Mann mit kurzem, braunen Haar und Brille zu, der gerade den Hof betreten hatte.

„Alex!", rief Tiago und fiel seiner Schwester weinend um den Hals. „Wie kommst du hier her?", fragte er schluchzend und drückte Alex fest an sich. Die beiden standen Arm in Arm im strömenden Regen und konnten doch nicht glücklicher sein.

„Das hat Zeit, Tiago", sagte Alex und weinte herzzerreißend. „Lass uns hier verschwinden. Einfach weg von hier. Nur weg!"

„Was ist mit deiner Hand passiert?", fragte Tiago entsetzt, als er Alex richtig in Augenschein genommen hatte. „Du bist ja verletzt!"

„Ist nicht so schlimm", versicherte Alex wenig glaubhaft. „Nur das Handgelenk. Ich fürchte es ist gebrochen, aber das ist jetzt nicht so wichtig. Knochen heilen. Hauptsache, dir geht es gut."

„Wo bleiben Kar'tacc und Bill?", fragte Mac Lane Flaubert unterdessen.

„Gesprungen", sagte Flaubert knapp.

„Was?", fragte Mac Lane, der nicht verstand was Flaubert meinte.

„Na du weißt schon", sagte er „Gesprungen. Durch eines ihrer tollen Portale. Sie treffen sich später wieder mit uns."

„Hmm, ungemein praktisch, diese Portale."

„Oh, ja", sagte Flaubert und starrte durch die Regenschleier ins lodernde Feuer der Eingangshalle. „Weißt du, Mac Lane, ich habe bisher nie an den Weihnachtsmann geglaubt, aber jetzt … "

Alle anderen drehten sich zu Flaubert um und sahen ihn fragend an.

„Äh, den gibt es ja auch nicht", sagte Mac Lane, dem nichts Besseres eingefallen war, zögerlich.

„Oh, doch!", sagte Flaubert euphorisch. „Er ist hier, in meinem Rucksack." Flaubert nahm einen lädierten, braunen Rucksack vom Rücken und hielt ihn Mac Lane hin.

Mac Lane sah Flaubert verwirrt an. Plötzlich bemerkte er, dass in Flauberts Haaren Reste von Blut, Knochensplittern und Hirnmasse klebten. „Du hast dir nicht allen Ernstes schon wieder das Hirn rausballern lassen, oder?!", schrie er Flaubert an, obwohl er auch dieses Mal die Antwort längst kannte.

„Ähm, Donnerstag, gnädige Frau", antwortete Flaubert.

„Passiert euch das öfter?", fragte Alex, die sich wieder gefasst hatte, überrascht.

„Ja, leider", sagte Mac Lane und schüttelte den Kopf. „Zum Glück kann man da nicht viel kaputtmachen. Das gibt sich also wieder. Er war ja eben auch recht klar."

„Worum geht 's?", fragte Flaubert neugierig und blickte in die Runde, als wäre er aus einer Trance erwacht. „Entschuldigung. Muss wohl einen kleinen Blackout gehabt haben."

„Scht ihr", rief Mac Lane zufrieden und gab Flaubert einen Klaps auf die Schulter.

„Was ist denn los?", wollte Flaubert wissen und verstand nicht, was vor sich ging.

„Ach, schon gut. Nicht so wichtig. Lass uns das unterwegs klären", meinte Mac Lane.

„Hast du schon eine Idee, wie wir hier abhauen wollen? Wo müssen wir überhaupt als nächstes hin?", fragte Flaubert.

„Wir hauen durch das Haupttor ab. Von innen kommt man da recht einfach durch. Wir werden uns einfach einen Jeep leihen, verstehst du?", erläuterte Mac Lane.

„Aber wir haben doch einen Jeep", sagte Alex. „Wozu einen neuen?"

„Weil wir dann Zeit sparen. Motorisiert sind wir schneller. Und wir wissen noch nicht wohin, darum könnte der Rückweg zum Jeep auch ein Umweg sein."

„In Ordnung", sagte Flaubert. „Aber wo müssen wir denn nun eigentlich hin, Frau

Archäologin?“

„Erst mal raus hier!“, sagte sie. „Dann sehen wir weiter. Einverstanden?“, fragte Alex.

„Einverstanden“, sagte Mac Lane.

„Dann mal los, meine kleinen Scheißerchen. Für den Ruhm und die Ehre Roms!“, schrie Flaubert und stürmte los in Richtung Haupttor. „Karthago muss fallen!“

„Wenn ich nicht selbst dabei gewesen wäre“, seufzte Mac Lane und marschierte, Maria stützend, Flaubert hinterher. „Bist du eigentlich schwer verletzt?“, fragte Mac Lane, der in all der Aufregung ganz vergessen hatte, sich um Maria zu kümmern.

„Nein, nein“, beteuerte sie vehement.

„Sicher?“, hakte Mac Lane nach. „Ich kann mal nachsehen, wenn du … “

„Nein!“, rief Maria so entschieden, dass es fast hysterisch klang. „Nicht nötig. Ich bin sicher.“

„Gut“, sagte Mac Lane, der es Maria nicht übel nehmen konnte, dass sie sich fürchtete.

18

Das Haupttor war auf der Innenseite mit einer extra Mauer vom restlichen Innenhof abgetrennt. Auf dem Kamm der Mauer verlief ein dicker Stacheldraht, der es Eindringlingen und Ausbrechern unmöglich machen sollte, sie zu überwinden. In der Mitte der Mauer gab es ein

schweres Tor, durch das bei Bedarf Fahrzeuge ein–
und ausfahren konnten.

Schon von Weitem konnte die restliche Gruppe
ein mysteriöses, dumpfes, pochendes Geräusch
hören, so als würde massives Metall auf Metall
geschlagen. Als sie schließlich nahe genug
herangekommen waren, konnten sie durch den
Regen hindurch erkennen, wie jemand, bei dem es
sich nur um Flaubert handeln konnte, mit etwas
Riesigem auf das Tor eindrosch.

„Was tust du da?", fragte Mac Lane, als er nahe
genug an Flaubert herangekommen war.
Mittlerweile konnte er auch erkennen, dass Flaubert
mit einer aus dem Boden gerissenen Laterne gegen
das Tor schlug und es schon beinahe aus den
Angeln gerissen hatte.

„Den Gong schlagen, Bruder John!", lautete
Flauberts Antwort und er lächelte glücklich.

„Welchen Gong?", fragte Mac Lane zornig.

„Den Tempel-Gong, Bruder John!"

„Hör mit dem Bruder-John-Mist auf! Das ist
kein Gong, du Geisteskranker, das ist ein Tor!"

Flaubert ließ die Laterne fallen, die mit einem
dumpfen Geräusch auf dem Boden aufschlug.
„Kein Gong?"

„Kein Gong", erklärte Mac Lane, als habe er ein
Kleinkind vor sich. „Tor!"

„Was ist denn los? Ich dachte wir wollen
gehen?", fragte Flaubert, der offenbar ganz
plötzlich wieder bei Verstand war.

„Wollen wir auch, aber irgendein Rindvieh hat

die Tür demoliert."

„Wer? Einer von den Wachen?", fragte Flaubert verärgert. „Diese Mistkerle! Solche Cleverness hätte ich denen gar nicht zugetraut."

„Ist auch egal. Kannst du sie einreißen?", fragte Mac Lane der keine neue Grundsatzdebatte mit Flaubert lostreten wollte.

„Mit deiner Hilfe sicher. Pack mit an."

Flaubert und Mac Lane griffen sich beide ein Stück des Tors und zogen mit aller Kraft. Das Metall ächzte und das Tor gab schließlich beim ersten Versuch nach.

„Wer sind diese beiden Typen eigentlich?", fragte Tiago blass, als er Mac Lane und Flaubert das Tor herausreißen sah. Die Aufregung der Flucht und die Wiedersehensfreude hatten ihn bisher derart umfangen gehalten, dass Tiago erst jetzt wirklich mitzubekommen schien, was um ihn herum passierte.

„Das erkläre ich dir gleich im Jeep", beruhigte ihn Alex. „Aber keine Sorge, sie sind … ", sagte sie und machte eine kurze Pause. Sicher war sie sich im Grunde nicht, aber sie wollte ihren Bruder nicht mehr verunsichern, als nötig. „Sie sind in Ordnung, denke ich – hoffe ich … "

Nachdem Flaubert und Mac Lane das Tor aus der Wand gerissen hatten, stürmten sie durch die Öffnung.

Ein Stückchen weiter rechts, neben dem Haupttor, das hinaus in den Dschungel führte, befand sich eine Reihe von einfachen Garagen.

Direkt links und rechts neben dem Haupttor führte je eine Tür zu den Bunkeranlagen.

„Du nimmst die Tür rechts, ich nehme die links", rief Mac Lane Flaubert zu, der daraufhin nickte.

Flauberts Hand glitt in die Tasche seines Mantels und holte zwei Handgranaten heraus. Flaubert hatte sie eingesteckt, nachdem er und Kar'tacc bei ihrem Sturm auf das Hauptgebäude etliche Wachen ausgeschaltet hatten. Er hatte kurzum beschlossen, den Toten nicht nur ihre Gewehre, sondern auch gleich ihre Granaten abzunehmen. Behände warf er Mac Lane beide Granaten zu, der sie geschickt auffing. „Klemm sie zwischen Mauer und Türgriff, dann zieh den Stift und renn'!" rief Flaubert Mac Lane zu und zog zwei weitere Granaten aus der Tasche.

„Verstanden", bestätigte Mac Lane.

Die Granaten passten perfekt in den Spalt zwischen Türgriff und Mauerwerk, gerade so, als wären sie extra zu diesem Zweck entworfen worden.

Mac Lane zog beide Sicherungsstifte aus den Granaten. Ein metallisches Klicken und die Bügel sprangen auf. Die Granaten waren scharf. So schnell er konnte suchte Mac Lane das Weite, und ging hinter den Garagen in Deckung. Auf der anderen Seite konnte er Flaubert laufen sehen, der ebenfalls Deckung suchte. Flaubert grinste und hob einen Daumen, als Zeichen dafür, dass alles nach Plan verlief.

Die Explosion ließ nicht lange auf sich warten. Die Schockwelle der Explosionen hatte beide Türen mit Leichtigkeit aufgerissen. Teile des Mauerwerks waren herausgesprengt worden und überall in der Umgebung gelandet. Eine Wolke aus Staub und dem Rauch der Explosion, hüllte die Türöffnungen ein. Noch während sich die Rauchwolken ausdehnten, waren Flaubert und Mac Lane wieder auf dem Weg zurück zu den Türen.

Zwei Wachen kamen auf Mac Lanes Seite, hustend und keuchend, durch den Rauch gewankt und versuchten sich zu orientieren. Mac Lane bedachte sie kurzer Hand mit harten, gezielten Schlägen, sodass die Männer bewusstlos zu Boden sanken.

Flaubert hatte sich den einzelnen, entsetzten Wachmann gepackt, der auf seiner Seite aus der Rauchwolke gewankt war. Er hatte den schreienden Mann mit sich gerissen, zurück in die Rauchwolke, wo dessen Schreie abrupt verstummt waren.

Eine Weile lang drangen immer wieder Schreie und das gelegentliche Geräusch von Gewehrfeuer durch Rauch und Regen nach draußen, zum Rest der Gruppe.

„Diese beiden sind unglaublich", sagte Tiago staunend. Er war sich noch nicht ganz sicher, wie viel von allem real und wie viel eventuell auf die Nachwirkungen seiner Beruhigungsmittel zu schieben war.

„Ja", erwiderte Alex etwas verlegen. „Das sind sie, irgendwie." Sie wandte sich Maria zu. „Wie geht es deinem Bein?" Alex sah Maria besorgt an. „Bist du wirklich in Ordnung? Soll ich mir deine Wunde einmal ansehen?"

„Ist schon gut", sagte Maria rasch. „Wirklich, mir geht es gut. Es war nur der Schock und der Schmerze."

„Gut", sagte Alex und nickte lächeln. Ob Maria log oder nicht, konnte Alex nicht sicher sagen. Wenn sie es tat, konnte Alex es gut verstehen. „Sag es mir, falls es schlimmer wird, ja?" Sie lächelte Maria aufmunternd an.

Maria nickte und rang sich ebenfalls ein Lächeln ab. „Ja", sagte sie. „Danke."

„Und du?", fragte Tiago seine Schwester. „Wie geht es dir? Schmerzt dein Handgelenk noch sehr?"

„Ich spüre es kaum", log Alex und lächelte. Auch wenn sie sich vor Schmerzen kaum noch auf etwas anderes, als ihren Arm konzentrieren konnte, war sie doch viel zu stolz, es zuzugeben. Und für einen Bremsklotz gehalten werden, wollte sie auch nicht.

„Ich bringe dich zu einem Arzt, wenn wir hier raus sind", sagte Tiago und drückte Alex vorsichtig an sich.

Hinter dem Schleier aus Rauch und Staub, war es mittlerweile ruhig geworden. Mac Lane und Flaubert hatten keine Mühe gehabt, die von der Explosion überrumpelten Wachmänner auszuschalten.

Alex zuckte erschrocken zusammen, als sich die beiden großen Hälften des Tors plötzlich knarrend in Bewegung setzten. Noch während sie sich langsam vollständig öffneten, kamen Mac Lane und Flaubert aus der Wolke gelaufen. Beide nickten einander zufrieden zu, bevor Mac Lane in Richtung Garagen davonlief.

Flaubert hingegen eilte in Richtung der Gruppe davon.

Es dauerte nicht lange, da konnte man hören, wie in der Garage ein Wagen angelassen wurde. Eines der elektrischen Garagentore öffnete sich und Mac Lane fuhr einen tarnfarbenen Pickup heraus. „Alles einsteigen!" rief er, als er mit dem Pickup neben der Gruppe Halt machte. „Wo steckt Flaubert?", fragte Mac Lane verdutzt und blickte in die Runde.

„Er wollte etwas holen", sagte Alex ungehalten.

„Oh nein", sagte Mac Lane. „Doch nicht etwa …"

„Doch", sagte Alex und seufzte. „Genau das."

Kaum, dass Alex es ausgesprochen hatte, kam Flaubert mit seinem geliebten Koffer über der Schulter, um die Ecke gelaufen.

„So, wir können los, ich habe alles", sagte er lächelnd.

„Ich bin mir da nicht so sicher, aber was soll 's", spottete Mac Lane. „Wirf ihn auf die Ladefläche."

„Los geht 's", rief Flaubert freudig, nachdem er eingestiegen war.

„Na dann, erst mal raus hier", sagte Mac Lane und trat das Gaspedal durch.

Der Wagen heulte auf und schoss mit einem

Satz nach vorne, durch das geöffnete Tor. Mit spielerischer Leichtigkeit ließ Mac Lane den Pickup um die Panzersperren herumtanzen und lenkte den Wagen anschließend schnurstracks auf die Baumgrenze zu.

Kapitel 5

Schemen

1

Der Motor des vollbesetzten Pickups heulte laut auf, als Mac Lane den Wagen in voller Fahrt über einen kleinen Hügel jagte und das Vehikel durch die Luft schoss.

„Also, wohin soll ich fahren?", fragte Mac Lane lautstark, um den Lärm des Motors und den tosenden Regen zu übertönen.

„Ich weiß es nicht genau!", schrie Alex zurück. „Halt lieber an. Ich brauche eine Karte, um mich zu orientieren." Ihr Arm schmerzte noch immer, doch sie ließ sich nichts anmerken.

Mac Lane zögerte nicht lange und brachte den Pickup auf einer winzigen Lichtung zum Stehen. Mit flinken Fingern kramte Flaubert die Karte aus seinem Koffer und reichte sie Alex.

„Danke", sagte Alex und riss Flaubert die Karte so schnell aus der Hand, dass sie beinahe zerrissen wäre. „Mal sehen", murmelte sie und legte den Finger auf die Karte. „Wir müssten etwa hier sein. Ja, hier. Dann müssen wir … Ich brauche einen Kompass." Noch hatte sie sich nicht entschieden, ob sie es wirklich wagen konnte den beiden Untoten zu vertrauen und so versuchte sie, etwas Zeit zu schinden.

Flaubert kramte wieder in den Tiefen seines Koffers herum und zog alsbald einen kleinen Kompass hervor, den er Alex wortlos reichte.

Ganz in die Karte auf ihrem Schoß vertieft, nahm Alex den Kompass beiläufig entgegen. Einige Augenblicke lang fuhr sie mit ihrem Finger auf der Karte hin und her, drehte die Karte nach links und recht und runzelte die Stirn. Schließlich verkündete sie siegessicher: „Wir müssen weiter nach Süden. Dort entlang", sagte sie und wies nach links.

Es war die falsche Richtung, die sie ihnen gewiesen hatte, doch sie brauchte mehr Zeit.

Mac Lane nickte zufrieden. „Gut. Also nach Süden!", verkündete er und legte einen Blitzstart hin.

2

Der Pickup holperte nun schon seit einer knappen Stunde durch das Unterholz des Dschungels, immer in Richtung Süden. Keiner der Insassen hatte seit ihrem Aufbruch von der Lichtung ein Wort gesagt. Doch schließlich war es Mac Lane, der das Schweigen brach. „Du hast dich also entschlossen, uns zu helfen", stellte Mac Lane fest und warf einen kurzen Blick über die Schulter.

Alex sah verlegen weg. Sie blinzelte einige Male schnell, als ob sie gerade aus einem tiefen Schlaf erwacht wäre. „Ich ... ", begann sie und hielt wieder inne. Sie starrte die Nackenstütze des

Fahrersitzes an, als hege sie die leise Hoffnung, dort eine Antwort auf die Frage zu finden. „Ich weiß es nicht", sagte sie plötzlich sehr schnell und aufrichtig. „Es ist mein Gefühl. Meine Intuition. Sie sagt mir, dass es richtig ist, was ihr … was *wir* tun", gestand sie schließlich und wieder breitete sich ein tiefes Schweigen im Wagen aus. „Halt an!", rief sie schließlich bestimmt. „Wir fahren in die … "

„Falsche Richtung?", fragte Mac Lane wenig überrascht und grinste Alex über den Rückspiegel freundlich an. „Ich weiß, darum fahren wir auch nicht nach Süden!"

Alex und die anderen stutzten einen Moment, dann lächelte Alex verlegen.

Maria und Tiago sahen Alex überrascht an. Maria, die im Gegensatz zu Tiago schon längst wusste, mit wem sie sich ohne ihr Wissen eingelassen hatten, schien sich noch immer nicht mit dem Gedanken angefreundet zu haben, mit Vampiren unterwegs zu sein.

Tiago, der im Gegensatz zu Maria noch gar nichts wusste, weder, mit wem er auf Reisen war, noch warum, sagte nichts. Er war einzig und allein froh, seine Schwester wiederzuhaben und drückte sie fest an sich. Was auch immer es über Mac Lane und Flaubert zu wissen gab – davon war er überzeugt –, wenn es wichtig war, würde seine Schwester es ihm mitteilen – früher oder später. Er rieb sich schließlich die Schläfen, die zu schmerzen begonnen hatten und gähnte. Die Strapazen der Flucht waren wohl doch größer gewesen, als er angenommen hatte.

„Es tut mir leid", sagte Alex knapp und Mac Lane nickte, derweil Flaubert verständnislos den Kopf schüttelte.

„Schon gut", versicherte Mac Lane und der Jeep holperte munter weiter durch den Dschungel.

3

Das Licht des Vollmondes, das nur an wenigen lichten Stellen durch die dichten Kronen der Bäume sickerte, tauchte die Umgebung in seltsames Zwielicht. Überall schienen dunkle Klauen, monströse Fratzen und sich windende, schleimige Tentakel aus dem Bereich zwischen der Welt des Lichts und der Dunkelheit hervorzuschießen und den Pickup, samt seiner Insassen, ins Jenseits zerren zu wollen.

In die Dunkelheit.

Ins Nichts.

In etwas, das schlimmer, kälter und böser war, als der Tod.

In etwas, das nicht in diese Welt gehörte.

Nach einer weiteren Stunde Fahrt, der Morgen dämmerte bereits sacht, sagte Alex schließlich: „Es sollte jetzt nicht mehr weit sein." Sie hatte sich eng an ihren kleinen Bruder geschmiegt und bisher vergebens versucht, etwas Schlaf zu finden.

Nebelschwaden zogen langsam auf und wurden dichter, je weiter der Pickup fuhr.

Alex drehte den Kopf müde zur Seite und ließ den Blick über die vorbeihuschenden Schatten des Dschungels gleiten. Es schien ihr beinahe so, als versuche der Nebel oder etwas, das tief im Innersten des Nebels lauerte, sich am Pickup festzuklammern, ihn zu stoppen und um jeden Preis von jenem Ort fernzuhalten, den er so dringend zu erreichen suchte. Alex rieb sich benommen die Augen. In Gedanken scholt sie sich selbst verrückt. Natürlich war dort draußen bloß Nebel. Nebel, wie es ihn immer gab, wenn der Tag dämmerte. Es war einfach absurd zu glauben, der Nebel hätte ein Eigenleben. Sie schloss ihre Augen und war nur Sekunden später fest eingeschlafen.

4

Armdicke Tentakel, übersät mit dutzenden kleiner, geifernder Mäuler, voller spitzer Zähne, schossen ohne Vorwarnung aus dem wabernden, grauen Nichts hervor, das den Pickup umhüllte. Die schuppigen, schwarzen Tentakel wanden sich zielsicher auf Alex zu, wie wimmelnde Würmer.

Alex schaffte es gerade noch dem ersten, kräftigen Hieb auszuweichen und sich zur Seite zu werfen. Sie stöhnte vor Schmerz und zog ihren verletzten Arm dicht an den Körper.

Wieder schnellte eines der Tentakel hervor und peitschte in blinder Wut nach ihr.

Wieder rollte sich Alex zur Seite und entkam der

Attacke, doch dieses Mal landete sie nicht einfach auf der Seite, sondern fiel – sie musste irgendwie aus dem Pickup gefallen sein.

Das matte Zwielicht wurde immer blasser, die Finsternis, in die sie stürzte, immer deutlicher. Letztlich war alles verschwunden und Alex fiel durch bloße, endlose Dunkelheit, einem ungewissen Ziel entgegen.

5

So plötzlich, wie sie gekommen war, war die Dunkelheit auch wieder vergangen. Alex spürte, dass sie nicht mehr fiel, sondern, dass sie flach auf dem Rücken lag.

Wärmende Sonnenstrahlen hüllte sie ein und der Duft von unbeschreiblicher Freiheit, Reinheit und vollkommener Harmonie hieß sie willkommen. Schmetterlinge, in den wundervollsten Farben, tanzten anmutig durch das überirdisch schöne Licht.

Im ersten Moment musste Alex schnell blinzeln und ihre Augen mit der Hand in Schatten legen, um überhaupt etwas erkennen zu können, dann setzte sie sich auf. Ihr Mund öffnete sich ungläubig und sie starrte voller Verwunderung auf das Meer aus bunten Blumen, in dessen Mitte sie saß. Ganz automatisch stand sie auf, legte den Kopf in den Nacken und sah nach oben.

Dicke, grüne Lianen und braune Flechten

hingen herab und Alex erkannte nun, dass sie sich am Boden eines riesigen Erdloches befand. Trotz der Lianen und Flechten, fiel das wärmende, helle Licht der Sonne gleißend und fast ungehindert in dieses unterirdische Paradies hinab.

Eine Weile lang, badete Alex gedankenverloren in diesem wundervollen Licht, das alle Ängste aus ihr herauszuwaschen schien.

Sie schloss ihre Augen.

Schneller und immer schneller, begann sie sich im Kreis zu drehen, bis sie schließlich, vom Schwindel übermannt, zu Boden fiel und sie in weichem, dichtem Gras und Blumen landete.

Jeder Gedanke, an alles was passiert war, an die Tentakel, die Dunkelheit, aber auch an ihre Freunde, war verschwunden.

6

Kaum, dass Alex ihre Augen lange genug geschlossen hatte, da verspürte sie einen ziehenden Kopfschmerz. Er war nicht stark, aber deutlich genug, um unangenehm zu sein.

Langsam schob sich ein anderes Bild in ihre Gedanken. Sie kannte diesen Ort, aber wie konnte das sein?

Alex schlug ihre Augen auf und blickte in den strahlenden Sonnenschein. Als hätte man eine bewegte Illusion über diese Landschaft gelegt, blitzte wieder und wieder ein anderes Bild dieses

Orts, vor ihrem geistigen Auge, auf. Wie bei einer Überblende im Film, wechselten sich die Bilder ab.

In den Momenten, in denen der sonnige Rand des Lochs und die herrliche Wärme verblassten, drängte das Bild dieses Orts, wie er heute aussah, in ihr Bewusstsein.

In ihrer Erinnerung war der Rand des Erdlochs wesentlich dichter mit Lianen, Flechten und Moosen bewachsen gewesen, als er es jetzt war. Beinahe das gesamte Loch war mit einer Art verwobenem Teppich aus Ranken überspannt und nahezu verschlossen. Nur vereinzelt schafften es dünne Lichtstrahlen bis auf den, vom wuchernden Moos beherrschten, Grund. Ein leicht modriger Geruch von Feuchtigkeit lag in der Luft und anstelle tanzender Schmetterlinge, tummelten sich kleine Schwärme von Moskitos in jenen Bereichen der Höhle, in die das wenige Sonnenlicht vordrang.

Das war der Ort, wie sie ihn kannte.

Kalt.

Moderig.

Tot.

7

Als eine weitere Erinnerung an diesen Ort ihr Gedächtnis durchzuckte, fuhr Alex ruckartig herum. Sie wusste zwar weder, wie sie überhaupt hierhergekommen war, noch, ob dies alles real war, doch was sie sah, verschlug ihr den Atem und sie sank überwältigt auf die Knie.

Vor ihr erhob sich der in die Wand der Höhle getriebene Eingang eines imposanten Tempels. Die mächtigen Stufen – sieben an der Zahl – hatten je eine Höhe von gut sechzig oder sogar siebzig Zentimetern und erstreckten sich in ihrer Breite beinahe über die gesamte Ostwand der Höhle. Die unterste Stufe maß sechsunddreißig Meter, alle folgenden Stufen wurden in genau solch einem Verhältnis zueinander schmaler, dass der komplette Treppenaufgang einer kleinen Stufenpyramide glich.

Der Tempeleingang ähnelte einem riesigen Torbogen und bestehend aus drei massigen Quadern. Der oberste, quer verlaufende, Quader wurde von zwei senkrechten Quadern gleicher Größe gestützt. Sie alle waren übersät mit Schriftzeichen der Maya und fein ausgearbeiteten Reliefs, welche verschiedenste Szenen darstellten.

Auf beiden Seiten des Treppenaufgangs stand je eine imposante, mehrere Meter große, Statue. Die Statuen stellten riesenhafte, gefiederte Schlangen dar, deren Flügel auf mystische Weise in allen Regenbogenfarben leuchteten.

Der komplette Tempel, samt Stufen und Statuen, war aus dem gleichen Material gefertigt worden. Obwohl Alex sich fast sicher war, dass es sich um eine Art von Gestein handelte, konnte sie weder sagen, um welche Art Gestein es sich handelte, noch warum es glänzte, als wäre es pures Gold.

So sehr man sich auch bemühte und so genau man auch suchte, so fand man doch nicht die kleinste Spur für die Bearbeitung durch ein Werkzeugs, wie sie normalerweise zurückblieben. Es fanden sich auch weder Nähte, Fugen oder Freiräume, egal wohin man auch blickte. Die Anlage wirkte geradezu so, als wäre sie aus einem Stück gegossen worden.

8

Wieder verblasste der wunderschöne Anblick und das Bild aus Alex' Erinnerung nahm dessen Platz ein.

Der Tempel, wie er heute war, hatte viel von seinem ehemaligen Glanz verloren und lag im müden Halbdunkel des spärlichen Lichts. Nur an wenigen Stellen schimmerte noch etwas vom einstigen Glanz des Heiligtums, unter einer dichten Schicht aus Moos hervor und vermochte es so, den Unwissenden zu der fehlerhaften Annahme zu führen, es mit Gold zu tun zu haben.

Die beiden eindrucksvollen Statuen waren längst umgestürzt und lagen in Trümmern am Boden. Die Trümmer erweckten den Anschein, als wären beide Statuen mit Absicht und sehr gezielt zerstört worden.

9

Ein ihr bekanntes, schauerliches Geräusch, ließ Alex plötzlich ängstlich herumfahren. Sie befand sich wieder an dem friedlichen, perfekten Ort, der dies einstmals gewesen war.

Zitternd richtete Alex ihren Blick erwartungsvoll nach oben, zum Rand des Lochs. Ihre Augen fixierten die Stelle des Dschungels, von der sie glaubte, das Geräusch vernommen zu haben. Doch nichts geschah.

Illusion oder nicht, sie hatte etwas gehört, das ihr auf beängstigende Weise bekannt vorkam. Dieses heisere, zischende Brüllen, das die schwarzen Tentakel ausgestoßen hatten, als diese versucht hatten, Alex zu fassen zu bekommen. Alex' Herz begann zu rasen und sie ging ganz langsam, Schritt für Schritt, rückwärts, auf die Stufen des Tempels zu.

10

Ein Schwarm Vögel schoss, aufgeregt kreischend, aus der Krone eines großen Baums, der sich direkt am Rand des Erdlochs erhob. So schnell wie die Unruhe gekommen war, so schnell war die Ruhe zurückgekehrt, doch diese Ruhe war trügerisch.

Ein schwarzer, wabernder Schatten, der Alex an den dichten Nebel erinnerte, der den Pickup eingehüllt hatte, schob sich mit beinahe gleichgültiger Trägheit zwischen Bäumen und Büschen hindurch, zum Rand des Lochs. Dünne, züngelnde Fäden, die aussahen, als tanze dunkler Rauch im Wind, schlangen sich um den Baum, aus dessen Krone der Vogelschwarm gerade noch rechtzeitig entkommen war. Die körperlose Masse glitt Stück für Stück am dicken Stamm des Baums empor und hüllte ihn bald völlig ein. Als die Dunkelheit den Baum nach einigen Augenblicken wieder preisgab, bot er einen grausamen Anblick.

Die Krone des einstmals stolzen Baums war völlig kahl. Nicht das kleinste Blatt oder auch nur die Spur einer dünnen Ranke oder ein Ansatz von Moos war mehr geblieben. Der mächtige Stamm und die imposanten Äste waren nun von einer unheimlichen, blass grauen Farbe. Wie die verkrüppelten, monströsen Klauen einer urtümlichen Kreatur ragten sie ausgelaugt und verdorrt, kreuz und quer, in den Himmel.

Als Alex den Baum in diesem Zustand erblickte, hatte sie das Gefühl, ein leises, verzweifeltes Flehen zu hören. Ein Wehklagen, als hätte der gesamte restliche Dschungel seine Stimme gesenkt, um einen gefallenen Bruder zu betrauern.

11

„Alex", flüsterte eine sanfte, warme Stimme, die auf einmal die ganze Höhle auszufüllen schien. „Alex", flüsterte die Stimme ein zweites Mal energischer.

Alex hatte das Gefühl, dass die Stimme ihren Ursprung irgendwo hinter ihr, im Tempel, hatte, doch sie behielt lieber gebannt den finsteren Nebel im Auge.

12

Der Nebel war inzwischen komplett vom Baum heruntergetropft und wirkte mittlerweile eher zähflüssig, als gasartig.

Alex war sich nicht sicher, ob sie es wagen sollte, den Kopf zu drehen und diesen Nebel auch nur eine Sekunde aus den Augen zu lassen.

Ein kehliger, dumpfer Schrei drang irgendwo aus dem Inneren der Masse. Das dröhnende Gebrüll dieses Etwas' war schließlich so laut geworden, dass die Wände der Höhle und der Boden unter Alex' Füßen zu beben anfingen. Mit einer unerwartet schnellen Bewegung nach vorne, schwappte die dunkle Masse über den Rand des Loches und ergoss sich als brodelndes, schwarzes Meer hinab zu Alex in die Tiefe.

„Alex!", rief die Stimme erneut, deutlich lauter.

Voller Entsetzen starrte Alex die schwarze Masse eine Schrecksekunde lang an. Ganz deutlich konnte sie nun zahllose, wimmelnde, sich windende Tentakel erkennen, die sich im Inneren der Masse bewegten, wie Maden auf einem Kadaver.

Sie kannte diese Dinger.

Es waren diese Tentakel gewesen, die Alex im

Pickup angegriffen hatten. Sie drehte sich um und rannte los. Ganz egal, wer sie da rief und ganz egal, von wo, es konnte dort nur besser sein, als hier mit diesem dämonischen Biest.

Der Boden bebte, als sich die Masse in Bewegung setzte und Alex folgte. Wo die Masse den Boden, den sie berührt hatte, wieder preis gab, bot sich ein Bild der Zerstörung. Verdorrte, bräunliche Pflanzen und leblose, seltsam vertrocknet wirkende Hüllen von Insekten und kleinen Nagetieren, lagen herum. Es hatte den Anschein, als wäre der Tod persönlich durch diese Höhle gefahren und als hätte er ohne Erbarmen jedwedes Leben mit sich genommen, dessen er hatte habhaft werden können.

So schnell sie ihre Beine trugen, rannte Alex dem Portal des Tempels entgegen. Etwas funkelndes und auf magische Weise schimmerndes, hatte sich in das warme Licht gemischt und wieder ertönte die freundliche Stimme: „Alex!"

Das Rumpeln unter Alex' Füßen war stärker geworden und sie vernahm wieder das gierige Schmatzen tausender Mäuler, das sich schnell von hinten näherte.

Nur wenige Schritte trennten Alex noch von der ersten Stufe, die zum Tempel hinaufführte. Sie wusste nicht, ob es ihre Einbildung war oder ob das, was sie dort zu sehen glaubte, real war.

13

Die beiden Statuen, welche die Treppe flankierten, hatten begonnen mit ihren bunten Flügeln zu schlagen und sich von den Sockeln, auf denen sie geruht hatten, zu lösen. Nur einen Moment später rasten sie auf Alex und die wabernde, schwarze Masse hinter ihr, zu.

Alex konnte sich selbst nicht erklären, woher, doch etwas in ihr wusste einfach intuitiv, dass ihr die geflügelten Statuen nichts antun würden – im Gegenteil. Sie hatte es unterdessen gewagt, den Kopf zu drehen und einen kurzen Blick über die Schulter zu werfen. Noch im selben Moment erkannte sie, dass diese Entscheidung ein Fehler gewesen war, denn nun starrte sie direkt in den Schlund der Hölle.

Mit einer Geschwindigkeit, die Alex der Masse nie zugetraut hätte, schien sich diese buchstäblich vorwärts zu rollen. Immer wieder schossen einige der dicken, schwarzen Tentakel, knapp über dem Boden, aus der undefinierbaren, brodelnden Masse und bohrten sich ins Erdreich, sodass sie sich weiter vorwärts ziehen konnte.

Alex' Fuß stieß jäh gegen etwas Festes, das aus dem Boden ragte. Sie verlor das Gleichgewicht und stürzte schreiend zu Boden. Ihre Arme schnellten nach vorn, um den Sturz abzufangen.

Das knirschende Geräusch berstender Knochen, war laut und deutlich zu hören.

Alex wollte vor Schmerz schreien, doch sie

brachte nicht mehr hervor, als ein heiseres Röcheln. Blut schoss ihren Arm entlang und das bereits gebrochene Handgelenk ragte nun, bizarr verdreht, in die völlig falsche Richtung. Ein breiter Riss, der von den Knochensplittern gerissen worden war, klaffte im Fleisch ihres Handgelenks.

Als die Masse Alex am Boden liegen sah, ließ sie ein hohes, pfeifendes Geräusch hören, das wie zufriedenes Jauchzen klang. Voller Vorfreude darüber, ihrer Beute nun zum Greifen nahe zu sein, schnellten ein ganzes Dutzend der grausamen Tentakel aus dem schwarzen Nichts hervor und züngelte begierig in Alex' Richtung.

Alex versuchte das dumpfe Pochen und den betäubenden Schmerz so gut sie konnte zu unterdrücken. Wenn sie jetzt nicht wieder auf die Beine kam, war sie verloren. Sie nahm alle Willenskraft zusammen, die sie hatte und schaffte es, sich aufzuraffen. So fest sie konnte, presste Alex ihre Hand auf die blutende Wunde, doch ein stechender Schmerz ließ sie zusammenzucken. Sie wollte rennen, aber ihre Beine zitterten so sehr, dass sie das Gefühl hatte, sie seien aus Gummi.

14

Etwas Großes, mit schimmernden Flügeln, schoss rasend schnell so dicht an Alex vor, dass es sie beinahe mitgerissen hätte. Nur einen Lidschlag später, nahm Alex aus dem Augenwinkel heraus die

Silhouette eines zweiten, fliegenden Etwas' wahr, das ebenfalls an ihr vorbeigezogen war.

Mit unvorstellbarer Leichtigkeit und einem Geschick, das Alex ihnen niemals zugetraut hätte, waren die steinernen Schlangenwächter des Tempels dem Eindringling entgegen geflogen.

Als die Schlangenwächter die schwarze Masse erreicht hatten, hielt diese unvermittelt abrupt inne. Ein tiefes, grimmiges Grollen drang aus ihrem Inneren und die armdicken Tentakel zogen sich in Windeseile zurück in das Nichts.

Die beiden steinernen Schlangenwächter schossen in verwegenen Manövern um den schwarzen Kloß herum und schienen den Gegner vorerst genauer zu studieren.

Die schwarze Masse rührte sich keinen Millimeter.

Alex war von dem atemberaubenden Schauspiel so fasziniert und erschrocken zugleich, dass sie stehen geblieben war, um das Spektakel zu verfolgen. Dieser anmutige und doch kraftvolle Tanz der Schlangenwächter, um den schwarzen Kloß herum, hatte sie derart in seinen Bann gezogen, dass sie für den Moment sogar ihre Verletzung vergessen hatte. Alex starrte die Kreaturen an, als wären sie Gladiatoren, die zur Belustigung der Menge, in einer Arena fochten.

„Alex!", ertönte die Stimme wieder.

Von einem Moment auf den nächsten, war der Schmerz zurückgekehrt. Mit der Kraft einer heranrollenden Flutwelle, brach er so heftig über

Alex herein, dass ihr übel wurde. Es kostete sie einige Mühe, doch Alex schaffte es, sich aufrecht zu halten. Eine zweite Welle der Übelkeit schoss ihr durch den Magen und wurde schließlich so heftig, dass Alex sich übergeben musste. Stöhnend wischte sie sich den Mund mit dem Ärmel ab. „Verdammte … Scheiße", stöhnte sie und fasste das Portal des Tempels wieder ins Auge. „Ich muss … ", stöhnte sie, brach den Satz ab, schüttelte müde den Kopf und stürmte los, solange ihre Füße sie noch trugen.

15

Die ungleich wirkenden Kontrahenten schienen einander in ihrem Ring noch immer nur zu taxieren. Keine der beiden Seiten hatte es bisher gewagt, den ersten Schritt in Richtung Kampf zu unternehmen.

In dem Moment aber, als die brodelnde, schwarze Masse bemerkte, dass Alex weiterlief, ertönte erneut das tiefe Grollen. Dieses Mal klang es noch weit zorniger, als zuvor.

Aus der Seite des schwarzen Klumpens schoss plötzlich ein Tentakel hervor und zischte auf einen der beiden Schlangenwächter zu. Das Tentakel bekam den Schlangenwächter zu fassen und wand sich immer weiter um ihn.

Ein leises, schabendes Geräusch ertönte. Das Nagen unzähliger, monströser Mäuler, die das Tentakel überzogen und die sich nun am Körper des Schlangenwächters versuchten.

Keine Sekunde später, war der zweite steinerne Schlangenwächter zur Stelle. Er öffnete sein Maul, dass mit drei Reihen scharfer, weißer Zähne gespickt war und packte sich das schwarze Tentakel, das seinen Zwilling umschlungen hielt. Es hatte nicht mehr als einen einzigen Biss gebraucht, um es in zwei Stücke zu zerteilen.

Das Stück des Tentakels, das den Schlangenwächter umschlungen gehalten hatte, rutschte leblos an ihm herab und offenbarte dessen, von zahlreichen Bisswunden verunstalteten, Leib.

Das abgetrennte Stück landete, sich wie ein Wurm windend, am Boden, wo es nach einem Augenblick aufhörte zu zappeln und zu schwarzem, stinkendem Schleim zerfloss. Der Rest des Tentakels hatte sich blitzschnell ins Innere der Masse zurückgezogen.

Die beiden Schlangenwächter hatten sich inzwischen aufgeteilt und auf gegenüberliegenden Seiten der Masse positioniert. Der Unverletzte hatte das schwarze Monstrum ins Visier genommen und schwang nun beide Flügel ruckartig nach vorn.

Als wäre die Masse von einem riesenhaften, unsichtbaren Geschoss getroffen worden, krümmte sie sich. In ihrer Mitte war deutlich eine tiefe Einbuchtung zu sehen. Ein dumpfer, grunzender Laut ertönte und die Masse sackte ein Stückchen zurück.

Die Schlangenwächter waren mit ihren Schwingen dazu in der Lage, Luft zu komprimieren und zu beschleunigen. Eine solche Druckwelle wirkte sich auf Feinde aus, wie gigantische Schläge oder Schlimmeres.

Gerade, als der erste Schlangenwächter seine Attacke ausgeführt hatte und die Masse zu wanken begonnen hatte, hatte der zweite Schlangenwächter mit einem gleichen Schlag nachgesetzt.

Der schwarze Klumpen wurde erneut von einem unsichtbaren Hieb getroffen und der Treffer ließ die Masse nun in die entgegengesetzte Richtung schwanken. Die Masse stieß einen Laut aus, der an ein gequältes Stöhnen erinnerte, dann stoppte das Schwanken unverhofft. Die Masse richtete sich ruckartig wieder auf und ein ganzer Wust der dicken, schwarzen Tentakel schoss aus ihrem Zentrum hervor.

Annähernd zwei Dutzend der Tentakel, bekamen den unverletzten Schlangenwächter zu packen und schlangen sich in rasendem Tempo um ihn. Das Knirschen von Zähnen und das Bersten von Stein, drangen aus der Mitte des Knäuels.

Der angeschlagene, zweite Schlangenwächter kam sofort herbeigeeilt und fegte über die Tentakel, die seinen Kollegen umschlungen hielten, hinweg. Ein gezielter Schwung seiner Flügel und die Tentakel fielen, wie mit einem scharfen Messer zerteilt, in Stücken zu Boden.

Diese Mal hatte der Schlangenwächter die verdrängte Luft so genau auf eine kleine Fläche konzentriert, dass sie wie eine Klinge gewirkt hatte. Die Attacke war mit solcher Kraft ausgeführt worden, dass sogar noch im Boden unter den zerfetzten Tentakeln ein zwei Meter tiefer Riss entstanden war.

Die losen Enden der Tentakel waren von dem zweiten Schlangenwächter abgefallen und am Boden zu schwarzem Schleim zerflossen.

Nachdem die Tentakel von ihm abgefallen waren, konnte man deutlich sehen, dass auch er sehr mitgenommen war, sogar noch schlimmer, als sein steinerner Zwilling. Zusätzlich zu den Abschürfungen durch die Mäuler, zogen sich auch etliche breite Risse über seinen Körper, die durch den ungeheuren Druck der Tentakel entstanden waren. Kleinere Brocken seines steinernen Körpers waren herausgebrochen und zu Boden gefallen. Auch ein größeres Stück des Schwanzes des Schlangenwächters war krachend unter ihm auf dem Boden gelandet.

Die Tentakelstümpfe hatten sich in die schwarze Masse zurückgezogen, die jetzt wie von Sinnen schrie. Sie hatte zu pulsieren begonnen, als ob sich etwas Monströses in ihrem Inneren hin und her wälzte. Die Tentakel hatten sich im Inneren rasend schnell neu formiert und brachen nun, genauso schnell, abermals aus der Masse hervor. Gleich einer mächtigen Ramme, hatten sie sich dieses Mal dicht umeinander geschlungen und sahen aus, wie der gigantische Stamm eines dämonischen, schwarzen Baums.

Die hervorschießende Ramme erwischte den schwer angeschlagenen Schlangenwächter, riss ihn mit sich und rammte ihn mit ganzer Kraft in die Wand der Höhle.

Eine Wolke aus Felsstaub und Erde schloss das Ende der Ramme ein, sodass die Sicht auf den getroffenen Schlangenwächter versperrt war. Erst, als die Staubwolke lichter zu wurde und sich die riesige Ramme langsam ein Stück von der Wand zurückzog, konnte man das Ausmaß des Angriffs erkennen: Ein riesiges Loch klaffte in der Felswand. Hier und dort schimmerte etwas durch den Dunst, bei dem es sich auf den zweiten Blick um die leblosen, teilweise zu Staub zermahlenen, Reste des getroffenen Schlangenwächters handelte. Die Überreste rieselten und stürzten schließlich in einem güldenen Schauer zu Boden.

16

Noch während sich das Riesententakel von der Höhlenwand zurückzog, hielt der zweite Schlangenwächter wieder auf es zu. Er versetzte der monströsen Extremität eine ganze Salve von Schlägen und einen finalen Schnitt, welcher das Riesententakel entzwei riss.

Die schwarze Masse schrie vor Schmerz. Rasend vor Wut peitschte sie mit dem Stumpf des riesigen Tentakels blindlings umher. Als es plötzlich wieder gezielt auf den Schlangenwächter zugeschossen kam, reagierte dieser sehr schnell und schickte dem Riesententakel eine Salve von Schnitten entgegen,

167

die es zu Konfetti zerrissen.

Ein benommen wirkendes Stöhnen ertönte und die schwarze Masse begann hin und her zu wogen. Aus ihrem bebenden Inneren drang ein summender Laut, der durch seine Frequenz die Höhle zum Zittern brachte.

Felsstücke und Erdklumpen regneten von der Decke und der Schlangenwächter versuchte, nicht von ihnen getroffen zu werden.

Während der Schlangenwächter den herabregnenden Trümmern erfolgreich auswich, schoss plötzlich ein neues Riesententakel aus der schwarzen Masse hervor. Es hielt, wie zuvor, genau auf den Schlangenwächter zu und versuchte, ihn mit voller Kraft ebenfalls in die Wand der Höhle zu schmettern.

Der geschickte Schlangenwächter entging jedoch der Attacke des Tentakels, welches daraufhin ungebremst in die Wand raste. Die Wucht des Angriffs war derartig stark gewesen, dass nicht nur ein riesiges Loch in der Wand zurückblieb, sondern, dass auch ein ganzer Teil der Decke einstürzte.

Der Schlangenwächter aber zeigte sich unbeeindruckt und tänzelte mit filigranen Bewegungen zwischen den herabstürzenden Trümmern hindurch. Trotz dieser Manöver hielt er weiter auf das Riesententakel zu und versetzte ihm zwei weitere Schnitte.

Die schwarze Masse hatte jedoch aus ihren vorherigen Angriffen gelernt und so wich das

Riesententakel dem Angriff des Schlangenwächters aus.

Die Schnitte waren stattdessen in die Höhlenwand eingeschlagen und hatten dort zwei Felsspalten von mehreren Metern Tiefe geschaffen.

Das Riesententakel wirbelte nach seinem Ausweichmanöver herum und schoss wieder genau auf den Schlangenwächter zu, der ebenfalls auswich. Die schwarze Masse, der dieses ermüdende Spiel allmählich zu langweilig wurde, heulte erbost auf. Drei weitere Riesententakel stießen aus ihrem Inneren hervor, geradewegs auf den Schlangenwächter zu.

Der Schlangenwächter, der sein akrobatisches Geschick bereits eindrucksvoll zur Schau gestellt hatte, tänzelte erneut zwischen den Riesententakeln umher. Zwei von ihnen bedachte er während dieser Ausweichmanöver mit schmerzhaften Schnitten.

Es sah tatsächlich so aus, als würde der tapfere Schlangenwächter die dämonische Kreatur bezwingen können.

Von den Schnitten des Schlangenwächters getroffen, zogen sich diese zwei monströsen Tentakel zurück, während die beiden übrigen ihre Angriffe unablässig weiterführten. Wieder und wieder stießen sie auf den fliegenden Gegner zu, der ein ums andere Mal auswich, sodass die Riesententakel lediglich die Höhlenwände erwischten. Die Wut der Masse war längst ins Unermessliche gestiegen und sie griff den Schlangenwächter mit den beiden letzten

Riesententakeln an.

Wie schon zuvor, versuchte der Schlangenwächter die Gegner mit gezielten Schnitten in Stücke schneiden, doch keiner der Schnitte zeigte den erwarteten Effekt.

Bevor die Attacken die Riesententakel hatten treffen können, hatten sie sich unverhofft wieder in den Wust aus kleineren Tentakeln aufgelöst, aus denen sie bestanden. Diese flinken, kleinen Tentakel waren den kraftvollen Angriffen ohne Probleme entkommen und stürmten nun einzeln, dafür aber zu Hunderten, auf den Schlangenwächter zu.

Von der neuen Taktik seines Gegners und der schieren Übermacht an Tentakeln überrascht, versuchte sich der Schlangenwächter mit hektischen, unkoordinierten Angriffen in alle Richtungen zu verteidigen. Hier und dort gingen einige der Tentakel zerrissen zu Boden, doch wo sie eine Lücke ließen, erschienen sofort neue.

Der Schlangenwächter wehrte sich tapfer und schlug sich gut. Nachdem er den Überraschungsmoment verwunden hatte, verteilte er wieder gezielte Attacken. Schnitte, um Tentakel zu zerfetzten und Schläge, um gleich mehrere Tentakel zurückzuwerfen, die ihm zu nahegekommen waren.

17

Eine Weile lang sah es so aus, als würde der Kampf zu Gunsten des Schlangenwächters entschieden.

Tentakel griffen an, wurden zerrissen, fielen zu Boden und neue Tentakel traten an ihre Stelle, bis kein einziges von ihnen mehr übrig war.

Der Schlangenwächter verharrte kurz und schien sich nach seinem Teilerfolg einen neuen Überblick über den Gegner zu verschaffen, als direkt unter ihm ein Tentakel aus dem Boden brach. Es schoss gerade in die Höhe, traf den Schlangenwächter von unten und bohrte sich tief in ihn hinein. Der Schlangenwächter schlug hektisch mit den Flügeln und versuchte das Tentakel wieder loszuwerden, doch der Kampf war entschieden.

Langsam sickerte die Farbe aus den Flügeln des Schlangenwächters und das Tentakel führte den leblosen Körper sachte, fast behutsam, zu Boden. Schwarze Linien, die wie Adern aussahen, erschienen auf dem Körper des Schlangenwächters. Sie wurden immer deutlicher, während der goldene Schimmer des Schlangenwächters gleichzeitig abnahm. Schließlich erfüllte wabernde Schwärze die Augen des einstigen Schlangenwächters und er erhob sich wieder in die Lüfte.

Doch dieses Mal, erhob er sich nicht als Wächter. Dieses Mal, diente er einem anderen, finsteren, Herrn.

18

Mit schnellen Zügen seiner dunklen Schwingen, raste der übernommene Schlangenwächter auf Alex zu.

Auch die schwarze Masse setzte sich wieder in Bewegung und stürmte ihrem steinernen Diener hinterher.

Alex hatte es inzwischen beinahe geschafft. Mit Erschöpfung und Übelkeit ringend, machte sie sich daran die letzte der mächtigen Stufen zu nehmen, die sie noch von der Terrasse vor dem Tempelportal trennte. Sie zog sich mit letzter Kraft stöhnend über den Absatz, rollte auf den Rücken und blieb keuchend liegen. Der dumpfe, pochende Schmerz in ihrem Arm, war unerträglich.

Alex hatte sich kein einziges Mal umgesehen, seit sie losgelaufen war. Sie drehte den Kopf zur Seite und ihre Augen weiteten sich vor Entsetzen.

Die schreckliche, schwarze Masse hatte sich nicht nur wieder in Bewegung gesetzt, sondern sie hatte nun auch noch einen Verbündeten gefunden.

Nur mit der Kraft der Verzweiflung und ihrem eisernem Willen gelang es Alex, sich wieder aufzurichten. Dicke Schweißtropfen rannen ihr über das Gesicht.

„Alexandra!", rief die warme Stimme wieder und schien ganz nah.

Alex presste ein heiseres Stöhnen zwischen geschlossenen Zähnen hindurch, als der Schmerz sie durchzuckte. *Reiß dich zusammen*, tadelte sie sich.

Es ist fast geschafft.

Wut und der unbändige Wille, bis zum letzten Atemzug um ihr Leben zu kämpfen, keimten in ihr auf und verdrängten ihre Furcht. Alex würde sich nicht einfach kampflos in ihr Schicksal ergeben, auch wenn ihr klar war, dass sie ihrem Gegner nicht das Geringste entgegenzusetzen hatte.

Alex sah sich um und fixierte das Portal des Tempels. War denn diese seltsame Stimme aus dem Inneren des Tempels, tatsächlich die bessere Wahl? Die Schlangenwächter des Tempels hatten sich zwar erhoben und den nahenden Schrecken bekämpft, doch woher sollte Alex wissen, dass nicht vielleicht eine andere, uralte Kreatur in den Tiefen des Tempels lauerte? Vielleicht hatte diese Kreatur am Ende einfach das Begehren, Alex ganz einfach selbst haben zu wollen?

„Alexandra!", rief die Stimme aus dem Tempel wieder und es war, als hätte Alex durch ihren bloßen Klang neue Kraft bekommen. Eine angenehme, wohlige Wärme stieg in ihr auf. Das Zittern ihrer Beine hatte mit einem Mal aufgehört und sogar ihre Übelkeit war fast augenblicklich verflogen. Ob es wirklich die richtige Entscheidung gewesen war, wusste Alex selbst dann noch nicht, als sie in Richtung Tempelportal losrannte. Was auch wirklich hinter dieser Stimme steckte, Alex wusste in jedem Fall, dass sie lieber von wärmendem Licht, als von gähnender Dunkelheit verschlungen werden wollte – wenn sie schon nur zwischen diesen beiden wählen konnte.

19

Der Boden unter Alex' Füßen hatte so heftig zu vibrieren begonnen, dass ihr sofort klar war, dass dies nur eins bedeuten konnte:

Die Masse hatte die Treppe erreicht.

Alex rannte so schnell sie konnte. Kaum zwanzig Meter trennten sie noch vom Portal – und damit hoffentlich von ihrer Rettung.

Du schaffst es!, feuerte sich Alex an.

Nur noch fünfzehn Meter.

Du schaffst es!

Noch zwölf Meter.

Das Beben war inzwischen so stark geworden, dass Alex fürchtete, zu stolpern.

Reiß dich zusammen. Du schaffst es. Nur noch ein kleines Stück!

Acht Meter.

Alex spürte ganz deutlich einen Luftzug, begleitet von einem peitschenartigen Knall, dicht hinter ihr. Etwas schien sie nur um wenige Zentimeter verfehlt zu haben.

Sechs Meter.

Du schaffst es! Die kriegen dich nicht! Die kriegen dich nicht! „Du kriegst mich nicht!", schrie Alex den letzten Satz entschlossen aus vollem Hals.

Die Antwort war ein mörderisches Grollen.

Vier Meter.

Alex hatte den Fehler begangen, den Kopf zu drehen, um zu sehen, wie nahe ihr der Verfolger bereits gekommen war – der seidene Faden, an dem ihr Verstand hing, drohte zu zerreißen.

Inmitten des ekelhaften, dichten Knäuels aus schwarzen Tentakeln, das sich im Zentrum der dunklen Masse wand, war noch etwas anderes. Dort, zwischen tausenden von Tentakeln, starrte etwas zurück. Alex erkannte die monströse, schwarze Parodie eines Kopfes, der aussah, wie eine quallenartige, aufgeblähte Kuppel, aus brodelndem Fleisch. Die Kuppel war über und über mit großen und kleinen, bösartig funkelnden, milchig weißen Kugelaugen bedeckt. Diese starren, lidlosen Augen – die Alex an die Augen einer Spinne erinnerten –, drängten sich so eng aneinander, dass zwischen ihnen kaum eine Stelle der schwarzen, schuppigen Haut zu erkennen war. Aus diesem Schlund der Hölle drangen Geräusche, die klangen, als murmelten hunderte von wahnsinnigen Stimmen in verschiedenen Sprachen, Tonlagen und Stimmungen, unkoordiniert durcheinander.

Zwei Meter.

Alex stieß plötzlich mit etwas Hartem zusammen und stürzte rückwärts zu Boden, schaffte es aber, sich nur mit ihrer unverletzten Hand abzufangen „Nein … ", hauchte Alex verzweifelt und entkräftet, als sie den Blick hob und erkannte, dass sie in den einstigen Schlangenwächter gerannt war, der sich zwischen sie und das Tempelportal geschoben hatte.

Ein vielstimmiges, boshaftes, irrsinniges Lachen erklang hinter Alex und der Boden hörte auf zu beben.

Alex legte den Kopf in den Nacken.

Die schwarze Masse hatte innegehalten und begonnen, sich mit einem zufriedenen, dämonischen Lachen, langsam, so als habe sie nun alle Zeit der Welt, siegessicher über Alex zu beugen.

Alex zitterte wieder am ganzen Körper. Alle Kraft und Hoffnung, ja sogar die Wärme in ihr, schienen von der Kreatur aufgesogen zu werden.

Vier der dicken, schwarzen Tentakel schoben sich langsam auf Alex zu.

Sie war starr vor Angst und ein Teil von ihr wünschte sich zu sterben, nur damit all dies endlich vorbei wäre.

Während Alex am Boden lag und hilflos in das Verderben starrte, das sich über ihr auftürmte, kam Leben in das strahlende Licht, das aus dem

Tempelportal floss. Tentakel aus Licht, die in ihren Bewegungen und ihrer Größe Schlangen sehr ähnlich waren, schlängelten sich zu Dutzenden unbemerkt hinter den versklavten Schlangenwächter. Ihre Enden begannen sich S-förmig aufzurichten, wie Schlangen, die in Angriffsposition gingen und jeden Moment losschlagen wollten – und genau das taten sie auch.

Ein sanfter Ruck ging durch den Schlangenwächter, als alle Schlangen aus Licht gleichzeitig zustießen und sich in seinen Rücken bohrten. Er gab keinen Laut von sich, sondern verharrte weiter ruhig vor dem Portal. Erst geschah nichts, dann aber begann eine Veränderung ihren Lauf zu nehmen und der Prozess der Verwandlung durch die schwarze Masse, kehrte sich um. Die unheimliche Schwärze verließ den Körper als dunkler, sich windender Rauch, der träge gen Himmel stieg und sich dort verlor. Je mehr der verderbte Einfluss auf den Wächter schwand, desto deutlicher nahmen seine Flügel wieder ihren regenbogenfarbenen Schein an.

Als die schwarzen Tentakel Alex so nahe gekommen waren, dass sie beinahe ihr Gesicht berühren konnten, stöhnte die schwarze Masse plötzlich heiser auf und krümmte sich vor Schmerz. Ihre eben noch ausgestreckten Tentakel, huschten eilig zurück ins Innere der schwarzen Masse, wo sie sich rasch schützend um den kuppelartigen Kopf legten.

22

Der Schlangenwächter, der seinem Namen nun wieder gerecht wurde, hatte nach seiner Umwandlung ohne zu zögern der schwarzen Masse einen so heftigen Schlag versetzt, dass diese einen knappen Meter nach hinten getaumelt war.

Drei oder vier der runden, bleichen Augen waren ungeschützt getroffen worden und wie Seifenblasen zerplatzt. Eine schleimige, giftgrüne Substanz tropfte aus ihnen heraus und lief ölig, schmierig über den ganzen Kopf hinunter.

Der Schlangenwächter versetzte der Kreatur einen weiteren schweren Schlag. Dieser Schlag war so knapp an Alex vorbeigegangen, dass der entstandene Sog ihren Ärmel zerrissen hatte.

Alex wurde schnell klar, dass der Schlangenwächter aus diesem Grund nur Schläge verteilte. Hätte er zu Schnitten angesetzt, hätte er Alex vermutlich auch getroffen. „Danke", flüsterte Alex aufgeregt und sah den Schlangenwächter dankbar an. Nicht, dass sie eine emotionale Reaktion erwartet hätte, doch es tat ihr einfach gut. Sie hatte sich gerade wieder aufgerafft und wollte an ihrem Retter vorbei zum Portal eilen, da verließ er seine Position.

Der Schlangenwächter war mit einem einzigen Schlag seiner Schwingen zwischen Alex und die schwarze Masse geglitten. Als im nächsten Augenblick ein Knäuel schwarzer Tentakel den Schlangenwächter umschlang, wich Alex entsetzt einen Schritt zurück. Ein kurzer, summender Ton war zu hören, der Alex an ein zufriedenes Seufzen erinnerte.

Die schwarzen Tentakel schlangen sich immer fester um den steinernen Körper, bis dieser schließlich knirschend zerbrach und in kleinen, leblosen Stücken zu Boden fiel.

Die schwarze Masse verharrte kurz, doch dann schoss ein ganzer Wald aus Tentakeln aus ihr hervor, auf Alex zu.

Alex wich aus, machte auf dem Absatz kehrt und rannte los. Mit einem langen, gestreckten Hechtsprung flüchtete sie sich über die Schwelle des Tempels.

Eine Sekunde später hämmerten die Tentakel, bei ihren Versuchen Alex zu fassen zu bekommen, gegen eine unsichtbare Barriere, die den Eingang blockierte. Vor Wut schreiend und sich immer wieder gegen die Barriere werfend, versuchte die Masse mit aller Macht sich gewaltsam Zutritt zu verschaffen, doch ihr Bemühen blieb erfolglos.

23

Alex stutzte. Sie hatte mit einem schmerzhaften, harten Aufprall auf dem steinernen Boden des Tempels gerechnet, doch der Aufprall kam nicht. Es dauerte einen Moment bis Alex spürte, dass sie von zwei Armen umschlungen wurde, die sie hielten. Überrascht und auch ein wenig ängstlich, hob sie den Kopf. Ihr Blick fand den, in strahlendes Licht gehüllten, nackten Oberkörper eines Mannes und glitt weiter hinauf zu dessen Gesicht.

Der Mann, der sie im Arm hielt, lächelte Alex freundlich an. Seine strahlenden, grünen Augen hatten einen mysteriösen, beinahe metallisch wirkenden Glanz.

Alex stieß sich hastig von ihm weg – eine dumme Idee, wie sie schnell feststellen musste. Sie stöhnte vor Schmerz, brach in die Knie und umklammerte ihr gebrochenes Handgelenk. Schwer atmend glitt ihr Blick zum ersten Mal richtig an ihrem Arm hinunter, zu dem blutenden, roten Klumpen, der einmal ihr Handgelenk gewesen war. Das Pochen und der stechende Schmerz wurden beim Anblick der Verletzung sofort heftiger. Übelkeit brandete in ihr empor und Alex hatte das bestimmte Gefühl, jeden Moment in tiefer Ohnmacht zu versinken.

Der Mann war langsam vor Alex in die Knie gegangen und lächelte noch immer. Er streckte seine Hand langsam nach Alex' Verletzung aus.

Misstrauisch und aus Angst, die Berührung könnte ihren Schmerz nur noch verschlimmern, zog Alex die Hand zur Seite – zu schnell. Sie stöhnte leise.

Die leuchtend grünen Augen des Manns suchten Alex' Blick und ihre Unruhe begann langsam zu verfliegen. Ihre Angst wich einem Gefühl tiefer, zufriedener Gelassenheit und sie spürte nicht einmal, wie der Mann seine Hand auf ihr Handgelenk legte, nur, wie er sie wieder zurückzog.

Erschrocken riss Alex ihre Hand zur Seite und stutzte. Sie sah ungläubig auf ihr Handgelenk hinab. Kein Tropfen Blut war mehr zu sehen, keine Knochensplitter ragten mehr, bizarr verdreht, daraus hervor und es gab auch keine klaffende Wunde mehr. Ihr Handgelenk war völlig geheilt. Alex hob fassungslos den Kopf und suchte den Blick des Mannes, der aber inzwischen wieder aufgestanden war. Erst in diesem Moment wurde ihr bewusst, dass der Mann nicht nur einen nackten Oberkörper hatte, sondern, dass er tatsächlich völlig nackt war. Alex, die davon ausgegangen war, dass ihr Gegenüber noch hockte, und dass sie ihm deshalb ins Gesicht sehen würde, starrte stattdessen nun einen ganz anderen Körperteil ihres Gegenübers an. Ihr Kopf rutschte in eine leicht schiefe Lage, während sich ihr Mund mit einer Mischung aus faszinierter Bewunderung und tiefer Fassungslosigkeit, langsam öffnete.

„Fühlst du dich besser?", fragte der Mann mitfuhlend und Alex erkannte seine Stimme als jene Stimme wieder, die sie die ganze Zeit über gerufen hatte. Obwohl die Stimme ganz eindeutig zu dem Mann gehörte, der hier direkt vor ihr stand, schien sie doch aus weiter Ferne und allen Richtungen gleichzeitig zu kommen.

Alex' Augen weiteten sich erschrocken und sie riss ihren Kopf beschämt zur Seite, als ihr bewusst wurde, dass sie dem Mann noch immer unablässig auf den Schritt starrte. „Ich ... Ich denke ... schon. Ja. Danke."

24

„Rührend", ertönte eine andere, tiefe – dunkle – Stimme sarkastisch, vom Portal her.

Alex fuhr herum und blickte zum hinter ihr liegenden Eingang des Tempels.

Die wabernde, schwarze Masse hatte begonnen sich zu verändern. Sie schrumpfte immer weiter zusammen, bis sie schließlich eine fast säulenartige Form erreicht hatte, aus deren Basis noch immer ein dicker Wust der schwarzen Tentakel herausragte. Langsam verdichtete sich die schwarze Säule zu einer annähernd menschlichen Gestalt. Arme bildeten sich und lösten sich vom Rumpf. Ein Kopf formte sich und zwischen den wimmelnden Tentakeln entstanden Beine. Kaum eine halbe Minute war vergangen, als schließlich ein vollständiger menschlicher Mann vor dem Portal des Tempels stand. Das kurze, blonde Haar des Mannes war adrett zurechtgemacht und sah sorgfältig gekämmt aus. Kein einziges Barthaar oder auch nur Bartstoppeln, verunzierten seine Züge. Seine leuchtend blauen Augen blickten Alex und den Mann hinter ihr arrogant an. Er lächelte selbstgefällig, während sich die übrigen schwarzen Tentakel langsam unter den Saum seiner Anzughose verkrochen. „Es ist lange her."

182

„Das ist wahr", antwortete der Mann, der hinter Alex stand und trat unmittelbar an den Tempeleingang heran. „Und wie ich sehe, hast du dich nicht verändert, Micc'ha'al."

„Ich bevorzuge mittlerweile Michael, wenn du gestattest."

„Und ich noch immer Kukulcan", antwortete der nackte Mann ruhig.

„*Du* bist nicht mehr, als ein blasser Schatten von Kukulcan. Eine vergehende Erinnerung. Ein *Schemen*. Kukulcan hätte sich nicht vor mir versteckt. Er hätte gekämpft!", spottete Michael und versuchte sein Gegenüber zu provozieren.

„Michael … ", flüsterte Alex ungläubig und ihr Herz begann zu rasen. Dieser Mann, dieses *Ding*, dort draußen, das – dessen war sich Alex sicher – aus den tiefsten Abgründen der Hölle empor gekrochen war, sollte der Erzengel Michael sein? Mac Lane hatte zwar erzählt, dass Engel nicht jene glorifizierten, wohltätigen, mystischen Wesen waren, für die sie jedermann hielt, doch nun bekamen seine Wort für sie zum ersten Mal eine greifbare, reale Komponente. Ein Gesicht. Einen Charakter. Eine Bosheit und Überheblichkeit, über die auch seine jetzige Gestalt und der feine, weiße Anzug nicht hinwegtäuschen konnten.

„Bemüh' dich nicht", sagte Kukulcan ruhig. „Du wirst diese Frau nicht bekommen."

„Oh, ich versichere dir, dass ich ihr nichts antun werde. Du hast mein Wort", sagte Michael, legte eine Hand flach auf die Brust und hob die andere in die Luft, zum Schwur.

„Ich weiß", sagte Kukulcan. „Zumindest solange, wie sie für dich von Nutzen ist."

Michaels Grinsen wich für einen Augenblick nachdenklichem Stutzen, kehrte dann aber umgehend zurück. „Was du nicht sagst", erwiderte er und versuchte sein Erstaunen zu überspielen. „Aber wenn es dich beruhigt, sie wäre für einen edlen Zweck gestorben. Den einzig edlen Zweck, wenn du mich fragst."

„Was ich nicht tue", sagte Kukulcan. „Bemüh' dich also nicht."

Michaels Augen begannen zornig zu funkeln und er trat näher an die unsichtbare Barriere heran. „Du warst und bist ein Narr, Kukulcan. Du hättest dich dem einzig wahren Gott nicht widersetzen sollen. Doch es ist noch nicht zu spät. Gib mir die Frau. Was ist schon ein Mensch? Ein Mensch, den du opferst und Milliarden die du damit rettest."

„Wenn ich das Schicksal der Menschheit in deine Hände legen würde, würde ich sie nicht retten – im Gegenteil", antwortete Kukulcan und blieb gefasst.

Michael schlug mit aller Wucht beide Handflächen gegen die Barriere und ein Donnergrollen erfüllte den Raum. „Ich warne dich, *Schemen*, du überschätzt deine Macht und versetzt mich in Rage. Das ist nicht klug", sagte Michael und lächelte hämisch.

„Was will er von mir?", fragte Alex und stand auf. „Wozu braucht er mich?"

184

„Deinen Körper", antwortete Kukulcan. „Deinen Körper und Geist. Deinen Geist, weil er alle Informationen enthält, die er benötigt und deinen Körper, weil er es ihm erlauben wird, unentdeckt mit deinen Freunden zu reisen und das Artefakt zu bergen, das meine Essenz enthält. Und", Kukulcan zögerte kurz, ehe er ergänzte: „Und aus einem Grund, den ich dir noch nicht verraten kann."

„Aber er kennt diesen Ort doch jetzt", warf Alex ein und sah Kukulcan fragend an.

„Nein. Er kennt *diese Projektion* des Ortes, den er sucht, nicht den Ort selbst. Was du für einen realen Angriff auf dich und euer Fahrzeug gehalten hast, war ein Versuch, in dein Unterbewusstsein, deinen Verstand, einzudringen und von dir Besitz zu ergreifen. Ich habe dich hierher geholt, um dich vor ihm zu schützen. Doch leider, konnte er dir hierher folgen", erläuterte Kukulcan.

„Dann träume ich das alles nur?", fragte Alex die mittlerweile gar nichts mehr verstand.

„So einfach ist es nicht. Es ist viel mehr als ein Traum."

„Ihr vergesst eine Kleinigkeit", sagte Michael, der noch immer mit flachen Händen an der Barriere lehnte. „Es spielt keine Rolle, wo sie hier ist und wie sie herkam, denn sie wird diesen Ort entweder mit mir oder gar nicht verlassen."

„Was meint er?", fragte Alex und starrte Michael grimmig an.

„Ich meine, dass dein Freund dort", Michael

nickt in Richtung Kukulcan und kicherte. „Schon all seine Kraft aufbringen musste, um seine Schlangenwächter zu erwecken und nun muss er auch noch diese Barriere aufrecht erhalten." Michael lachte laut auf. „Oh, und nicht zu vergessen, die aufwändige Heilung deiner Wunde. Du siehst also, du bist hier gefangen, solange, bis der Schild bricht oder er dich freiwillig herausrückt. Er kann dich nicht zurückschicken. Seine Kraft und Konzentration sind auf diese Barriere gerichtet." Michael schlug wiederholt mit der Hand auf die Barriere, die bei jedem Schlag ein leises Summen hören ließ. „Er ist eben kein Gott, sondern nur ein schwacher *Schemen*."

„Ein schwacher Schemen, dessen angeschlagene Kraft trotzdem mehr als ausgereicht hat, dich zu stoppen?", fragte Kukulcan in ruhigem, aber bestimmtem Ton. *So alt und doch so dumm. Für schwach hältst du mich? Narr*, dachte Kukulcan.

Brennender Hass loderte in Michaels Augen auf und er schlug wie von Sinnen auf die Barriere ein. *„Was bildest du dir ein? Wie kannst du es wagen mit dem Stellvertreter Gottes in diesem Ton zu sprechen? Armselige Kreatur!"*

„Du bist längst nicht mehr sein Stellvertreter", sagte Kukulcan entschieden. „Du hast längst seinen Thron für dich beansprucht. Es ist dir ganz recht, dass dein ehemaliger Gott in ewigem Schlaf liegt." Kukulcan schüttelte den Kopf und seufzte schließlich mitleidig. „Was du verteidigst, ist nicht dein Gott. Was du verteidigst, ist deine Utopie.

Was du tust, tust du einzig in *deinem* Namen, für eine Welt nach *deinen* verdrehten Vorstellungen."

Michaels Stimme war vor Zorn zu einem hohen, heiseren Kreischen verrutscht. *„Stell dich mir! Komm da raus und stell dich mir! Verfluchte, hinterhältige Schlange! Du …"* fauchte Michael, dann griff er sich an den Kopf, taumelte einige Schritte rückwärts und stöhnte tief. „Nein, das kann nicht sein!" stöhnte er.

Alex sah Kukulcan fragend an, der jedoch schien genau so verblüfft zu sein, wie Alex.

Die Umrisse des Erzengels wurden blasser und wieder stöhnte er vor Schmerz auf. „Ich … Ich … Dieser verdammte, Bastard! Das ist noch nicht … vorbei", rief er und seine Gestalt zerriss in dünne Nebelschwaden, die sich schnell im Wind verloren.

„Was war das?", fragte Alex misstrauisch. „Ist er weg? Oder ist das ein Trick?"

„Er ist weg", versicherte Kukulcan. „Ich spüre ihn nicht mehr."

„Was glaubst du, ist passiert?", wollte Alex überrascht wissen.

„Etwas in der realen Welt, nehme ich an. Diese Gestalt war nur eine Manifestation seines Geistes. Etwas muss mit seinem Körper geschehen sein", erklärte Kukulcan.

„Was denn?", fragte Alex hoffnungsvoll.

„Jemand muss ihn verwundet haben", antwortete Kukulcan beeindruckt.

„Einen Erzengel verwundet?", staunte Alex. „Wer könnte so etwas tun?"

„Nicht viele."

„Mac Lane?", fragte Alex euphorisch und lächelte seit langer Zeit wieder einmal.

„Nein", sagte Kukulcan entschieden. „Deine Freunde wären nicht annähernd stark genug dazu."

„Du weißt wer es ist, habe ich recht?", fragte Alex und ließ nicht locker.

„Ja." Kukulcan nickte sacht und ein zufriedenes Lächeln trat in sein Gesicht. *Blake*, dachte er.

Kapitel 6

Vermächtnis

1

Der vollbesetzte Pickup machte einen kleinen Satz, als Mac Lane ihn, wieder einmal, in Höchstgeschwindigkeit über eine der riesigen Wurzeln jagte. Als der Wagen wieder aufsetzte, war die Erschütterung so stark, dass Flaubert mit dem Kopf unter das Dach stieß.

Tiago und Maria, die die Zeit genutzt hatten, um etwas Schlaf zu finden, schreckten überrascht auf und brauchten einen Moment, um sich zu orientieren.

Nur Alex schlief noch immer tief und fest, eng an ihren Bruder geklammert.

„Mein Kopf und ich wären dir dankbar, wenn du versuchen könntest, nicht jede Wurzel und Bodenwelle zu erwischen", sagte Flaubert mürrisch und rieb sich den schmerzenden Kopf.

„Ich richte es dem Kapitän aus", erwiderte Mac Lane in übertrieben höflichem Ton.

„Wundervoll", sagte Flaubert sarkastisch. „Und ich werde derweil auf die Stewardess warten, die mir mein Erfrischungstuch bringt und sehe mir den Bordfilm an."

„Wenn dich das ruhig stellt, gern. Meinst du, du schaffst es, ohne dir das Hirn wegschießen zu lassen?", fragte Mac Lane und grinste süffisant.

„Ich hatte wenig getrunken!", brüllte Flaubert und begann wild mit den Händen zu gestikulieren.

„So? Und die ganzen Wachen? Du hättest dir vielleicht mal eine schnappen und verköstigen sollen, anstatt sie einfach alle umzulegen."

„Was wird das, bist du jetzt schon Ernährungsberater oder was? Halt dich aus meinen Essgewohnheiten raus", fauchte Flaubert. „Und wie ich mich zu erinnern glaube, ist dir das Blei vorhin auch nicht gut bekommen."

„Es war ein wenig viel Blei auf einmal, ja, dass gebe ich zu, aber wenigstens hab ich mir nicht das Gehirn wegpusten lassen", erwiderte Mac Lane bestimmt.

„Jetzt hör' mir mal laut und aufmerksam zu", drohte Flaubert. „Ich bin nicht daran schuld! Das ist eine verdammte, weltumspannende Verschwörung, zur Untergrabung meiner Autorität. Das reicht hinauf bis zu den höchsten Regierungsstellen!"

„Ja, ich weiß", sagte Mac Lane.

„Machst du dich schon wieder über mich lustig?", fragte Flaubert und lief langsam rot an.

„Was? Nein! Vergiss es einfach." Mac Lane ignorierte Flauberts folgende Predigt und drehte sich, ohne anzuhalten oder langsamer zu werden, nach hinten um. „Wie geht 's weiter, Alex?"

Flaubert packte Mac Lane an der Schulter und riss ihn ruckartig wieder herum. „Sag mal, spinnst du jetzt komplett? Augen geradeaus beim

Autofahren! Wir haben Frauen und Sterbliche an Bord!"

„Du und deine antiquierten, französischen Verkehrsregeln", spottete Mac Lane.

„Du kriegst von mir gleich was französisches in die Fresse, wenn du so weitermachst!", schimpfte Flaubert.

„Was wird das? Machst du mich etwa von der Seite an? Ich kenne diese Art von Filmen. Mit dem Gesicht fängt es an und ehe man es sich versieht, muss man um seinen Arsch bangen", erklärte Mac Lane mit gespieltem Entsetzen.

„Na von vorne geht 's ja schlecht oder soll ich aussteigen? Augen geradeaus! Ich rede mit Alex." Flaubert drehte sich um und blickte von einem fragenden Gesicht zum Nächsten. „Das … Also ich … ", stammelte Flaubert, dem der Vorfall nun doch etwas peinlich war. „Wisst Ihr, Mac hatte eine schwere Kindheit", sagte er schließlich.

„Ach ja?", erkundigte sich Mac Lane vom Fahrersitz aus.

„Klappe halten und Autofahren, mehr verlange ich doch gar nicht von dir!", schrie Flaubert, dessen Gesicht inzwischen purpurrot angelaufen war, zurück.

„Ja, ja, schon gut. Ich werd' den Teufel tun und einer Lady widersprechen!"

„Ganz genau! Ich … warte! – was?", fauchte Flaubert zurück, ballte die Fäuste, beließ es aber schließlich dabei. Er schloss die Augen und bemühte sich darum, die Fassung nicht völlig zu verlieren. „Alex", rief er, nachdem er sich etwas beruhigt und wieder nach hinten umgedreht hatte. „Wach auf! Alex?", Flaubert streckte die Hand aus und berührte Alex sacht an der Schulter.

Alex riss die Augen auf und schreckte hoch. Sie stieß einen gellenden Schrei aus und versetzte Flaubert einen gewaltigen rechten Haken genau ans Kinn. Verzweifelt versuchte sie sich zu orientieren. Ihr Herz raste und ihr unruhiger Blick glitt von einer Seite des Pickups zur anderen. „Halt an!", schrie sie aus vollem Hals. „Halt den Wagen an! Sofort!"

Mac Lane riss das Lenkrad herum und bremste hart. Der Pickup stotterte und seine Räder rissen bei der halben Drehung, die das Fahrzeug vollführte, tiefe Furchen in den Boden des Dschungels.

Ein Schwarm exotischer Vögel stieg, empört kreischend, aus einem der riesigen Bäume in den Morgenhimmel empor.

2

Kaum, dass der Wagen zum Stillstand gekommen war, riss Alex die Tür neben sich auf und stürmte ins Freie. Schwer atmend sank sie auf ihre Knie und begann zu schluchzen.

Tiago, dicht gefolgt von Maria, stieg eilig aus und hastete hinüber zu seiner Schwester.

„Was sollte denn das?", fragte Mac Lane eher

verwundert als wütend.

„Die Flampe hap mir bem Piefer bebroffen", nuschelte Flaubert, der so verblüfft war, dass er nicht einmal wütend wurde.

„Was?", fragte Mac Lane ungläubig, obwohl er jedes Wort verstanden hatte. „Eine Sterbliche? Den Kiefer gebrochen? Dir, Henry Flaubert? Mit nur einem Schlag? Sie?", plapperte Mac Lane fassungslos.

„Wag iff doff", antwortete Flaubert genervt und konzentrierte sich darauf, die Verletzung zu heilen.

„Hmm", brummte Mac Lane nachdenklich. Vampire waren für gewöhnlich hart im Nehmen, besonders, was einfache Schläge anging. Das eine Sterbliche von Alex' Statur einem gestandenen Vampir mit einem Schlag den Kiefer gebrochen haben sollte, war etwas, dass nicht sein konnte. Mac Lane starrte misstrauisch nach draußen, wo sich Maria und Tiago um Alex kümmerten.

„Sehen wir lieber mal nach", sagte Flaubert, als dessen Kiefer wieder verheilt war.

Mac Lane nickte stumm. Die beiden Männer stiegen aus dem Fahrzeug und marschierten geradewegs auf die drei am Boden kauernden Gefährten zu. Als sie die kleine Gruppe beinahe erreicht hatten, stand Alex plötzlich wie von der Tarantel gebissen auf.

„Los, alle in den Wagen!", rief Alex im Befehlston und eilte an Mac Lane und Flaubert vorbei, zurück zum Pickup. „Wir haben es eilig! Na los, kommt schon! Wir haben keine Zeit!"

Die Übrigen sahen erst einander, dann Alex verdutzt an.

„Kannst du mir mal verraten was das soll?", fragte Flaubert wütend. „Anhalten! Weiter fahren! Raus aus dem Auto! Rein in das Auto! – was zum Teufel soll das? Und was sollte das mit meinem Kiefer?"

„Los ins Auto! Ich erkläre es unterwegs! Jetzt beeilt euch!", rief Alex hektisch, stieg wieder in den Pickup und zog ihren Sicherheitsgurt fest.

Tiago war der Erste, der seiner Schwester folgte und sich wortlos neben sie setzte. Etwas schien ihn nachdenklich gemacht zu haben, vielleicht sogar erschreckt. Er blinzelte unentwegt nervös und hatte seine Stirn in tiefe Falten gelegt. Er flüsterte Alex etwas zu, doch die wehrte wortlos ab.

Maria trat an Mac Lane heran und erhob zögerlich ihre Stimme. „Señor Mac Lane", sagte sie beinahe flüsternd und mit besorgtem Unterton. Dass sich Maria trotz ihrer offensichtlichen Abneigung an ihn gewandt hatte, ließ Mac Lane hellhörig werden. „Señora Alex ist … Ihre Hand, sie ist … " Maria zögerte einen Moment, dann sagte sie: „Sie ist geheilt!"

„Das kann nicht sein!", rief Mac Lane fassungslos und starrte mit unverhohlenem Misstrauen zum Pickup.

Alex erwiderte Mac Lanes Blick.

„Doch", sagte Flaubert und Mac Lane merkte, dass es Flaubert schwer fiel auszusprechen, was er zu sagen hatte. „Maria hat recht. Jetzt, wo sie es sagt … " Flaubert machte eine Pause und starrte ebenfalls hinüber zum Wagen, dann fuhr er fort: „Mit der Hand, hat sie mir eine verpasst!"

„Los jetzt!", schrie Alex ihnen zu, als sich die drei noch immer nicht in Richtung Pickup aufgemacht hatten.

„Etwas ist da faul", sagte Flaubert mürrisch und rieb sich sein Kinn.

„Warten wir 's ab", sagte Mac Lane und ging langsam los. „Vielleicht erfahren wir gleich mehr. Behalt' sie im Auge."

„ICH SAGE, WIR SCHNEIDEN IHR DIE KEHLE DURCH UND LASSEN SIE HIER!", zischelte der Hamster hinterhältig.

Mac Lane seufzte und schüttelte den Kopf. „Nein", murmelte er entschieden.

3

„Es wurde auch Zeit", empörte sich Alex, als Mac Lane sich endlich wieder auf den Fahrersitz gesetzt hatte. „Es ist nicht mehr weit, fünf oder sechs Kilometer geradeaus. Dort, wo der Dschungel dunkler und dichter wird, bieg' rechts ab."

Mac Lane nickte. „In Ordnung."

Als Flaubert und Maria auch wieder eingestiegen waren, fuhr Mac Lane im gewohnten Tempo los.

Dunkler und dichter … , dachte Mac Lane, der sich nur schwer vorstellen konnte, wie der ohnehin schon dichte Dschungel, *noch* dichter hätte werden können. Es grenzte auch so schon an ein Wunder, dass sie es mit dem Fahrzeug bisher durch den Dschungel geschafft hatten. Eine Tatsache, die Mac Lane auf das robuste Fahrzeug und – nicht zuletzt – vor allem auf sein fahrerisches Können schob.

Flaubert hatte sich umgedreht und starrte Alex nun durchdringend an.

Alex starrte zurück und hielt seinem Blick mit kühler Miene stand. „Was ist?", fauchte sie angespannt, ohne offensichtlichen Grund.

Flaubert schwieg und ließ stattdessen seinen Blick, betont langsam, zu Alex' Handgelenk hinabgleiten. „Ich weiß nicht", sagte er in so steifem Ton, dass sich Alex' Augen zornig verengten. „Sag du es mir."

Alex hatte sich nicht die geringste Mühe gegeben ihr Handgelenk zu verbergen, noch schien es sie im Mindesten zu kümmern, was ihre Gefährten von ihrer wundersamen Genesung hielten. Sie antwortete nicht auf Flauberts Frage, sondern begnügte sich damit, ihn weiter finster anzufunkeln.

Es war Tiago, der schließlich das Schweigen brach. „Alexandra", sagte er ruhig, griff nach ihrer Hand und umschloss sie behutsam mit seiner. „Ich bitte dich. Was ist los?"

Alex sah ihren Bruder an. Ihre Augen nahmen sofort einen sanfteren Ausdruck an und ein Lächeln huschte über ihre Züge. Ihr Mund öffnete und schloss sich, ohne dass sie ein Wort hervorbrachte. Sie seufzte tief und schüttelte den Kopf. Mit einer langsamen, aber bestimmten

Bewegung, zog sie ihre Hand dem Griff ihres Bruders und wandte den Blick von ihm ab.

„Alex … ", begann Tiago erneut, doch Alex schnitt ihm abrupt das Wort ab.

„Halt an", sagte sie ruhig und fügte nach einer knappen Pause ein: „Bitte", hinzu.

Mac Lane nickte. „Festhalten", sagte er und hatte das Bremspedal noch im gleichen Moment durchgetreten, sodass sich der Pickup mit den Vorderrädern tief in den weichen Untergrund grub und holpernd stehenblieb.

„Anhalten, weiterfahren, anhalten … ", schnaubte Flaubert. „Entscheid' dich bitte!"

„Mac Lane, Flaubert, kommt mit", sagte Alex und stieg ohne weitere Erklärung aus. Als Tiago den Versuch unternahm, ebenfalls auszusteigen, schlug sie die Tür zu und schüttelte den Kopf. „Nein, Tiago. Es tut mir leid, aber … "

„Aber was?", fragte Tiago und die Enttäuschung und das Unverständnis in seiner Stimme, waren deutlich zu hören.

„Es tut mir leid", wiederholte Alex, während Flaubert und Mac Lane ihrer Aufforderung gefolgt waren und den Pickup verlassen hatten. Sie konnte verstehen, wie sich ihr Bruder fühlen musste. Dass sie ihm die beiden Männer, die er nicht einmal kannte, vorgezogen hatte, muss für ihn wie ein Schlag ins Gesicht gewesen sein.

Mac Lane und Flaubert hatten einige Meter Abstand zum Pickup genommen und warteten dort auf Alex.

„Wir hören", sagte Flaubert ohne Umschweife, als Alex sich schließlich zu ihnen gesellt hatte. „Wie hast du das gemacht?", fragte Flaubert misstrauisch und deutete auf Alex' Handgelenk.

„Das … war ich nicht", gestand Alex, begann leicht zu zittern und strich über ihr genesenes Handgelenk.

„Wer dann?", fragte Mac Lane ruhig.

„ICH SAGE, ES WAR DER TEUFEL. JA, DER TEUFEL. ODER EIN TRANK. EIN ALTER, INDIANISCHER MEDIZINMANN-TRANK. EINER, DER TOTES GEWEBE WIEDERBELEBEN KANN. VIELLEICHT HAT SIE NOCH MEHR. WÄRE DASS NICHT HERRLICH? ICH KÖNNTE IN NEUEM GLANZ ERSTRAHLEN. WIEDER ESSEN. VIELLEICHT HILFT DAS ZEUG JA AUCH GEGEN MEINE EREKTIONSSTÖRUNG … ", mischte sich der Hamster wieder ein und Mac Lane legte mit einem leisen Seufzer seine Hand auf die Tasche, in der sich der Hamster befand, so als könne er ihn damit zum Schweigen bringen.

„Es klingt sicher etwas unglaubwürdig", begann Alex mit leicht zitteriger Stimme und seufzte.

„Ja?", hakte Flaubert ungeduldig nach und unterstrich seine Aufforderung mit einer schaufelnden Geste.

„Kukulcan", sagte Alex gefasst.

„Wie bitte?" Flauberts Kinnlade klappte fassungslos herunter. „Du machst Witze."

„Wann? Wie?", fragte Mac Lane und versuchte so gut er konnte, nicht so zu klingen, als glaube er Alex nicht oder als habe sie den Verstand verloren.

„Im Pickup", sagte Alex schnell. „Naja, eigentlich irgendwie auch wieder nicht."

„Im Pickup?", fragte Flaubert ungläubig. „Heißt dass, wir haben einen Maya-Gott in unserem Pickup? Du warst doch die ganze Zeit über da. Du hast … "

„Geschlafen. Ja", fiel ihm Alex ins Wort. „Ich weiß auch, dass ich körperlich bei euch im Pickup war, aber mein Verstand, mein Geist oder meine Seele, wenn ihr so wollt, war es nicht."

„Einmal davon abgesehen, dass Kukulcan – wenn man Blakes Ausführungen glauben darf – vor Äonen gestorben ist – wo hat dein Geist ihn getroffen?", fragte Mac Lane.

„SIE LÜGT! BLAKE IRRT SICH NIE! KNALL DIE SCHLAMPE AB!", rief der Hamster in einer Art Singsang, der seltsam hypnotisch wirkte. Mac Lane kniff die Augen zusammen und schüttelte den Kopf, als könne er die Piepsstimme damit abschütteln.

„Ich habe ihn nicht direkt getroffen", sagte Alex, darum bemüht, genau die richtigen Worte zu finden. „Ich habe sein Echo getroffen."

„Sein Echo?", fragte Flaubert, als hätte Alex einen komplizierten Fachbegriff gebraucht. „Wie jetzt, hat er vor fünfzig Millionen Jahren hier in den Wald gebrüllt und das ist immer noch zu hören?"

„Stell dich nicht immer so dumm an", herrschte Mac Lane Flaubert an. „Sie meint ein Abbild von ihm. Einen Schemen."

„Schemen! Ja, genau. So hat Michael ihn

genannt", entfuhr es Alex und sie nickte aufgeregt.

Flaubert und Mac Lane zuckten zusammen. Beide starrten Alex mit weit aufgerissenen Augen an. Als Mac Lane schließlich als Erster seine Fassung und Stimme wieder gefunden hatte, fragte er heiser: „Michael? Der … Erzengel?"

Alex stieß ein angewidertes, verächtliches Schnauben aus. *„Erzengel?"*, fragte sie mit schneidend sarkastischem Unterton. „Dieses **Ding**, das versucht hat, mich in meinen Träumen zu fangen und sich in mein Unterbewusstsein zu schleichen. Diese widerliche, schleimige Ansammlung aus Augen und Tentakeln ist kein Erzengel", empörte sich Alex. „Was auch immer es ist, es ist jedenfalls kein Engel! Schon gar kein Erzengel!"

„Du kennst sein wahre Gestalt?", fragte Flaubert teils verängstigt, teils tief beeindruckt und auch ein wenig eifersüchtig. Solange er denken konnte, hatte jeder Engel, den er erledigt hatte, von den Flügeln abgesehen, wie ein normaler, wenn auch überdurchschnittlich attraktiver, Mensch ausgesehen. Einen Engel in seiner wahren, ursprünglichen Form, in seinem eigenen Körper, hatte er jedoch nie gesehen.

„Er wollte in deinen Verstand eindringen?", fragte Mac Lane und setzte ein beunruhigtes, grimmiges Gesicht auf.

„Keine Sorge, es ist ihm nicht gelungen", versicherte Alex, die ahnte, worauf Mac Lanes Frage abzielte, hastig. „Kukulcan hat es geschafft, mich in Sicherheit zu bringen, bevor Michael mich erwischen konnte."

„Was hältst du davon?", fragte Flaubert, der mittlerweile über sein Staunen hinweg gekommen war und Alex wieder misstrauisch betrachtete.

„Ich weiß nicht", sagte Mac Lane unsicher.

„Was soll das heißen? Wollt ihr etwa anfangen mir zu misstrauen?", fragte Alex und urplötzlich loderten ihre Augen vor Zorn. „Ihr wollt *mir* misstrauen? *Ihr?*", wiederholte sie und ballte ihre Fäuste so stark, dass ihre Nägel die Handflächen einschnitten und Blut aus den Zwischenräumen ihrer Finger quoll und auf den Boden tropfte. „Wie lange hast du auf mich eingeredet, ich solle euch vertrauen. Vampiren vertrauen. Hast du auch nur eine blasse Ahnung davon, wie sehr sich meine ganze Welt in den verdammten, letzten vierundzwanzig Stunden verändert hat?" Ein sanftes Funkeln erschien in Alex' Augen, das schnell zu einem schimmernden Tropfen heranwuchs, der schließlich ihre Wange herunterrollte. Ihre Lippen begannen zu beben und Alex schniefte. „Ihr habt keine Ahnung, was ich gesehen habe! Ihr wisst ja nicht, was er mir gezeigt hat, als er sich einfach mit mir vereinte!"

4

Mac Lane schob die Hand in seine Manteltasche und er zog eine lädierte Packung Taschentücher daraus hervor. Mit flinken Fingern holte er eines der Taschentücher aus der Packung und reichte es Alex. „Hier", sagte er sanft.

„Was soll das bitte heißen?", bohrte Flaubert indes ungerührt weiter nach. „Wieso *vereint?* Was genau hat sich denn da vereint?"

Alex nahm das Taschentuch und schnäuzte. „Der Schemen", antwortete sie.

„Der Schemen … ", stammelte Flaubert, so als müsse er erst in seinem Gedächtnis kramen, um dem Begriff etwas Greifbares zuordnen zu können.

Mac Lane sah Alex mitleidig an, sagte jedoch kein Wort.

„Dann hat der Schemen also die ganze Zeit über weiter hier existiert?", fragte Flaubert. „Wie?"

„Der Gottkönig Kukulcan war die erste und, vor mir, letzte menschliche Hülle des Schemen."

„Wenn er Wirte braucht, um in dieser Welt überleben zu können, wie hat er die Zeit zwischen seinem letzten Wirt und dir überlebt?", fragte Flaubert neugierig.

„Blutopfer", sagte Alex. „Die reine Lebenskraft der geopferten Menschen, erhielt den Schemen am Leben, wenn man es so nennen will. Nur die Lebenskraft all dieser Opfer hat es dem Schemen ermöglicht, in den Ruinen der versunkenen Stadt körperlos zu überdauern."

Flaubert schnaubte verächtlich. „Er ist also nicht besser, als die anderen Großen Alten."

„Doch", wand Mac Lane ein. „Auf gewisse Weise schon. Kukulcan hat sich nicht um seinetwillen am Leben erhalten, sondern, um das Artefakt zu schützen und eines Tages Michaels Pläne zu vereiteln."

„Und wenn wir das schaffen wollen, müssen wir uns beeilen", sagte Alex überraschend harsch. „Michael kennt jetzt den Ort, an dem die versunkene Stadt liegt. Wir müssen sie vor ihm erreichen."

„Was ist mit deinem Bruder?", fragte Mac Lane.

„KIEL HOLEN! ARRRR!", jauchzte der Hamster.

„Du hältst die Klappe", murmelte Mac Lane entschieden, aber nicht leise genug, als dass sich Alex und Flaubert nicht angesprochen gefühlt hatten.

„Wie bitte?", fragten Flaubert und Alex ärgerlich.

„Schon gut. Ich meinte nicht euch", versicherte Mac Lane.

„ER GEHT ÜBER DIE PLAAAAAANKE, DEN RUM, DEN SAUFEN WIR SELBST!!!", sang der Hamster zur Melodie von 'Ich geh' mit meiner Laterne'.

„Wen denn dann?", fragte Alex überrascht und musterte Mac Lane mit zweifelndem Blick.

„Nicht wichtig", entschied Mac Lane. „Aber beantworte mir bitte noch meine Frage."

Alex sah zum Pickup hinüber.

Tiago saß direkt am Fenster und ließ ein mattes Lächeln sehen, als er Alex' Blick auffing.

Alex erwiderte sein Winken und wandte sich dann wieder an Mac Lane. „So lange es geht, werde ich ihm nichts sagen und das gilt auch für euch."

„Aber … ", sagte Flaubert.

Alex fiel ihm ins Wort. „Das war keine Bitte, klar?!", fragte sie wütend und funkelte Flaubert grimmig an.

Flaubert sah Alex direkt in die Augen und er hatte das unbestimmte Gefühl, dass sich etwas hinter ihnen bewegte. „J … ja", stotterte er und ihm lief ein Schauer den Rücken hinunter. „Glas klar!" Nachdem er am eigenen Leib erfahren hatte, wozu Alex in diesem Zustand in der Lage war, zog er es vor, ihr lieber nicht zu widersprechen.

„Eine Frage noch", sagte Mac Lane beharrlich. „Ist es möglich, dass wir mit Kukulcan direkt sprechen? Nichts gegen dich, aber wann hat man schon mal die Gelegenheit, mit einem Gott zu sprechen?"

„DIE HAST DU JEDEN TAG. DU NUTZT SIE NUR NIE!", empörte sich der Hamster.

„Nein." Alex schüttelte entschieden den Kopf. „Das geht nicht", beteuerte sie.

„Verstehe … "

5

Keiner von ihnen hatte ein Wort gesprochen, seit sie ihren Weg nach der Unterhaltung fortgesetzt hatten. Sie saßen schweigend auf ihren Sitzen und starrten aus den Fenstern. Ein Blick in ihre Gesichter verriet, dass jeder Einzelne von ihnen mit etwas beschäftigt war, dass er nicht aussprechen wollte – oder konnte.

Maria hatte sich so weit von Alex und Tiago entfernt, wie es ging und lehnte direkt an der Tür. Ihre Lippen bewegten sich unablässig und ein gelegentliches, flüchtiges Wort verriet, dass sie leise betete.

Tiagos Blick hing an Alex. Er hatte es seit ihrem Aufbruch nicht gewagt, sie zu berühren und er musste auch nichts sagen, um auszudrücken, was in ihm vorging. Seine Augen waren wie ein offenes Buch, auf dessen einzigen beiden Seiten die Worte 'Angst' und 'Enttäuschung' standen.

Was Alex dachte, konnte niemand sagen; vielleicht wusste sie es selbst nicht.

Flaubert ging soviel durch den Kopf, dass er nicht einmal die Zeit fand, Mac Lanes Fahrweise zu kommentieren.

Mac Lane versuchte gar nicht zu denken. Seine Ablenkung bestand aus der Konzentration auf das Fahren des Pickups und wurde nur von gelegentlichen Zwischenrufen seines Hamsters unterbrochen.

6

„Dort müssen wir hin", sagte Alex plötzlich, lehnte sich nach vorn, zwischen Mac Lane und Flaubert hindurch und deutete mit ausgestrecktem Arm auf eine düstere Stelle im Dschungel.

Mac Lane betrachtete die Stelle, die Alex ihnen gewiesen hatte und war sich sicher, dass er den Ort auch ohne direkten Fingerzeig gefunden hätte. Die Beschreibung, die Alex ihnen gegeben hatte, war treffender gewesen, als gedacht.

Das Bild des Dschungels an dem gewiesenen Ort war so drastisch verändert, als hätte man eine Linie mit dem Lineal gezogen. Es wuchsen zwar auch hier die gleichen Bäume, Sträucher und Schlingpflanzen, wie im Rest des Dschungels, doch boten diese einen völlig anderen, fremdartigen Anblick. Die Stämme, Zweige und Blätter von Bäumen und Büschen waren blass, beinahe fahl und ausgeblichen. Ein unwirklicher, schwarzer Schimmer, der beinahe an eine dünne Ascheschicht erinnerte, lag über den Pflanzen. Es war dieser Schimmer, dem der Dschungel an diesem Ort seine düstere Erscheinung verdankte.

Doch von diesem Ort schien noch mehr auszugehen. Es hatte den Anschein, als sauge irgendetwas alles Leben und sogar das Licht, aus diesem Teil des Dschungels ab.

Eine unheimliche, bedrohliche Stille schlug der kleinen Gruppe von diesem Ort entgegen, nachdem Mac Lane den Pickup an den Rand des Gebiets gefahren und angehalten hatte. Nur zögerlich verließen sie den Pickup.

Keines der typischen Dschungelgeräusche, weder das verspielte, ausgelassene Kreischen der Affen, noch das Zwitschern der exotischen Vögel, drang aus der Düsternis. Alle lebenden Kreaturen des Dschungels schienen diesen Ort zu meiden und so weit sie konnten zu umgehen.

„Nettes Plätzchen", sagte Mac Lane sarkastisch und stieß Flaubert mit dem Ellenbogen an. „Oder nicht?"

„Ja, Wahnsinn. Ich überlege schon, mir hier eine Sommer-Residenz einzurichten, so gut gefällt 's mir hier", brummte Flaubert mürrisch und ließ den Blick langsam über den finsteren Ort gleiten.

„Es ist schrecklich, ich weiß", sagte Alex mitfühlend und trat näher an Flaubert und Mac Lane heran. Einen Moment starrten sie alle schweigend in die unwirtliche Finsternis vor ihnen, dann erklärte Alex mit bemüht ruhiger Stimme: „Er konnte nicht anders."

Flaubert und Mac Lane sahen sie fragend an. „Wer konnte was nicht anders?", fragte Flaubert und runzelte nachdenklich die Stirn.

„Die Lebenskraft aus den Blutopfern, war schneller erschöpft gewesen, als er gedacht hatte", sagte Alex.

„Also musste er sich bei den Pflanzen bedienen", führte Flaubert den Satz sinngemäß zu Ende.

„Nicht nur bei den Pflanzen … ", flüsterte Alex betroffen und sah Flaubert ernst an. Ein kurzer Blick in seine Augen genügte ihr, um zu wissen, dass er verstanden hatte.

„Darum ist nichts zu hören", folgerte Mac Lane richtig und ging am Rand der Düsternis in die Knie. Vorsichtig begann er mit dem Lauf seiner

Waffe in der Schicht aus toten Blättern, Früchten und kleinen Zweigen, die den Boden bedeckte, herumzustochern. Wohin man auch sah, lagen allerlei tote Insekten. Spinnen, Asseln, Käfer, Tausendfüßler und sogar Regenwürmer lagen überall herum. Sie waren entweder bereits tot und ungewöhnlich stark ausgezehrt oder zuckten noch leicht, in ihren letzten Atemzügen.

„Meu deus", keuchte Tiago, der hinter Mac Lane getreten war und ihm über die Schulter schaute, heiser. Als er die toten und sterbenden Insekten sah, bekreuzigte er sich und schüttelte fassungslos den Kopf. „Was geht hier eigentlich vor?"

Flaubert sah Alex schweigend an und nickte schließlich auffordernd in Richtung Tiago. Als Alex nur den Blick senkte, sich aber nicht rührte, schnaubte er verächtlich und trottete zurück zum Pickup.

„Sag es ihm." Mac Lane war wieder aufgestanden und hatte sich Alex zugewandt. „Er sollte wissen, worauf er sich einlässt", sagte er ernst.

„Tiago", sagte Alex und trat näher an ihren Bruder heran, der sie mit beinahe ängstlichem Blick musterte. „Es gibt keine rationale Erklärung für das hier. Für nichts von dem, was du gesehen hast und nicht für die Dinge, die du noch sehen wirst."

„Ich verstehe nicht, was du meinst. Was heißt das?", fragte Tiago verzweifelt.

„Ich werde dir alles erzählen, was ich weiß. Ich

bitte dich nur, mir zu vertrauen, egal was auch passiert und egal, was du siehst." Alex nahm behutsam Tiagos Hand und sah ihm tief in die Augen. „Vertraust du mir?", fragte sie.

Tiago nickte und zwang sich zu einem müden Lächeln. „Ja. Natürlich vertraue ich dir."

„Wir werden die Ruinen der versunkenen Stadt aufsuchen, von der ich dir erzählt habe, erinnerst du dich?", fragte Alex und Tiago nickte stumm.

„Von der du ihm *erzählt* hast?", fragte Mac Lane skeptisch. „Du bist allein hier gewesen?"

„Ganz genau", sagte Alex. „Als ich die Anlage gefunden habe, war ich allein. Ich würde sagen, es war Zufall, wenn ich nach allem was ich jetzt weiß nicht das Gefühl hätte, dass es das nicht war."

„Ich verstehe", sagte Mac Lane und lächelte. „Es ist deine Bestimmung. Darum, hat er dich zu seinem Tempel geführt."

„Ja", hauchte Alex. „Und nachdem ich all das nun weiß, kann ich nicht zurück. Euch zu begleiten ist mein Schicksal."

„Wovon sprichst du da?", fragte Tiago, der sich anstatt einige Antworten zu erhalten, nun mit noch mehr aufkommenden Fragen konfrontiert sah. „Wer ist **Er** und was redest du da von Schicksal?"

„Es ist schwer in Worte zu fassen und es klingt unglaublich, aber bitte, hör mir einfach zu", seufzte Alex und begann zu erzählen. Sie berichtete Tiago alles, was Mac Lane ihr erzählt hatte und alles, über ihre Begegnung und Verbindung mit Kukulcan. „Glaub mir oder glaub mir nicht, ganz wie du willst. Wir werden tun, was wir tun müssen, mit dir oder ohne dich", schloss Alex ab und Tränen liefen ihr die Wangen hinab.

7

Flaubert hatte inzwischen seinen Koffer aus dem Wagen geholt und rumpelnd neben Alex und Tiago fallengelassen. Alle Blicke hatten sich schlagartig auf ihn gerichtet. Flaubert ging in die Hocke und öffnete den Koffer. Wortlos holte er eine Pistole und zwei Magazine heraus und hielt sie Tiago hin. „Hier." Flaubert lächelte demonstrativ und zeigte Tiago zum Beweis seine spitzen Eckzähne.

Tiago nahm die Waffe beiläufig entgegen und starrte erst Flauberts Eckzähne, dann Alex ungläubig an. „Du machst Scherze, nicht wahr?", fragte Tiago schließlich hoffnungsvoll und sah Alex hilfesuchend an. Ihr Schweigen und ihr eisiger Blick machten ihm jedoch schnell klar, dass es keiner war.

„Ich werde dich nicht zwingen, uns zu begleiten", sagte Alex ruhig. „Aber es wird sicher nicht allzu lange dauern, bis man unserer Spur hierher gefolgt ist und wenn man dich hier allein vorfindet, wird man dich wahrscheinlich töten."

„Wie kannst du so etwas sagen?", fragte Tiago. Seine Stimme bebte vor Entsetzen. Es war nicht einmal das *was* Alex gesagt hatte, viel schlimmer war, *wie* sie es gesagt hatte – eiskalt. Er starrte Alex an, als wäre sie eine völlig Fremde. „Wenn es wahr ist, was du sagst, wenn es wirklich wahr ist, woher soll ich wissen, dass du überhaupt noch meine Schwester bist?" Das typische, metallische Geräusch, das beim Durchladen einer Pistole entsteht, erklang. Tiago hob seine Pistole beinahe mechanisch vor Alex' Gesicht.

Bevor Tiago auch nur zweimal blinzeln konnte, hatten Flaubert und Mac Lane schon ihre Waffen gezogen und auf ihn gerichtet.

„Tiago", sagte Alex mit sanfter Stimme, lächelte, hob langsam ihre Hand und legte sie vorsichtig auf die Pistole in Tiagos Hand. Alex drückte die Waffe sacht hinunter und trat einen Schritt näher auf Tiago zu. Sie umarmte ihren Bruder mit ihrem freien Arm und der Griff um den Lauf seiner Waffe wurde fester. „Ich bin schon längst nicht mehr nur deine Schwester", flüsterte sie in sein Ohr und eine weitere Träne lief ihre Wange hinab. Als sie Tiago wieder losließ, sah sie, dass auch er weinte. „Wir müssen los", sagte sie tonlos und drehte sich um.

Flaubert ließ als erster seine Waffe sinken, steckte sie ein und ging wieder in die Knie. Er kramte drei lange Seile und drei Macheten hervor, die er Alex reichte.

Alex machte ein Seil und eine Machete an ihrem Gürtel fest. Ein weiteres Seil und eine Machete reichte sie Mac Lane, der beides beiläufig annahm, ohne die Waffe zu senken. Das letzte Seil verstaute Alex in ihrem Rucksack und da ihr Bruder keine

Anstalten machte die Machete, die sie ihm hinhielt, zu nehmen, nahm Flaubert sie zurück und hängte sie an den eigenen Gürtel.

Als nächstes hob Flaubert zwei Sturmgewehre aus dem Koffer und hängte sie sich um, dann kam etwas Großes, das er sich ebenfalls mit einem Gurt umhängte. Schließlich folgte noch ein Gurt mit etlichen zylindrischen Kartuschen, die aussahen, wie Getränkedosen, die man an einem Ende abgerundet hatte. Granatwerfermunition.

„Ein Granatwerfer?", fragte Mac Lane und schüttelte lachend den Kopf.

„Ja, ein Granatwerfer", sagte Flaubert ruhig und beließ es dabei.

Mac Lane senkte endlich seine Waffe. Was in Tiago vorging konnte er nur zu gut verstehen.

„HAU IHM EINE REIN!", verlangte der Hamster.

Das ist eigentlich gar keine schlechte Idee … Mac Lane trat an Tiago heran und gab ihm nickend einen Klaps auf die Schulter. „Tut mir leid."

„Ach ja?", fragte Tiago heiser.

Mac Lane zog die Hand von Tiagos Schulter zurück, jedoch nur, um sogleich mit geballter Faust zuzuschlagen.

Der mächtige Haken traf Tiago genau am Kinn und er sackte auf der Stelle bewusstlos zusammen.

„Ja", sagte Mac Lane gelassen und seufzte. „Tut es wirklich." Er sah Flaubert an, der gerade seinen Koffer verschlossen hatte und im Begriff war, ihn zurück zum Pickup zu tragen. „Los, trag das!"

„Was? Ihn? Wieso?", fragte Flaubert ärgerlich.

„Wie kommst du darauf, dass ich Packeselchen für den da spiele? Wie kommst du überhaupt darauf, mir so was einfach zu befehlen? Trag ihn doch selbst."

„Alles muss man hier allein machen", spottete Mac Lane und schwang sich den bewusstlosen Tiago über die Schulter, wie einen großen Sack Mehl. Die Waffe, die Flaubert ihm zuvor gegeben hatte und die nun zu Boden gefallen war, hob Mac Lane auf und steckte sie ein.

„Du konntest ihn ja auch alleine K.O. schlagen." Flaubert verstaute seinen Koffer im Wagen und griff sich eine zweite Machete, die er ebenfalls am Gürtel befestigte. „Was machen wir mit ihr?", fragte Flaubert wenig charmant und deutete mit ausgestrecktem Zeigefinger auf Maria, die etwas abseits stand.

„Frag sie doch selbst", sagte Mac Lane und sah Maria auffordernd an. „Du hast die Wahl, Maria, freiwillig oder … " Mac Lane schmunzelte und blickte auf seine freie Schulter hinab.

„Ich komme mit", sagte Maria eilig, auch wenn Mac Lane ihr deutlich ansah, dass ihr die Entscheidung nicht leicht gefallen sein konnte. Doch eine echte Wahl, hatte sie schließlich nicht.

Alle vier hatten sich schließlich nebeneinander in einer Linie an der Grenze zur Todeszone aufgestellt; wie Soldaten.

„Danke. Ich hätte mir auch einen anderen Weg gewünscht. Vielleicht, ist es besser so für ihn", sagte Alex leise, während sie unablässig in die endlose Finsternis vor sich starrte.

Mac Lane nickte.

Maria schloss die Augen und sprach leise ein letztes Gebet, bevor sie einen Teil des Dschungels betreten würde, von dem sie annahm, ihn nicht mehr lebend zu verlassen. Auch, dass sie mit Untoten unterwegs war, gezwungen oder nicht, konnte die Sache für sie nicht gerade besser machen.

„Warum tust du das immer noch?", murmelte Flaubert leise, sah Maria aber nicht an, sondern nahm seinen Granatwerfer zur Hand und kontrollierte ihn. „Beten."

„Ich glaube kein Wort von dem, was ihr sagt", erklärte Maria leise, aber mit bemerkenswert fester Stimme. „Ihr Verfluchten und eure Tricks. Gott wird mir beistehen, egal welche schwarze Magie ihr benutzt, um mich zu verwirren. Gott wird mich beschützen und meine Seele retten." Maria bekreuzigte sich und schwieg wieder.

„Gehen wir", sagte Alex entschlossen und machte den ersten Schritt, hinein in die Finsternis.

Maria, Flaubert und Mac Lane folgten ihr.

8

Bei jedem Schritt, den sie auf dem toten, schwarzen Boden taten, knirschte und knackte es unter ihnen.

Flaubert verzog jedes Mal angewidert das Gesicht, wenn das Knacken der abgestorbenen

Zweige und toten Insekten unter seinen Füßen erklang. Hin und wieder war das Knacken sogar so laut, dass Flaubert sich ganz sicher war, auf den Kadaver eines kleineren Säugetiers getreten zu sein, der vor unbestimmter Zeit vom Teppich aus toten Zweigen und Blättern verschlungen worden war.

Schlimmer noch, als das Knacken und Knirschen selbst, waren ihre Echos. In der Totenstille dieses Orts wurden die Geräusche auf gespenstische Weise aus allen Richtungen gleich tausendfach zurückgeworfen. Man hatte unwillkürlich das mulmige Gefühl, nicht allein zu sein.

Sie waren eine knappe Viertelstunde unterwegs und noch immer gab es kein Anzeichen dafür, dass die Düsternis bald ein Ende haben würde, geschweige denn, Anzeichen einer versunkenen Stadt. Immer wieder huschten seltsame Schatten durch das Unterholz und zwischen den Bäumen umher, doch so sehr sie sich auch bemühten, konnte keiner von ihnen tatsächlich etwas erkennen. Es schien fast so, als verschwanden die seltsamen Schatten nur deshalb, *weil* man versuchte sie zu finden.

9

Für einen Moment kam Flaubert die Frage in den Sinn, was wäre, wenn das, was sie sahen, gar keine Schatten von irgendwelchen Kreaturen waren, sondern, wenn diese Schatten selbst die Kreaturen waren. Eine Gänsehaut lief Flauberts Körper hinab und er schüttelte sich. So sehr er sich auch bemühte diesen Gedanken wieder abzuschütteln, so sehr schien er sich erst recht in seinen Verstand zu graben. „Dein Verstand spielt dir Streiche", murmelte er in die Dunkelheit starrend, die sie umschloss. Das beängstigende Gefühl, dass etwas, das er nicht sehen konnte, aus der Dunkelheit zurückstarrte, ließ ihn nicht los.

10

Auch Mac Lane hatte ein seltsames Gefühl und die unbestimmte Ahnung, dass dort etwas war, das sie beobachtete und genau auf jeden Schritt achtete, den sie machten. Es blieb jedoch bei seinem leicht flauen Gefühl in der Magengegend. Wären sie in Gefahr gewesen, davon war er überzeugt, hätte ihn sein sechster Sinn längst gewarnt – oder war vielleicht etwas dort draußen, das sich darauf verstand, seine übersinnliche Wahrnehmung zu trüben, ja vielleicht sogar zu umgehen?

11

„John, mein Freund", wimmerte der Hamster plötzlich und seine Stimme klang kränklich und

blass. *„Etwas stimmt nicht mit mir. Meine Kräfte schwinden. Ich ... Ich sterbe ... "*

„Stell dich nicht an", zischte Mac Lane leise. „Wir haben es sicher bald geschafft."

„Spürst du es nicht?", fragte der Hamster matt. *„Es zehrt uns aus. Uns alle!"*

„Was redest du da bloß?", flüsterte Mac Lane verärgert und ließ den Blick über seine Gefährten schweifen, dann blieb er wie angewurzelt stehen.

Auch der Rest der Gruppe blieb sofort stehen und sah Mac Lane fragend an. „Was ist los?", fragte Flaubert. „Geht 's dir gut?"

Mac Lane stand mit vor Entsetzen aufgerissenen Augen da und sah sie der Reihe nach an. „Seht euch doch an!", rief er panisch und sein Blick blieb an Alex hängen.

12

„Was ist denn los?", fragte Flaubert und warf ebenfalls einen Blick in die Runde. Als er erkannte, was Mac Lane meinte, blieb ihm vor Fassungslosigkeit der Mund weit offen stehen. Auch sein Blick war erst über den Rest der Gruppe gewandert und dann schließlich an Alex hängen geblieben.

„Was habt ihr denn?", fragte Alex hastig, aber eher überrascht, als besorgt.

„Wir müssen hier raus und zwar schnell!", rief

Mac Lane.

Schlagartig wurde auch Alex bewusst, was Mac Lane entdeckt hatte und ihr Gesicht wurde kreidebleich. „Maria … ", hauchte Alex und sah sie erschrocken an.

„Was … Was ist?", fragte Maria ängstlich und sah sich nervös nach allen Seiten um.

Alex zerrte hektisch einen Handspiegel aus einer ihrer Taschen hervor und reichte ihn Maria mit zittrigen Fingern.

Maria stieß einen spitzen, panischen Schrei aus, der die unheimliche Stille um sie herum wie eine Explosion zerfetzte. Was Maria in dem Spiegel gesehen hatte, konnte nicht – durfte nicht – wahr sein. Marias Erscheinung hatte sich in der letzten Viertelstunde zwar nicht gravierend, aber dennoch deutlich verändert. Ihre Wangen waren leicht eingefallen und das eine oder andere Fältchen hatte sich in ihr Gesicht geschlichen. Das sonst makellose, schwarze Haar ließ an manchen Stellen ein graues Haar durchblitzen, das im Zwielicht dieses Orts silbern schimmerte. Es gab nicht den geringsten Zweifel daran, dass Maria in der vergangenen Viertelstunde um fünfzehn, vielleicht sogar um zwanzig Jahre gealtert war.

„Wir müssen uns … ", begann Alex, hielt dann aber abrupt inne, als sie bemerkte, dass Mac Lane und Flaubert sie noch immer entsetzt anstarrten. „Was denn?", fragte sie und nahm der schluchzenden Maria den Spiegel aus der Hand, um sich selbst zu betrachten. „Aber dass … kann doch nicht ... ", stammelte sie und fuhr sich mit der flachen Hand über ihre Wange.

Flaubert und Mac Lane hatten Alex nicht angestarrt, weil sie sich besonders stark verändert hatte, sondern, weil sie sich *gar nicht* verändert hatte. Keine Falte und kein einziges graues Haar waren zu sehen. Auch ihr Gesicht war nicht im Geringsten eingefallen, sondern so frisch und rosig, wie eh und je.

„Der Schemen", vermutete Mac Lane. „Er verhindert, dass dir etwas geschieht." Er sah sich zu Flaubert um und musterte ihn genau.

Auch Flauberts Gesichtszüge waren leicht eingefallen, doch längst nicht so deutlich, wie man es bei Maria hatte beobachten können. Was dagegen sehr auffiel war, dass Flaubert inzwischen deutlich blasser geworden war, so blass sogar, dass es bald einen Grund mehr zur Sorge geben würde.

„Wir müssen schleunigst hier raus, sonst haben wir ein ernstes Problem", sagte Mac Lane aufgeregt. „Alex, schnapp dir Maria und hilf ihr weiter."

„Keine Angst, es wird alles gut. Wir haben es bald geschafft", beteuerte Alex und packte Marias Handgelenk. „Ich glaube nicht, dass sie wirklich gealtert ist. Ihr wird die Lebenskraft entzogen. Sobald wir diesen Ort hinter uns gelassen haben, sollte sie sich wieder erholen."

„Das ist zwar wirklich schön, aber so hat Mac es nicht gemeint", erklärte Flaubert ernst und sah Alex besorgt an. „Für *uns* bedeutet dieser Effekt etwas anderes, als für euch Lebende. Etwas Schlimmeres – für uns alle."

„Was meinst du?", fragte Alex, die nicht verstand worauf Flaubert hinaus wollte.

„Wir besitzen keine eigene Lebenskraft mehr. Was uns am, nennen wir es mal 'Leben', erhält, ist die Lebenskraft anderer Lebewesen, die wir über deren Blut aufgenommen haben. Wir können selbst keine Lebenskraft regenerieren und das heißt … " Flaubert machte eine lange Pause und seufzte tief.

Alex riss entsetzt die Augen auf, als sie begriff, was er meinte. „Ihr braucht Blut!"

„Nicht nur das", wand Mac Lane besorgt ein. „Wenn unser Hunger zu groß wird, verlieren wir die Kontrolle über uns und unser Selbsterhaltungstrieb lässt uns im Blutrausch alles angreifen, was Nahrung ist."

Maria klammerte sich so fest sie konnte an Alex' Arm und schüttelte, zitternd vor Angst, den Kopf.

„Hier", sagte Mac Lane und hob Tiago vorsichtig von seiner Schulter. „Du musst ihn selbst tragen. Das sollte kein Problem für dich sein." Er hielt Alex den bewusstlosen Tiago hin, wie ein großes Stück abgehangenes Fleisch.

„Was hast du vor?", fragte Alex unsicher und nahm ihren bewusstlosen Bruder entgegen. Mit einem kräftigen Schwung hatte sie ihn sich nun selbst über die Schulter gelegt und hielt ihn mit der freien Hand dort in Position.

„Rennen", sagte Mac Lane harsch. „Und ihr auch."

„Ich verstehe." Alex nickte und zog ihren Kompass aus der Tasche. Nach einem prüfenden Blick darauf, reichte sie ihn Flaubert. „Ihr müsst in Richtung Nordosten laufen. Wenn ihr an einem großen Loch im Boden angekommen seid, habt ihr es geschafft. Viel Glück."

„Wenn alles gut geht, sehen wir uns auf der anderen Seite wieder. Wenn nicht", Mac Lane sah Alex tief in die Augen. „Ziel auf den Kopf."

13

Als die Umrisse der beiden Frauen und ihres bewusstlosen männlichen Begleiters endlich von der grauen Düsternis verschluckt worden waren, seufzten Flaubert und Mac Lane missmutig.

„Glaubst du, wir schaffen das?", fragte Flaubert ruhig und musterte seine blassen Hände.

„Ich schon", sagte Mac Lane entschieden und grinste hämisch.

„Fünfzig Mücken, dass ich vor dir da bin." Flaubert grinste zurück und trat seitlich neben Mac Lane, wie an eine erdachte Startlinie.

„Leicht verdientes Geld", witzelte Mac Lane. „Wir laufen einen Bogen, damit wir sie nicht versehentlich einholen."

„Verstanden."

„Bist du bereit?", fragte Mac Lane.

„Ja", sagte Flaubert gefasst und sie sprinteten los, Seite an Seite, weiter in die Finsternis hinein.

14

„Flaubert", sagte Mac Lane nachdem sie einige Minuten lang gelaufen waren. „Ich glaube, wir schaffen es so nicht!"

„Natürlich schaffen wir es!", rief Flaubert empört zurück. „Wir haben keine andere Wahl!"

„Doch, die haben wir. Wir geben einfach richtig Gas. Verstehst du?"

„Bist du verrückt?!", fragte Flaubert fassungslos. „Du willst *Blut einsetzen*, um schneller zu rennen?"

„Genau", sagte Mac Lane überzeugt. „Wenn wir so weiterlaufen, werden wir es nicht schaffen. Wir haben uns am Anfang zu viel Zeit gelassen, aber mit der Hilfe unseres Blutes, wären wir schnell genug."

„Was ist, wenn du dich irrst?", fragte Flaubert rethorisch.

„Dann liegen ein Schotte und ein Franzose tot im Dschungel."

„Klingt nach 'nem schlechten Witz."

Mac Lane grinste. „Du weißt was dann ist", sagte er schließlich kalt.

Flaubert nickte. „Also schön."

„Gut. Auf drei", sagte Mac Lane und begann zu zählen. Als er bei drei angelangt war, schossen sie wie Kugelblitze durch die Finsternis davon.

Hier und dort wichen sie geschickt einem Baum aus oder sprangen, in wahnsinnigem Tempo, über verdorrte Büsche hinweg.

15

„Ich werde sterben, ich weiß es! Ich bin zu schön zum Sterben, zu jung obendrein. Ich habe nie Autofahren gelernt oder wie man Gitarre spielt. Und nach Venedig wollte ich auch immer ... ", schluchzte der Hamster theatralisch.

Halt doch endlich die Klappe!, erwiderte Mac Lane erbost und geriet langsam in Wut.

16

Ein schmerzverzerrter Schrei zerriss erneut die Stille.

Mac Lane.

Er hatte sich vom Geschwätz des Hamsters ablenken lassen und war gestolpert, dann gestürzt und hatte sich dabei mehrfach überschlagen. Die ausgezehrte Wurzel eines großen Baums, die bogenartig aus dem Teppich aus toten Tieren und Ästen ragte, hatte ihn zu Fall gebracht.

Flaubert war stehengeblieben und sah sich um.

„Lauf weiter!", schrie Mac Lane und versuchte wieder auf die Beine zu kommen, hatte jedoch keinen Erfolg.

Bei seiner Geschwindigkeit hatte die Wurzel ausgereicht, um Mac Lane beim Aufprall den Knöchel zu brechen.

Mac Lane versuchte aufzutreten, doch der Schmerz war so stark, dass er schrie und wieder zusammensackte.

Noch im Fall wurde er von etwas am Kragen gepackt und in die Höhe gerissen.

Flaubert.

„Was machst du?", schrie Mac Lane wütend. „Ich habe dir gesagt, du sollst weiterlaufen. Du wirst zu langsam, wenn du mich trägst. Ich heile ihn einfach!"

„Und verschwendest Blut dafür?"

„Du schaffst es nicht!"

„Wir kommen hier entweder beide raus oder gar keiner von uns", sagte Flaubert entschlossen. Mit einer mühelos wirkenden Bewegung legte er sich Mac Lane über die Schulter und lief weiter. „Ich lasse niemanden zurück, verstanden? Auch keinen Schotten, selbst dann nicht, wenn er wie ein Waschweib quengelt!"

„Du störrisches Maultier!", schrie Mac Lane, während Flaubert wie von Sinnen mit ihm durch den Dschungel raste.

17

„Sieh mal", sagte Flaubert und deutete so gut er konnte auf ein seltsames Gebilde.

Zwischen ein paar Bäumen stand das verrostende Gerippe eines Jeeps. Die Windschutzscheibe lag zerbrochen über der

224

Motorhaube verteilt und die Reifen waren so spröde geworden, dass es nicht mehr lange dauern konnte, bis sie platzen würden. Halb zerfallene Lederfetzen waren alles, was noch von den Bezügen der Sitze übrig geblieben war.

„Großartig. Mein Traumauto", sagte Mac Lane sarkastisch. „Gib Gas! Das ist hier keine Sight-Seeing-Tour!", schrie er.

„Ich beeile mich ja schon!"

18

Zehn endlose Minuten später, durchbrach Flaubert das letzte Geflecht aus abgestorbenen Ranken und Buschwerk, das sie noch von ihrem Ziel getrennt hatte. Als er aus der Dunkelheit ins Sonnenlicht stürmte, musste er seine Augen im ersten Moment fest zusammenkneifen. Nachdem er eine gefühlte Ewigkeit in der Finsternis des verfluchten Dschungels verbracht hatte, mussten sich seine Augen erst wieder an das helle Licht der Sonne gewöhnen.

Auch Mac Lane ließ ein gequältes Stöhnen hören und hielt sich eine Hand vors Gesicht.

Flaubert fiel zufrieden seufzend auf die Knie. Er ließ Mac Lane von seiner Schulter gleiten und lachte erleichtert.

„Du schuldest mir fünfzig Mücken", sagte Mac Lane trocken.

„Wie bitte?!"

„Ich war zuerst hier", beharrte Mac Lane.

„Wir waren beide gleichzeitig hier", verbesserte ihn Flaubert energisch.

„Nein. Du hast mich zwar getragen, aber meine ausgestreckten Beine waren vor dir hier."

„Und wenn du deine ausgestreckten Beine behalten willst, hältst du jetzt die Klappe."

19

Nach einer kurzen Verschnaufpause richtete Flaubert sich langsam wieder auf und stemmte die Hände in die Hüfte.

„Alles klar?", fragte Mac Lane, der flach auf dem Rücken lag und die Augen geschlossen hatte, um ein Sonnenbad zu nehmen, wobei er nicht anders konnte, als darüber nachzudenken, wie absurd ein sonnenbadender Vampir eigentlich war – aber was war schon noch normal in dieser verdrehten Welt?

Flaubert sparte sich eine Antwort auf Mac Lanes Frage und ging an ihm vorbei. Er hielt auf etwas zu, das er anfangs gar nicht richtig wahrgenommen hatte, als sie aus der Finsternis gekommen waren. „Meinst du, das ist das Loch, das Alex erwähnt hatte?", fragte Flaubert.

Mac Lane öffnete die Augen. „Wo?", fragte er aufgeregt und rollte sich auf den Bauch. Als er auch aus dieser Position noch nichts sehen konnte, robbte er weiter vorwärts, bis er neben Flaubert am Rand des Lochs angelangt war. „Wow!", sagte er überwältigt und starrte über den Rand des Lochs in die Tiefe.

„Ja, ist es", ertönte Alex' Stimme unerwartet hinter ihnen.

Flaubert drehte sich hastig um, während sich Mac Lane einfach auf die Seite drehte.

„Schön euch zu sehen", sagte Flaubert, als er erkannte, dass es Alex' Gruppe auch vollzählig geschafft hatte.

Alex ging in die Hocke und ließ Tiago sanft zu Boden gleiten. Als sie sich wieder aufgerichtet hatte, hielt sie ihr Gewehr in der ausgestreckten Hand. Die Mündung war auf Flaubert gerichtet. „Wie geht es euch?", fragte Alex bürokratisch distanziert. Man konnte deutlich spüren, dass Alex diese Frage in erster Linie nicht deshalb gestellt hatte, weil sie sich um sich selbst oder ihre Gefährten sorgte, sondern, weil sie einfach wissen musste, ob die beiden Vampire eine generelle Bedrohung darstellten oder nicht.

„Soweit ganz gut", versicherte Mac Lane lächelnd.

„WIE TYPISCH DAS IST. MICH FRAGT MAL WIEDER KEINER...", brummte der Hamster.

„Es hat gerade so gereicht", gestand Flaubert und sah zu Mac Lane hinunter. „Aber die Wahrheit ist, dass wir so wenig Blut übrig haben, dass Mac Lane nicht einmal seinen gebrochenen Knöchel heilen kann."

„Und jetzt?", fragte Alex besorgt und schob sich vor Maria, hielt ihre Waffe dabei aber unablässig auf Flaubert gerichtet.

„Leider genau dass, was du gerade denkst", eröffnete ihr Mac Lane wahrheitsgemäß und versuchte so wenig bedrohlich zu klingen, wie er konnte.

20

„Vergiss es", sagte Alex und schüttelte den Kopf.

„Sei doch vernünftig", versuchte Flaubert ganz ruhig zu erklären. „So werden wir den Rückweg auf keinen Fall schaffen, dass muss dir doch klar sein."

„Und an wen habt ihr bei eurer kleinen Blutspende-Aktion gedacht?", fragte Alex mürrisch. „Tiago etwa? Weil er sich nicht wehren kann? Das könnt ihr vergessen!"

„Naja", sagte Mac Lane und sah Maria lächelnd an, die sich daraufhin soweit hinter Alex schob, dass sie nur noch über deren Schulter hervorlugte.

„Ich denke nicht, dass sie damit einverstanden sein wird", erklärte Alex und sah Maria über ihre Schulter hinweg fragend an. „Oder doch?"

„Nein!" rief Maria entschlossen. „Ich will nicht werden wie sie sind!"

„Ich glaube, du missverstehst das." Flaubert kam einen Schritt näher auf Alex und Maria zu, blieb aber so fort stehen, als Alex ihr Gewehr drohend weiter ausstreckte. „Menschen verwandeln sich nicht automatisch in Vampire, wenn wir von ihnen trinken. Wenn das so wäre, müsste es

Millionen von uns geben. Solange wir nicht das ganze Blut eines Lebewesens nehmen, besteht keine Gefahr und selbst dann, wäre das Opfer noch kein Vampir."

„Ich werde mein Blut trotzdem nicht mit Monstern teilen!" Maria hatte ihre Entscheidung getroffen und würde – davon waren Flaubert und Mac Lane insgeheim überzeugt – sie auch nicht mehr ändern.

„Na schön", sagte Mac Lane hartnäckig. „Dein Bruder würde es nicht einmal merken, jetzt wo er bewusstlos ist."

„Finger weg von meinem Bruder!", sagte Alex bestimmt.

„Was sollen wir dann tun?", fragte Flaubert wütend. „Willst du warten, bis uns das Blut völlig ausgegangen ist und wir zu rasenden Bestien werden, die du dann einfach abknallen kannst?"

„Nein", sagte Alex mit funkelnden Augen. „Ihr trinkt von mir."

„Von dir?", fragten Flaubert und Mac Lane überrascht.

„Nein, Señora Alex!", rief Maria entsetzt und klammerte sich so fest sie konnte an Alex' Arm. „Das dürfen sie nicht tun!"

„Ist schon gut, Maria", sagte Alex ruhig und lockerte Marias Griff um ihren Arm. „Es ist schon in Ordnung. Mir wird nichts passieren." Alex lächelte und strich Maria tröstend über das Haar, dann befreite sie sich mit sanfter Gewalt völlig aus Marias Griff. Alex senkte das Gewehr und kam mit ernstem Gesichtsausdruck auf Mac Lane und Flaubert zu. Sie ging neben Mac Lane in die Knie und legte ihr Gewehr vor sich auf den Boden.

Mac Lane setzte sich auf und sah Alex verwundert an. „Warum?", fragte er neugierig, während sich Flaubert auf Alex' andere Seite setzte.

„Weil ich euch brauche", sagte Alex mit undurchschaubarer Mine. „Und weil ich keinem der anderen beiden zumuten will, es zu machen." Alex zögerte auch nicht lange. Mit einer schnellen Bewegung hatte sie ihren Pferdeschwanz von der Schulter gestrichen und ihren Kopf zur Seite gekippt. Sie schloss die Augen. „Na los."

„Nein", sagte Mac Lane und schüttelte entschieden den Kopf.

„Nein?" Alex öffnete ihre Augen wieder und sah Mac Lane verdutzt an. „Nein?", fragte sie ein zweites Mal ungläubig, leicht verärgert ob ihres Angebots.

„Er meinte, wir machen es nicht *so*", erklärte Flaubert ruhig und streckte seine Hand langsam nach Alex' Handgelenk aus. Behutsam drehte er den Arm so, dass ihre Pulsadern oben lagen und hob ihn dann ein Stück höher. „Der Hals ist, also, der Hals ist … ein recht … *intimer* Bereich, für einen Biss. Du verstehst?" Flaubert sah Alex fragend an und als sie schließlich sacht nickte, biss er zu.

Alex zuckte leicht zusammen und stöhnte leise, als sich die spitzen Zähne des Vampirs durch die Haut in ihr Fleisch bohrten. Der Biss war unerwartet sanft gewesen und auf mysteriöse Weise wohltuend sinnlich. Ihr Herz begann schneller zu schlagen und ihre Atmung wurde tiefer und intensiver, bis Alex sich zwangsläufig fragte, ob beides nur der Aufregung zuzuschreiben war.

Sie beobachtete Flaubert die ganze Zeit sehr genau, weniger aus Misstrauen, als viel mehr aus Neugierde – außerdem wagte sie es nicht, ihre Augen zu schließen. Der Biss des Vampirs war so überraschend faszinierend und stimulierend, dass Alex gar nicht anders konnte. Sie fragte sich, wie es wohl normalen Sterblichen ergehen musste, die nicht über ihre Widerstandskraft verfügten.

Es war eigentlich nur logisch, dass es einen Mechanismus gab, der ein Opfer den Vorgang des Blutsaugens als angenehm empfinden ließ. Moskitos machten es ebenso, indem sie beim Stich über ihren Speichel ein leichtes Betäubungsmittel injizierten.

Alex schloss die Augen. Was sie wirklich beschäftigte, war die Frage, ob sie den Vorgang anders empfand, als Sterbliche. War sie durch ihre Verschmelzung mit dem Schemen besonders sensibel, feinfühlig geworden oder empfanden andere den Vorgang vielleicht noch intensiver als sie? – Letzteres konnte Alex sich nur schwer vorstellen.

Die ganze Welle ansteigender Stimulation war schon nach den ersten beiden Schlucken, die Flaubert genommen hatte, über sie gekommen. So sehr sie auch versuchte es zu leugnen, konnte Alex bald nicht anders, als sich einzugestehen, dass der Biss und das Trinken ihr nicht einfach ein angenehmes Gefühl vermittelten, sondern, dass sie sie sexuell stimulierten.

Alex spürte, wie sie in großen Schritten auf einen Orgasmus zusteuerte. Als wäre die ganze Situation nicht schon schwierig genug gewesen, musste sie nun auch noch versuchen das aufzuhalten, was sie für gewöhnlich zu erreichen suchte und genoss. Gerade, als sie davon überzeugt war, im nächsten Moment heftig zu kommen, ließ Flaubert ihren Arm los.

Alex seufzte tief und blinzelte überrascht. Mit einem solch abrupten Ende, so willkommen es letztlich war, hatte sie nicht gerechnet. Nun, da Flaubert sie losgelassen hatte, versuchte sie die aufgebaute Stimulation wieder abzubauen. Doch so schnell, wie sie gekommen war, wollte sie sich nicht abbauen lassen.

22

Flaubert hatte erstaunlich schnell, regelrecht abrupt, wieder von Alex abgelassen. Er wischte sich einen letzten, kleinen Blutstropfen aus dem Mundwinkel, leckte über die Wundmale, um sie zu schließen und ließ sich dann nach hinten sinken.

„Was zum Teufel war denn das?", fragte Mac Lane und sah Flaubert überrascht an. „Das können doch nicht mehr als vier oder fünf Schlucke gewesen sein. Etwas mehr wird ihr nicht schaden."

„Mac Lane", stammelte Flaubert und zuckte mit den Schultern. „Ich fühle mich großartig!"

„Nach den paar Schlucken?", fragte Mac Lane verblüfft.

Flaubert zuckte wieder mit den Schultern, grinste und stand auf. „Versuch 's selbst", sagte er und reckte sich genüsslich.

Mac Lanes Blick glitt langsam hinüber zu Alex.

Alex saß unverändert da, starrte aber nun fasziniert auf ihren Unterarm und die geheilte Bisswunde. Sie strich sanft mit den Fingern über die Stelle, an der Flaubert gerade noch seine Zähne in ihrem Arm versenkt hatte und die nun nicht mehr die kleinste Spur einer Verletzung aufwies. „Wahnsinn", hauchte Alex verblüfft und war mit ihrem Erstaunen völlig über ihre Erregung hinweggekommen. „Könnt ihr das mit allen Wunden machen?"

„Nein", erklärte Mac Lane kopfschüttelnd. „Nur mit denen, die wir selbst mit unseren Zähnen verursacht haben." Mac Lane räusperte sich leise und streckte vorsichtig die Hand nach Alex' anderem Arm aus. „Du gestattest?", fragte Mac Lane höflich.

Alex nickte geistesabwesend, noch immer

verblüfft von den Heilkräften. Sie streckte Mac Lane ihren Arm beiläufig hin.

„NUN BEIß SCHON ZU, VERDAMMT! WORAUF WARTEST DU? FRISCHES, JUNGES BLUT!", drängte der Hamster.

Ein verlegenes Lächeln huschte über Mac Lanes Gesicht, als er Alex' Arm ergriff. Ihre offene Begeisterung für ihre vampirischen Kräfte und ihr neugieriger Blick, waren ihm sichtlich unangenehm. Mac Lane räusperte sich lächelnd und gab sich einen Ruck.

Die Information, bezüglich Mac Lanes Frage, erreichte Alex' Gehirn einen Augenblick zu spät. Selbst, wenn Alex sie im Moment vergessen hatte, war die aufgebaute sexuelle Stimulation doch noch immer zu großen Teilen da. Wenn Mac Lane jetzt, ohne eine gewisse Ruhepause, von ihr trank, würde passieren, was sie geradeso geschafft hatte zu verhindern. „Was? Nein, Mome … Oooooh!", stöhnte Alex, als Mac Lane seine Zähne in ihren Arm versenkte. Ihr Körper spannte sich an und begann zu zittern, während ihr der Kopf schlagartig in den Nacken rutschte. Ihre freie Hand krallte sich in den Boden und sie biss sich vor Lust so unkontrolliert auf die Unterlippe, dass diese zu bluten begann.

Es war zu spät.

Der Orgasmus kam.

Und Alex ließ ihn gewähren.

Genau wie den nächsten.

Und den nächsten.

Es war ein Gefühl, als würde jede Zelle in ihrem Körper pulsieren. Im Grunde konnte Alex nicht einmal sagen, ob es wirklich mehrere Orgasmen gewesen waren oder nur einer, der sich in die Unendlichkeit erstreckt hatte.

23

Der erste Schluck von Alex' warmem Blut schoss Mac Lane die Kehle hinab. *Flaubert hatte nicht phantasiert.*

Eine Welle aus Wärme und purer Energie strömte mit jedem Schluck von Alex' Blut durch Mac Lanes Körper, wie er es noch nie zuvor erlebt hatte. Sein Knöchel hatte sich beinahe augenblicklich selbstständig regeneriert. Mac Lane trank eifrig den zweiten Schluck und wieder strömte reine Energie durch seinen Körper, doch etwas war anders.

Eine Stimme drang aus dem Nichts zu ihm heran. Was als Flüstern begonnen hatte, wurde schnell immer deutlicher und lauter.

Was um ihn herum geschah, bekam Mac Lane nur am Rande mit.

Aus der einen Stimme wurde bald ein ganzes Dutzend und schließlich Tausende. Bilder drangen in Mac Lanes Geist: Zusammenhanglose Fetzen eines großen Ganzen, die sich wahllos aneinander reihten und dann, urplötzlich, zu einem Film verschmolzen.

Als der dritte Schluck Mac Lanes Kehle hinabfloss, verstand er, was er da sah und hörte.

Gedanken.

Erinnerungen.

Erlebnisse.

Alle aus dem Leben eines Gottes.

Wild durcheinander gewürfelt Bruchstücke, unsortierte Fragmente und lose Enden von Kukulcans Erinnerungen. Sie fingen an, sich langsam von selbst zu sortierten und flossen zu einem gewaltigen Ganzen zusammen.

Als Mac Lane den vierten Schluck nehmen wollte, waren die Eindrücke und Empfindungen, die das Blut in ihn hineinspülte, so intensiv und real, dass Mac Lane von Alex ablassen musste.

Er hustete das restliche Blut auf den Boden und wischte sich den Mund ab.

24

Alex war aufgesprungen, kaum dass Mac Lane von ihr abgelassen hatte. Schwitzend und schwer atmend, stützte sie sich auf ihre Oberschenkel. „Ist … Ist alles … O.K.?", keuchte sie und richtete sich wieder auf.

„Ja", hustete der auf allen Vieren kniende Mac Lane und schlug sich mit der flachen Hand auf die Brust. „Ich hab mich nur … verschluckt." Er drehte sich langsam um, bis er wieder aufrecht saß. „Wow."

„Siehst du?", fragte Flaubert rechthaberisch und grinste zufrieden.

„Ja, ja", erwiderte Mac Lane und wandte sich Alex zu. „Wie … geht 's dir?"

Alex war einige Schritte gegangen und keuchte noch immer. Sie hatte beide Hände in die Hüfte gestemmt und hob, auf Mac Lanes Frage hin, nur lächelnd einen Daumen.

„Komm nochmal her, ich muss die Wunde noch … ", sagte er und stockte, als Alex ihm den Arm präsentierte. Er stutzte einen Moment, da keine Spur einer Wunde mehr zu finden war, dann lächelte er. „Ich hatte ganz vergessen, dass du das jetzt kannst."

„Ja", keuchte Alex lächelnd und wischte sich Schweiß von der Stirn. „Ich hab' mich auch noch nicht daran gewöhnt."

„Aber es erklärt, warum wir nur so wenige Schlucke deines Blutes brauchten", sagte Mac Lane schmunzelnd.

„Verstehe", lachte Alex mühsam.

„Ich aber nicht", mischte sich Flaubert ein. „Was ist los? Klärt mich mal jemand auf?"

„Das ist doch wirklich simpel." Mac Lane schüttelte den Kopf. „Wir haben das Blut eines Gottes getrunken."

„Ooooh!", sagte Flaubert, als er verstanden hatte. „Cool."

„Als Kukulcan mit dir verschmolzen ist, hat sich wohl mehr verändert, als dir anfangs klar gewesen ist", erklärte Mac Lane ruhig.

„Du meinst, sie ist keine Sterbliche mehr?", fragte Flaubert fasziniert.

„Ich weiß nicht", sagte Mac Lane und schüttelte den Kopf. „Ich weiß nicht, ob sie *unsterblich* geworden ist, aber wir sollten es nicht drauf ankommen lassen. Fest steht, dass sie mittlerweile weit mehr ist, als ein Mensch."

Alex lächelte und winkte keuchend. „Ich werd' ... mal nach Tiago und Maria sehen", sagte sie und drehte sich um, obwohl beide nur knapp vier Meter von ihr entfernt waren und Alex sie problemlos sehen konnte.

„Sag mal", fragte Flaubert leise, als er Alex außer Hörweite glaubte. „Kann es eventuell sein, dass sie gerade einen ... "

„Mh-hm ... ", brummte Mac Lane zustimmend.

„Hast du schon jemals erlebt, dass einer beim Trinken so einen ... "

„Effekt? Nein. Normalerweise fällt das deutlich schwächer aus. Aber ein Orgasmus ... Na ja, gibt Schlimmeres. Ist eben ein Glückskind, was?!"

„Warum ... funktioniert das nicht auch andersherum ... „

Mac Lane schüttelte den Kopf. „Oh man", lachte er.

„Denkst du, dass sie ... "

„Drüber reden will? Nein, sicher nicht."

„Aber ich ... "

„*Du* würdest, ja, dass wissen wir."

Flaubert verzog beleidigt das Gesicht.

„Wisst ihr", rief Alex und kam zu ihnen zurück.

„Einiges an dieser Verschmelzung ist schon sehr nützlich. Selbstheilung. Stärke. Verbessertes Gehör … " Alex sah von einem zum anderen, ohne eine Mine zu verziehen.

„Ich … ", stotterte Flaubert.

„Also, weißt du … ", stammelte Mac Lane.

„Eigentlich wollten wir nur … "

„Es ist ja so, dass … "

„ … das für uns auch … quasi … "

„ … Neuland ist."

„Dass der weibliche Orgasmus für euch Jungs Neuland ist, glaube ich sofort", erwiderte Alex und kam ein Stück näher. „Und ich kann auch verstehen, dass euch das vorhin ganz schön überrascht hat. Ich meine – hey! – mich auch! Aber jetzt", ihr Blick wurde ernst und ihre Stimme strenger. „Jetzt, werden wir nie – *nie* – wieder davon sprechen. Haben wir das alle verstanden?"

Flaubert und Mac Lane, denen das Grinsen vergangen war, nickten synchron.

„Gut! Dann hole ich uns mal die Seile." Alex lief zurück zu ihrem Rucksack, der noch immer neben Tiago lag und kramte die Seile hervor, die Flaubert ihr gegeben hatte.

„Ich glaube, ich hab mich gerade nass gemacht", hauchte Flaubert.

Mac Lane schluckte nur. „Tun wir so, als wäre nichts gewesen?!"

„Einverstanden", Flaubert zog sich die Hose zurecht und gab sich selbst eine Ohrfeige. „Na schön", sagte er, klatschte in die Hände und rieb sie motiviert. „Dann wollen wir mal da runter klettern, was?"

„Ja, beeilen wir uns lieber", sagte Mac Lane überspitzt ruhig. „Wir haben schon genug Zeit verloren mit … äh … Nicht so wichtig. Los!"

„Also dann", sagte Alex. „Retten wir die Welt."

Kapitel 7

Der Schädel der Schlange

1

Es gab einen dumpfen Laut, als der bewusstlose Tiago auf einem Bett aus Moos und hochgewachsenen Gräsern, am Boden des großen Kraters aufschlug.

„Pass gefälligst auf", herrschte Alex Flaubert an. Flaubert hatte ihren Bruder über der Schulter getragen und ihn dann, nach dem Abstieg, einfach wie ein Gepäckstück zu Boden fallen lassen. „Mein Bruder ist keins deiner dämlichen Gepäckstücken, klar?" Alex versetzte Flaubert einen tadelnden Klaps auf den Hinterkopf und ging neben ihrem Bruder in die Knie, um nachzusehen, ob ihm auch nichts fehlte. Als sie sicher war, dass Tiago, den Umständen entsprechend, in Ordnung war, lächelte sie und strich ihm über den Kopf.

„He! Ist ja gut", erwiderte Flaubert mürrisch und gab sich nicht die geringste Mühe, die völlige Gleichgültigkeit in seiner Stimme zu verbergen. „Was ist das hier eigentlich für ein Loch?", fragte er schließlich und ließ seinen neugierigen Blick über das in blasses Zwielicht getauchte Terrain schweifen.

„Wahnsinn", sagte Mac Lane ehrfürchtig, als er sich voller Bewunderung umsah und sein Blick am

Portal des Tempels hängen geblieben war.

„Was ist das da drüben?", fragte Flaubert neugierig und marschierte zielstrebig auf einen Haufen Schutt zu, der in der Nähe der Kraterwand lag.

Mac Lane sah sich kurz um, um zu begutachten, was Flaubert entdeckt hatte, dann schmunzelte er kurz, angesichts einer so banalen Entdeckung wie eines Schutthaufens „Ich gehe mir lieber schon einmal den Tempel ansehen", erklärte er.

Alex hingegen stand nur da und sah den Haufen schweigend, mit entrücktem Gesichtsausdruck, kopfschüttelnd an. *Wie kann das sein?*, dachte sie und folgte Flaubert. Mit jedem Schritt weiter auf den Haufen zu, schlug ihr Herz schneller. Sie wusste, was dieser Haufen sein musste.

2

Der Schutthaufen hatte eine Höhe von beinahe drei Metern und einen Durchmesser von etwa fünf Metern. Ausgehend von seiner Lage und Farbe, hätte man ihn ohne Weiteres für Reste eines großen Abbruchs halten können, der sich vom Kraterrand gelöst hatte und in die Tiefe gestürzt war.

Doch etwas machte diesen Haufen besonders. Ein sanfter, güldener Glanz drang an einigen Stellen vereinzelt aus dem Haufen. Beim Näherkommen stellte man schnell fest, dass es sich tatsächlich um Bruchstücke der Kraterwand handelte.

Die Moose, Gräser und vereinzelten, schmächtigen Pflänzchen, die den Haufen bedeckten, ließen keinen Zweifel daran, dass dieser Schutt schon eine ganze Weile hier lag.

3

Als Flaubert den Haufen erreicht hatte, ging er neben ihm in die Hocke und spähte durch die Lücken in Moos und Gras, tiefer in den Schutthaufen hinein. „Was ist das? Gold?", fragte er aus ehrlichem Interesse und fing an mit der Spitze eines Gewehres in dem Haufen herumzustochern.

Alex war genau neben Flaubert stehen geblieben. Ihr Blick huschte ungläubig über die Moose, die Gräser und die gülden schimmernden Stellen. Als sich ihr Blick schließlich von dem Haufen löste, wanderte er an der Steilwand des Kraters empor. In etlichen Metern Höhe traf ihr Blick schließlich auf ein großes, klaffendes Loch in der Wand.

Der letzte, klägliche Rest einer verzweifelten Hoffnung, dass dieser Haufen doch nicht das war, was sie befürchtete, erlosch.

Dieses Loch war einst von dem verderbten, schwarzen Tentakel in die Wand geschlagen worden, als es einen der fliegenden Schlangenwächter daran zertrümmert hatte.

Das eigentlich beunruhigende daran war, dass sich Alex bis eben sicher gewesen war, dass ihr Erlebnis nicht *wirklich* an diesem Ort stattgefunden hatte, sondern nur in einer Art Traum- oder Zwischenwelt. Dieses Loch und der Haufen Schutt vor ihren Füßen, ließen aber keinen Zweifel daran, dass sich alles genau hier abgespielt hatte.

Was am schwersten zu verstehen war, war das offensichtlich hohe Alter der Trümmer. Obwohl Alex' Erlebnis nur wenige Stunden zurücklag, war dieser Haufen Schutt bereits derart überwuchert, dass er Jahre oder Jahrzehnte – oder noch länger – hier gelegen haben musste.

„Hmm", brummte Flaubert überrascht. Er hatte in der Zwischenzeit angefangen, mit seiner Hand in dem Haufen herumzustochern. „Ah!" jubelte er, als er den Arm wieder aus dem Haufen herauszog und einen katzenkopfgroßen Klumpen von etwas in der Hand hielt, das wie Gold glänzte. „Fühlt sich seltsam an", erklärte er, während er den Brocken von allen Seiten betrachtete.

„Seht euch das mal an!", rief Mac Lane vom Portal des Tempels herüber und winkte dem Rest, ihm folgen.

Flaubert stand auf, warf einen letzten Blick auf den seltsamen Klumpen in seiner Hand und verstaute ihn anschließend in seinem Rucksack. „Alex? Kommst du?", fragte er und marschierte ohne zu warten davon.

Alex war noch völlig in Gedanken und zuckte leicht zusammen, als Flaubert sie ansprach. „Was?", fragte sie irritiert.

„Wir wollen weiter", rief Flaubert zurück und nickte zum Tempelportal hinüber.

„Ich komme", sagte sie knapp und warf einen letzten, verwirrten Blick zurück, auf das klaffende Loch in der Wand, ehe sie Flaubert schweigend folgte.

„Komm!", sagte Flaubert und gab Maria einen Schubs. Sie hatte sich nicht von der Stelle gerührt, seit sie den Boden des Kraters betreten hatte.

Maria bedachte Flaubert mit einem hasserfüllten Blick. Sie zog es zwar vor zu schweigen, setzte sich aber missmutig in Bewegung.

Flaubert schwang sich den bewusstlosen Tiago im Vorbeigehen mit einer hastigen, lieblosen Geste über die Schulter.

Alex hatte inzwischen so weit aufgeholt, dass sie Flaubert für dieses grobe Verhalten einen schmerzhaften Hieb mit dem Lauf ihres Gewehrs versetzen konnte.

Flaubert marschierte, daraufhin grimmige Beschimpfungen murmelnd, weiter.

4

„Seht mal hier", sagte Mac Lane, als sich der Rest der Gruppe um ihn versammelt hatte.

„Wow", staunte Flaubert, legte Tiago, behutsam, auf der Terrasse vor dem Tempelportal ab und strich mit der Hand über den gülden glänzenden

Boden. „Was ist das nur für ein Zeug?"

„Ich weiß es nicht", musste Mac Lane zugeben. „Ich habe nirgends auch nur die kleinste Spur von Werkzeugen gefunden."

„Was? Wie hat man es denn dann bearbeitet?", fragte Flaubert verblüfft und betrachtete den Torbogen und die Wände.

Sowohl das Tempelportal, als auch sämtliche Wände, waren reich mit äußerst kunstvollen Reliefs verziert.

„Frage ich mich auch", gestand Mac Lane. „Und das ist nicht alles. Es gibt auch nirgends Fugen oder Ritzen."

„Willst du etwa behaupten, dass dieser ganze Tempel aus *einem Stück* besteht?", fragte Flaubert fassungslos und pochte mit der Faust auf den Boden.

„Wer weiß", sagte Mac Lane, zuckte mit den Schultern und grinste breit. „Aber auch das ist noch nicht das Beste!"

„Was denn noch?", fragte Flaubert überwältigt und stand wieder auf.

„Hier drüben", sagte Mac Lane und winkte den anderen, ihm zu folgen. Er ging zu einer Reihe von Reliefs hinüber, die sich links neben dem Tempelportal befanden und blieb am Übergang zwischen zwei Szenen stehen.

5

Das Feld rechts war völlig leer und noch unbearbeitet, während das Feld links daneben eine Szene darstellte, in der fünf, eindeutig menschliche Gestalten, eine wagemutige Flucht aus einem finsteren Verlies vollbracht hatten. Die fünf Gestalten entkamen in einem stilisierten Gefährt, das einem heutigen Pickup erschreckend ähnlich sah und erreichten ihr Ziel, einen Tempel, der sich am Boden eines großen Kraters befand.

6

„Und?", fragte Mac Lane grinsend.

„Was, und?", erwiderte Flaubert unbeeindruckt.

„Das da", Mac Lane deutete auf die fünf Gestalten in der Szene. „Das sind *wir!*"

„Unsinn!", sagte Flaubert überzeugt und trat näher an das Relief heran. Sein Blick huschte ungläubig von einer Ecke der Darstellung zur anderen. „Das kann nicht sein!"

„Aber es ist so!", versicherte Mac Lane entschieden.

„Er hat recht." Alex stand ein gutes Stück weiter links. Sie war nicht, wie die anderen, an der von Mac Lane ausgewählten Szene stehengeblieben, sondern hatte sich zu einer der zeitlich viel früheren Szenen begeben.

Flaubert und Mac Lane schlossen eilig zu Alex

auf und betrachteten die Szene an der Wand, die sie anstarrte.

„Was zur Hölle ... ", hauchte Flaubert entsetzt, als seine Augen über die Szene glitten.

7

Auch in dieser Szene war der Tempel zu sehen, bei dem es sich zweifelsfrei um genau diesen Ort handelte. Vor dem Portal des Tempels tobte ein gewaltiger Kampf.

Eine menschliche Gestalt und zwei geflügelte Schlangen kämpften gemeinsam gegen einen Feind, dessen bloßer Anblick einen Verstand, der auf diesen Anblick nicht vorbereitet war, für immer und alle Zeit in den Wahnsinn getrieben hätte: Ein finsteres Knäuel aus großen und kleinen, pechschwarzen Tentakeln, übersät mit zahllosen, monströsen Mäulern und einem Zentrum, dessen aberwitzige Anzahl an Augen ins schier Unermessliche zu gehen schien.

Der Betrachter konnte nicht einmal mit Sicherheit sagen, ob die beängstigenden Bewegungen der Monstrosität und das viel zu reale Auf- und Zuschnappen der gierigen Mäuler, bloße Einbildung oder eine perfide, willentliche Meisterleistung eines teuflischen Genies von Bildhauer war.

8

„Das bin ich", sagte Alex etwas zu ruhig, um glaubhaft den Eindruck zu vermitteln, dass sie all dies nicht überraschte oder ängstigte. Sie deutete auf die stilisierte, menschliche Gestalt in der Szene. „Und hier", Alex deutete nun auf die letzte Darstellung der Szene. „Hier verschmilzt mein Geist mit dem Schemen Kukulcans."

„Sagtest du nicht, es wäre nur ein Traum gewesen? Wie kann denn eine hunderte Jahre alte Darstellung von einem Traum, den du erst vor wenigen Stunden hattest, hier in die Wand eingemeißelt sein?", fragte Flaubert. Er hatte gerade überlegt, ob er die Szene berühren sollte, sich dann aber, angewidert von der viel zu plastischen Darstellung des Monsters, lieber dagegen entschieden.

„Ich weiß es nicht. Ich kann nicht auf alle Erinnerungen zugreifen. Ich weiß nur, was er mir zeigt", sagte Alex kopfschüttelnd. „Aber ich bin mir sicher, dass diese Darstellung noch nicht hier war, als ich die Ruinen entdeckt habe. Genauso wenig, wie die Darstellungen von uns, die du gefunden hast."

„Soll das heißen, dass diese Reliefs einfach selbstständig entstanden sind?" Flaubert starrte Alex ungläubig an, doch sie antwortete ihm nicht.

„Wie dem auch sei", brach Mac Lane das unbehagliche Schweigen, zuckte mit den Schultern und seufzte. „Im Grunde ist es auch egal. Gehen wir lieber weiter."

„Er hat recht", sagte Alex schließlich und nickte zustimmend. „Wir sollten uns beeilen. Es ist sicher nur eine Frage der Zeit, bis wir Gesellschaft bekommen."

9

Auf dem Weg zurück zum Tempelportal, war Flaubert noch einmal neben dem Relief stehen geblieben, das Mac Lane ihnen als erstes gezeigt hatte.

Bei genauerer Betrachtung fiel ihm auf, dass zwei der Gestalten von einer Art angedeuteten Aura umgeben waren. Während die eine Darstellung eher an warmes, loderndes Feuer erinnerte, schien die andere viel dunkler zu sein und auf unbestimmte Art bedrohlicher und schleimiger.

„Was soll das sein?", fragte Flaubert und hielt den vorübergehenden Mac Lane am Arm fest.

„Das habe ich mich auch schon gefragt", gestand Mac Lane und seufzte. „Ich vermute, dass sollen wir beide sein."

„Wir? Wieso?", empörte sich Flaubert.

„Ich nehme an, es soll irgendwie unsere Andersartigkeit darstellen, unsere Unsterblichkeit und in gewisser Weise vielleicht unsere Übernatürlichkeit."

„Diese hier hat zwei Augen, glaube ich",

Flaubert deutete auf die wärmer wirkende Aura. „Aber die andere, hat sechs … Was mag das heißen?„

„Weiß' nicht", sagte Mac Lane und rieb sich nachdenklich das Kinn. „Sieht für mich eher nach einem Muster aus."

„Hmm", brummte Flaubert nachdenklich und sah sich die Szene wieder genauer an, bis Mac Lane ihm mit einem auffordernd ruckartigen Nicken in Richtung Tempelportal zu verstehen gab, dass sie weitergehen sollten. „Ich wüsste wirklich gern, was das für ein Zeug ist." Flauberts Blick glitt über das eigenartige Material aus dem tatsächlich der gesamte Tempel-Bereich bestand.

„Ich glaube kaum, dass du es im Periodensystem finden würdest", sagte Mac Lane überzeugt.

„Nicht?", fragte Flaubert, eigentlich wenig überrascht.

„Nein", sagte Alex völlig unerwartet und mit einer Betonung, die darauf schließen ließ, dass sie zwar nicht wusste, welche seltsamen Dinge mit diesem Zeug vorgingen, aber wenigstens, was es war.

Als Alex auch nach einer längeren Pause nicht weiter sprach, hakte Flaubert mit einem: „Und? Weiter!", nach.

„Es … Es sind Knochen", sagte Alex zögernd.

Flaubert und Mac Lane waren auf einiges gefasst gewesen, aber nicht auf diese Antwort. „Knochen … ", murmelte Flaubert wieder und wieder, während Mac Lane einfach da stand und Alex mit einer Fassungslosigkeit ansah, die sie von ihm nicht kannte.

Flaubert kramte eilig das eingesammelte Stück Knochen wieder aus seinem Rucksack und warf es, so unauffällig er konnte, weg.

„Hueso … ", wimmerte Maria und begann so stark zu zittern, dass sie beinahe rückwärts die Stufen der Tempel-Terrasse hinuntergestürzt wäre, hätte Flaubert sie nicht im letzten Moment noch zu fassen bekommen.

Davon überzeugt, dass Maria, sollte er sie loslassen, umgehend das Weite suchen würde, hielt Flaubert ihren Arm weiter fest.

„Wessen Knochen?", fragte Mac Lane und hatte das Gefühl, die Antwort längst zu kennen.

„Kukulcan", sagte Alex und stand einfach da.

„Soll das heißen, dass diese Reliefs gerade *gewachsen* sind?", fragte Flaubert entsetzt und sah zu der Darstellung hinüber, von der sie alle überzeugt waren, dass sie ihre waghalsige Flucht zeigte.

„Schon möglich", sagte Alex nachdenklich und starrte die Reliefs einen Augenblick lang an, ehe sie mit den Schultern zuckte und sich wieder dem Portal zuwandte. „Aber wir haben Wichtigeres zu tun", erklärte sie und schritt davon, durch das Portal.

„Na, komm schon", seufzte Flaubert und folgte Alex, die schlagende, kreischende Maria immer noch fest am Arm gepackt hinter sich herziehend. „Den nimmst du wieder, ich hab' die Nase voll davon, ihn zu schleppen", erklärte Flaubert, während er über Tiago hinwegstieg und an Mac Lane vorbeiging.

Mac Lane hob den bewusstlosen Tiago wortlos vom Boden, legte ihn sich über die Schulter und folgte Flaubert, der das Portal inzwischen ebenfalls passiert hatte.

10

„Überwältigend!", staunte Flaubert und trat neben Alex, die wenige Schritte hinter dem Portal stehengeblieben war.

„Allerdings", sagte sie und nickte.

„Wie groß mag diese Halle wohl sein?", fragte Mac Lane, als er sich zum Rest der Gruppe gesellt hatte und sie gemeinsam in das Zwielicht starrten, das die vor ihnen liegende, von riesigen, grauen Säulen durchzogene, Halle beherrschte. Das wahre Ausmaß der Halle war, nicht zuletzt durch das Zwielicht, nur zu erahnen. Die Proportionen der Säulen, die Höhe der Decke, die wegen des Zwielichts nicht einmal zu sehen war und der endlose Hall jedes einzelnen Schrittes, weckten die Überzeugung, dass diese Halle für Riesen gefertigt worden sein musste.

An manchen Stellen drang, von irgendwo weit oben, ein feiner Lichtstrahl her und schnitt wie ein Messer durch das bedrückend Ehrfurcht einflößende Zwielicht. Dort, wo das Licht den Boden berührte, wuchsen kränkliche, bräunlich grüne Moose und Flechten. Über ihnen tanzten kleine Schwärme von gespenstisch blassen Schmetterlingen im Licht.

Hier und dort lag eine der majestätischen Säulen in Trümmern am Boden. Einige von ihnen waren noch recht gut erhalten, wenn man von einigen wenigen Rissen und abgesplitterten Fragmenten absah. Andere wiederum waren in große Stücke zerbrochen und lagen nur noch als bloße Trümmerhaufen herum. Wieder andere Säulen schienen regelrecht pulverisiert worden zu sein, denn ihre Überreste hatten Haufen aus feinem Sand gebildet, aus dem hier und dort noch ein winziges Trümmerfragment herausragte.

„Hier", sagte Flaubert und hielt Alex Marias Handgelenk wie eine Hundeleine hin. „Pass auf sie auf. Ich will mir mal was ansehen." Mit diesen Worten ließ er die verdutzten Frauen stehen und marschierte geradewegs auf die Reste einer pulverisierten Säulen zu.

Neben dem sandigen Haufen ging er schließlich in die Knie und hob vorsichtig eine Hand voll des feinen Pulvers empor. Er betrachtete es genau und ließ etwas davon durch die Finger gleiten. Je nach dem, wie er es ins Licht hielt, begann das Pulver leicht golden zu schimmern. Flaubert grinste. „Die also auch", sagte er und ließ das Pulver durch seine gefächerten Finger langsam vollständig zurück auf den Haufen rieseln. „Fragt sich nur, was in der Lage ist, die Knochen eines Gottes zu Staub zu zermalmen."

„Oder *wer*", gab Mac Lane zu bedenken, als er an Flaubert vorbei ging, geradewegs auf eine der intakten Säulen zu.

Flaubert brummte nur gequält. „Das fehlte uns gerade noch … Monster. Monster die Götterknochen zermalmen können. Ein Ferienparadies."

11

Mac Lane war neben einer ausgesuchten, intakten Säulen stehengeblieben und blickte an ihr empor. Nicht einmal mit der verbesserten Wahrnehmungsfähigkeit der Vampire, war er in der Lage, das obere Ende der Säule auszumachen, das sich in der Finsternis verbarg. Vorsichtig legte Mac Lane eine bloße Hand an die Säule.

Ein leises Flüstern drang aus der Dunkelheit an ihn heran. Ein Flüstern in einer Sprache, die so melodisch klang und die ihm so vertraut war und dabei gleichzeitig derartig fremd, dass es ihn schauderte.

Mac Lane löste seine Hand von der Säule und das Flüstern verstummte so schnell, wie es aufgekommen war.

„Alles klar bei dir?", erkundigte sich Flaubert und kam auf Mac Lane zu. „Du siehst besorgt aus."

„Es ist nichts", versicherte Mac Lane, vermied es dabei aber, Flaubert anzusehen, sondern starrte stattdessen weiter in die Finsternis. „Ich dachte nur

… "

„Du dachtest was?", fragte Flaubert besorgt.

„Ich dachte, ich hätte eine Stimme gehört", erklärte Mac Lane wahrheitsgemäß, dann sah er Flaubert mit ernster Miene an.

„Verschon' mich damit", sagte Flaubert energisch und hob abwehrend die Hände. „Ich will gar nicht wissen, was dein Hamster dir wieder 'gesagt' hat." Flaubert ließ Mac Lane stehen und marschierte zurück zu Alex.

„Aber ich … ", setzte Mac Lane an, um Flaubert zu erklären, dass er gar nicht von seinem Hamster gesprochen hatte. Erst jetzt, da Flaubert es erwähnt hatte, bemerkte Mac Lane, dass sein kleiner, pelziger Freund schon seit einer Weile schwieg.

Mac Lane zog den Hamster aus seiner Tasche und betrachtete ihn, wie er lang ausgestreckt auf seiner Handfläche lag.

Er schwieg.

Einen Moment lang sah Mac Lane ihn besorgt an, dann lächelte er. „Natürlich." Er schob seinen Freund behutsam zurück in die Manteltasche. „Schlaf schön weiter", flüsterte Mac Lane und tätschelte die Tasche, ehe er zum Rest aufschloss.

Was Mac Lane nicht wusste war, dass Alex' Blut diesen Teil seiner Geistesstörung geheilt hatte.

„O.K. Gehen wir", rief Alex den beiden Vampiren zu und marschierte los, geradewegs tiefer in den Tempel und das Zwielicht hinein.

12

Es zeigte sich bald, dass die Halle tatsächlich wahrhaft titanische Ausmaße hatte. Sie waren nun schon eine gute halbe Stunde unterwegs gewesen und noch immer gab es nichts anderes zu sehen, als die gigantischen Säulen und das bedrückende Zwielicht, das sie von allen Seiten einschloss. Es war auch ausgeschlossen, dass sie im Kreis gegangen waren, denn die Gruppe lief immer geradeaus, genau zwischen zwei Reihen der titanischen Säulen hindurch.

Als beinahe eine Stunde Fußmarsch hinter ihnen lag, blieb Alex plötzlich stehen. „Dort ist es! Dort vorne!" Sie zeigte mit ausgestrecktem Zeigefinger auf einen Punkt weiter hinten in der Dunkelheit.

„Was ist dort? Wo?", fragte Flaubert, der, so sehr er sich auch bemühte, nicht das Geringste erkennen konnte. Insgeheim war er sich nicht einmal sicher, ob er überhaupt an die richtige Stelle in der Dunkelheit blickte.

„Da hinten", sagte Mac Lane schließlich und deutete ebenfalls ins Dunkel.

Flaubert trat genau neben Mac Lane und starrte, an dessen Arm entlang, in die gewiesene Richtung. Er kniff die Augen eng zusammen und nach einigem Suchen hatte er schließlich einen winzigen, funkelnden Punkt ausgemacht, der weit entfernt in der Finsternis lag. „Oh man", seufzte er. „Nicht gerade groß."

Alex lachte, ohne dass der Rest wusste, warum.

„Na kommt schon. Gehen wir weiter."

Je näher sie dem Punkt kamen, desto deutlicher und heller wurde das Funkeln in der Ferne, bis sich schließlich die Umrisse von etwas wahrhaft Gigantischem in der Dunkelheit abzuzeichnen begannen.

„Nicht gerade groß, hm?", fragte Mac Lane schmunzelnd und stupste Flaubert mit dem Ellenbogen in die Seite.

Von dem Anblick der sich ihnen bot überwältigt, brachte Flaubert nicht mehr über die Lippen, als ein ehrfürchtiges: „Wow!"

Eine gewaltige, golden schimmernde Stufenpyramide, erhob sich vor ihnen aus der Finsternis. Ihre Spitze ragte so weit auf, dass sie sich irgendwo weit oben in der Finsternis verlor. Die Seitenlänge der Pyramide die – so hatte es den Anschein –, ebenfalls aus den Knochen Kukulcans gefertigt war, maß gut 200 Meter. Bei näherer Betrachtung stellte man jedoch fest, dass es sich nur um eine halbe Pyramide handelte, die mit dem Rücken an eine Felswand anschloss. Von der Mitte ihrer Basis aus führte eine mächtige Treppe hinauf in die Finsternis, zu einer vermeintlichen Spitze.

„Sie sieht aus, als wäre sie brandneu", murmelte Flaubert halblaut und starrte die lange Treppe der Pyramide empor.

Ein leises Stöhnen ertönte aus Mac Lanes Richtung und sofort wandten sich alle zu ihm um.

Tiago, der noch immer über Mac Lanes Schulter hing, stöhnte und rieb sich den Kopf. „Wo … Wo sind wir?", stammelte er und blinzelte benommen, während Mac Lane ihn vorsichtig auf der untersten Stufe absetzte.

„Hey, Brüderchen", sagte Alex und legte Tiago sanft die Hand auf die Schulter. „Wie geht 's dir?"

„Mir brummt der Schädel", stöhnte Tiago und rieb sich mit der Hand über die schmerzende Wange. „Und mein Kiefer fühlt sich an, als hätte mich ein Muli getreten."

„Schönen Dank auch", schnaubte Mac Lane.

„Was ist das hier?", fragte Tiago, der die riesige Halle mit ihren enormen Säulen allmählich bewusst wahrnahm. Als er schließlich auch realisiert hatte, dass er auf dem Treppenabsatz einer gigantischen Stufenpyramide saß, verschlug ihm der Anblick dieser Kulisse schlagartig die Sprache.

„Wir haben es fast geschafft", erklärte Alex freundlich lächelnd und deutete nach oben, in die Dunkelheit. „Dort müssen wir hin, zur Spitze der Pyramide. Es ist fast geschafft."

Tiago stand auf und zog Alex' Hand von seiner Schulter. „Und wirst du dann wieder normal sein? Wirst du dann wieder meine große Schwester sein? Oder wirst du für immer dieses Ding in dir haben? Na?", fragte Tiago harsch und starrte seiner Schwester tief in die Augen. Was er in ihnen sah, machte ihm Angst.

Alex senkte den Blick. „Ich weiß es nicht", erwiderte sie wahrheitsgemäß.

Tiago sah Alex noch eine Weile mit steinerner Mine an, ehe er den Kopf schüttelte und wortlos an ihr vorbeiging. Ohne sich darum zu kümmern, was der Rest der Gruppe tat, begann er die Treppe emporzusteigen.

Flaubert, Mac Lane und Maria sahen sich hilflos an. Als Mac Lane etwas sagen wollte, hob Alex nur abwehrend die Hand und schüttelte den Kopf. Sie schniefte und wischte sich eine Träne aus dem Auge, ehe sie ihrem Bruder, ebenfalls wortlos, folgte.

Flaubert seufzte tief und sah Mac Lane achselzuckend an, der mit einem Achselzucken antwortete, ehe auch er Alex und Tiago folgte.

„Na los, gehen wir", zischte Flaubert packte Maria, die Alex zurückgelassen hatte, am Arm und zog sie hinter sich her, die Treppe empor.

Maria zappelte zwar und wehrte sich nach Leibeskräften, da sie die Treppen nicht berühren wollte, doch sie wurde von Flaubert erbarmungslos mitgeschleift.

13

Der Aufstieg durch die Dunkelheit zog sich endlos hin. Immer wieder warfen Mac Lane und Flaubert Blicke zurück nach unten, um sich davon zu überzeugen, dass sie überhaupt vorangekommen waren. Nach einem schier endlosen Marsch, zeichneten sich endlich die ersten, matten Umrisse eines rechteckigen Gebäudes auf der Spitze der Pyramide ab.

„Ein Tempel?", fragte Flaubert, als er die oberste Plattform der Pyramide betrat und das mit Ornamenten übersäte Bauwerk betrachtete, das sich vor ihnen erhob. „Ein Tempel im Tempel?"

„Nicht ganz", sagte Alex ganz selbstverständlich. „Ein Nachbau des Tempels des Kukulcan, wie er auf der Stufenpyramide in Chichén Itzá steht. Er ist wunderschön."

„Verdammt dunkel", brummte Mac Lane, der bereits am Eingang des Tempels stand und in die alles verschlingende Schwärze starrte, die sich hinter dessen Portal erstreckte. „Wohin führt uns das?"

„Ans Ziel", antwortete Alex knapp.

Ein sanfter Luftzug wehte Mac Lane entgegen und er atmete tief ein, um etwaige Gerüche wahrnehmen zu können, die der Luftzug vielleicht mit sich getragen hatte. „Hmm … "

„Was ist?", fragte Flaubert und trat, Maria weiterhin im Schlepptau, neben Mac Lane.

„Riechst du das?", fragte Mac Lane neugierig.

„Ja", sagte Flaubert erstaunt und atmete ein zweites Mal tief ein. „Seltsam."

„Was ist denn?", wollte Tiago nun auch endlich wissen. „Was riecht ihr?"

„Es riecht frisch", erklärte Mac Lane und Flaubert nickte.

„Es riecht nach feuchter Erde, nach Pflanzen und, naja, Leben", führte Flaubert erstaunt aus.

„Ihr meint, der Gang führt zurück an die Oberfläche? Wozu sind wir dann überhaupt hier heruntergeklettert? Und warum sollte man eine solche Anlage hier unten bauen, wenn der Tunnel nur wieder an die Oberfläche zurückführt?", fragte Tiago aufgeregt und drängte jetzt ebenfalls zum Eingang des Tempels.

„Finden wir es heraus", sagte Mac Lane aufgeregt, schaltete die Taschenlampe am Lauf seiner Waffe ein, damit der Rest der Gruppe ebenfalls sehen konnte und trat durch den Eingang. Nach einigen vorsichtigen Schritten hielt er an und winkte den anderen, sie sollen ihm folgen. Die Erwartung einer weiteren, aufregenden Entdeckung verzückte ihn geradezu.

Gerade, als Flaubert Maria wie gewohnt hinter sich herziehen wollte, hatte sie sich schon an ihm vorbei gedrängt und war Mac Lane gefolgt. Flaubert sah ihr verdutzt nach, zuckte schließlich mit den Schultern und folgte ihnen. Wahrscheinlich – das nahm er zumindest an – konnte Maria es nicht erwarten, wieder Tageslicht zu sehen.

Tiago und Alex bildeten das Schlusslicht, wechselten jedoch kein Wort miteinander.

Die ersten fünfzig Meter des Ganges bestanden, vom Boden abgesehen, aus den bekannten, golden schimmernden Knochen, die im Schein der Taschenlampe strahlten.

Der Geruch frischer, nasser Erde, wurde mit jedem Schritt tiefer in den Gang hinein, deutlicher. Urplötzlich änderte sich die Beschaffenheit der Umgebung und feuchter Mutterboden löste die edlen, goldenen Knochenfragmente als Decke und

Wände ab.

Mac Lane blieb stehen und schaltete die Taschenlampe aus und blickte stumm in die Dunkelheit hinein.

„Was ist?", fragte Alex beunruhigt.

„Da hinten ist Licht", erklärte Mac Lane. „Tageslicht."

„Ah!", rief Flaubert. „Ich sehe es auch! Er hat Recht!" Flaubert deutete auf einen winzigen, schimmernden Punkt in der unendlichen, schwarzen Leere.

„Ich kann da gar nichts sehen", schnaubte Tiago mürrisch. „Aber was weiß ich schon!"

Ein Klicken ertönte und Mac Lanes Taschenlampe tauchte die Umgebung wieder in warmes, künstliches Licht. „Also schön. Für alle Rentner und Sehbehinderten unter uns, schalte ich auf den letzten Metern das Fernlicht wieder ein", spottete er, stieß Flaubert mit dem Ellenbogen auffordernd an und marschierte weiter.

„Also, Jungs und Mädchen, ihr habt den Reiseleiter gehört." Flaubert winkte den Rest der kleinen Gruppe an sich vorbei, um sicher zu stellen, dass nicht im letzten Moment jemand versuchte einen Rückzieher zu machen und bildete dann das Schlusslicht.

Gute zehn Minuten lang, marschierten sie dem stetig heller und größer werdenden, leuchtenden Punkt entgegen, bis Mac Lane den Tunnel schließlich als Erster verließ und stehen blieb, um sich einen Überblick zu verschaffen. „Verdammte

… Scheiße!", hauchte Mac Lane überwältigt, als sich seine Augen an die Helligkeit gewöhnt hatten und er sah, was dort vor ihnen lag.

„Was denn?", fragte Flaubert, der als Letzter aus dem Tunnel getreten war, neugierig. Er schob sich an den anderen vorbei, die mit offenen Mündern dastanden und etwas anstarrten. Als sich schließlich auch seine Augen an das Licht gewöhnt hatten, sackte Flauberts Unterkiefer fassungslos herab. „Leck mich fett!"

14

Vor ihnen, in gut zwei–, vielleicht dreihundert Metern Tiefe, erstreckte sich ein riesiges, grünes Tal, das den kompletten Grund einer Art gigantischen, natürlichen Kraters bedeckte, an dessen oberem Rand sie auf einem winzigen Plateau standen. Obwohl der gesamte Krater, völlig ohne Zweifel, unter der Erdoberfläche lag, drang das Sonnenlicht offenbar ungehindert durch die Erdschichten und eine gewaltige, azurblaue Kuppel, die den gesamten Krater überspannte.

Einige Teile des Tals waren mit dichtem Dschungel bewachsen, während andere offensichtlich als Ackerflächen genutzt wurden. Der restliche Teil war von Büschen, Gräsern und von Moosen und Ranken überwuchertem Gestein und Bauwerken bedeckt.

Das beeindruckendste Bild aber bot die

wahrhaft gigantische, goldene Stufenpyramide im Zentrum des Tals. Ihre Oberfläche war so spiegelglatt poliert, dass man sie nicht direkt ins Auge fassen konnte, ohne dabei das Gefühl zu haben, direkt in die Sonne zu starren.

Rings um die Pyramide, gab es mehrere kleine und große Gebäude, Brunnenanlagen und Plätze. Beinahe zwei Drittel dieser Gebäude war mittlerweile teilweise oder schon völlig vom Dschungel verschlungen worden. Einige Bauwerke waren stark überwuchert oder auch ganz zerstört worden und bestanden nur noch aus großen Trümmern.

15

„Was ist das hier?", fragte Mac Lane derart überwältigt, dass seine Stimme beinahe ängstlich klang.

„Das hier ist", begann Alex mit ehrfürchtiger Stimme zu erklären, während sie staunend neben Mac Lane trat, „die Stadt Kukulcans. Hier, an diesem Ort, hat er sich bis zu seinem Tod versteckt. Dieser Krater ist entstanden, als Kukulcans verwundeter Leib auf die Erde stürzte. Hier haben Luzifer und er den Schädel der Schlange geschaffen – und hier wurden sie verraten."

Maria sackte auf die Knie und blieb seufzend sitzen. Sie flüsterte leise vor sich hin und eine einsame Träne ran ihr die Wange hinab. Bis zu Letzt hatte sie gehofft, endlich zur Erdoberfläche zurückzukehren, doch nun schien ihr alle Hoffnung verloren.

„Hier ist eine Treppe", durchbrach Tiago das erneut aufgekommene, ehrfürchtige Schweigen. Er deutete auf einen schmalen Weg, mit ausgetretenen Stufen, der sich vom Plateau, seitlich an der Kraterwand entlang, nach unten zog. „Je schneller wir das hinter uns haben", sagte Tiago und machte eine Pause, dann sah er Alex durchdringen an. „Desto schneller habe ich meine Schwester zurück." Es war die Hoffnung, die ihn vorantrieb. Ohne die Hoffnung, Alex könne wieder völlig „normal" werden, hätte er nicht weiterleben können. Tiago kehrte der Gruppe den Rücken und begann den Abstieg.

„Er hat mir besser gefallen, als er noch bewusstlos war", knurrte Flaubert.

Mac Lane lachte verhalten, nickte aber zustimmend.

„Du kannst ihm keinen Vorwurf machen", sagte Alex halb tonlos, halb ärgerlich und starrte ihrem Bruder hinterher. „Ich würde auch nichts hiervon glauben, wenn ich es nicht selbst erlebt hätte. Lasst ihn einfach in Ruhe." Mit diesen Worten folgte sie Tiago die schmale Stiege hinab und ließ das verbliebene Trio zurück.

„Hast du ja wieder prima hinbekommen", schnaubte Mac Lane, versetzte Flaubert einen Klaps mit der flachen Hand auf den Hinterkopf und marschierte den Vorangegangenen hinterher.

„Ich?!", rief Flaubert empört, bekam aber keine Antwort von Mac Lane. Als schließlich auch Maria, verständnislos den Kopf schüttelnd, an ihm vorbei ging und dem Rest folgte, brummte Flaubert frustriert. Er trat einen kleinen Haufen Steine über den Rand des Plateaus, um seinem Frust Luft zu machen, dann folgte auch er der Gruppe.

16

Es dauerte eine ganze Weile bis die kleine Gruppe das Ende des Pfads erreicht hatte und der erste unter ihnen den feuchten Dschungelboden des Kraters betrat. Die Luft war warm und feucht und erfüllt vom Duft nasser Erde, exotischer Früchte und des puren Lebens selbst.

„Unglaublich", hauchte Tiago schlichtweg überwältigt und sog die reichhaltige Luft tief ein. Nach dem langen Marsch durch die unterirdische Halle, mit ihrer stickigen, abgestanden moderigen Luft, war dies mehr, als nur eine willkommene Erholung.

„Ja", murmelte Mac Lane misstrauisch, nachdem er sich einen Moment lang umgesehen hatte. Er sah von Baumkrone zu Baumkrone. „Ich frage mich nur, warum es hier Leben gibt. Wenn sich Kukulcans Schemen mit der Lebenskraft von Pflanzen und Tieren am Leben halten musste, warum gibt es dann ausgerechnet hier, direkt vor seiner Haustür, ein blühendes Paradies?"

Alle Augen richteten sich schlagartig auf Alex und sahen sie erwartungsvoll an.

„Weil sie unsterblich sind", antwortete Alex knapp und ohne eine Miene zu verziehen.

„Was?", dröhnte es Alex im Chor entgegen.

„Als Kukulcan starb und sein Körper zerfiel, wirkte er wie eine Art Super-Dünger auf die Pflanzen dieses Tals. Sie werden ständig Früchte tragen, nie welken und – ohne äußeren Einfluss – niemals sterben."

„Also konnte der Schemen ihnen keine Lebenskraft entziehen, weil diese Pflanzen göttlich sind?", fragte Flaubert und ging neben einer kleinen Blume mit betörend roten Blüten in die Knie.

„Doch, das hat er, aber diese Pflanzen regenerieren ihre Kräfte mit solch enormer Geschwindigkeit, dass sie selbst unter dem Einfluss des Schemens nicht vergangen sind."

Flaubert griff nach dem Stängel der kleinen Blume und zog mit leichter Kraft an ihr, um sie zu pflücken, doch die Pflanze bewegte sich kaum. Flaubert zog mit mehr und mehr Kraft, bis sich die Wurzeln schließlich langsam aus dem feuchten Erdreich lösten und Mac Lane ihm wieder einen Klaps auf den Hinterkopf versetzte. „Lass das gefälligst!"

„Au! Hey!" Flaubert stand wieder auf, trat bis auf wenige Zentimeter an Mac Lane heran und schubste ihn leicht. „Hör gefälligst damit auf, mich dauernd zu hauen!"

„Dann reiß verdammt noch mal keine Pflanzen aus, Idiot!", fauchte Mac Lane tadelnd und versetzte Flaubert ebenfalls einen Schubs.

„Du sollst mich nicht Idiot nennen, du Irrer!", fauchte Flaubert zurück und schubste Mac Lane erneut.

„Wie war das gerade?", fragte Mac Lane zornig. „Hast du mich irre genannt? Du sollst mich nicht irre nennen, ich bin nicht irre!"

„Ach ja?!", fragte Flaubert und griff sich Mac Lane am Kragen.

„Aufhören!", schrie Alex und schob den Lauf ihres Gewehrs zwischen die beiden Streithähne. „Ich habe es so satt mit euch! Was seid ihr eigentlich? Kindergartenkinder? Ich will dieses Theater nicht schon wieder mitmachen, klar?"

Flaubert ließ Mac Lane los und beide nickten widerwillig.

„Und er hat Recht, du hörst auf hier Pflanzen auszureißen, klar?", herrschte Alex Flaubert an, der missmutig und mit trotzigem Blick nur ein müdes: "Ja", herausbrachte. „Ich habe nicht Jahre lang Archäologie studiert, um hier als Tagesmutter für geistig Minderbemittelte herhalten zu müssen. Ich warne euch ein letztes Mal: wenn ihr mir weiter auf den Sack geht, rappelt 's im Karton!" Mit diesen Worten wandte sich Alex an ihren Bruder und Maria. „Und ihr beiden hört gefälligst mit euren verfluchten Trödeleien, dem Geflenne, den Beschwerden und der Schwarzmalerei auf!" Alex schulterte ihr Gewehr, schüttelte verständnislos den

Kopf und marschierte weiter in den Dschungel hinein, in Richtung der großen, goldenen Pyramide.

„Die hat ja 'ne Laune", murmelte Flaubert und fing Mac Lanes finsteren Blick auf.

Mac Lane sah Flaubert vorwurfsvoll an und legte betont ruhig den Zeigefinger an die Lippen. Mit einem schnellen Blick in die Runde und einem Kopfnicken in Alex' Richtung, bedeutete er dem Rest, ihr zu folgen.

„Na los, bewegt euch", maulte Flaubert und gestikulierte Tiago und Maria, zu Mac Lane und Alex aufzuschließen.

„Schon gut, wir geh 'n ja", bluffte Tiago zurück. „Komm. Die Normalen sollten lieber zusammenbleiben", sagte er, nahm Maria an der Hand und ging mit ihr zusammen los.

Flaubert seufzte tief. „Das darf alles nicht wahr sein", murmelte er während er dem Rest der Gruppe in einiger Entfernung folgte. „He, Flaubert, was hast du denn so getrieben in den letzten zwei Tagen?", ahmte er einen imaginären Gesprächspartner nach. „Ach, nicht viel. Das Übliche: bin durch den Dschungel gekrochen, hab auf Affen geballert, man hat mir in den Hintern, den Kopf und sonst-wo-hin geschossen, mir den Kiefer gebrochen und mich mit einer Sardinenbüchse von Jeep durch den verfluchten Dschungel kutschiert, wo Moskitos, so groß wie Nilpferde, versucht haben mich lebendig zu verschlingen. Und du?"

Maria warf einen verstörten Blick zurück auf

Flaubert, der noch tief in sein Selbstgespräch versunken war. Ängstlich drückte sie Tiagos Hand fester und murmelte: „Ich glaube, er verliert *wirklich* langsam den Verstand."

„Schon gut", beruhigte sie Tiago. „Wir kommen hier schon wieder raus, keine Sorge. Ich gebe auf dich acht."

„Danke", hauchte Maria verlegen und wandte den Blick rasch von Tiago ab, als sie spürte, dass ihr die Röte ins Gesicht stieg.

17

Der Marsch durch den Dschungel hatte eine gute halbe Stunde gedauert.

Unterwegs war die Gruppe immer wieder an Trümmern von Gebäuden, Statuen und Säulen vorbeigekommen, die darauf hindeuteten, dass die unterirdische Stadt einmal wesentlich größer gewesen sein musste. Der größte Teil der Trümmer bestand offenbar aus einfachem Gestein und nicht aus dem prächtigen goldenen Knochenmaterial, wie die Pyramide. Es war nur schwer zu sagen, ob die mächtigen Bauwerke von den Pflanzen durch deren Wachstum zerstört und überwuchert worden waren oder ob etwas diese Gebäude bereits vorher zerstört hatte.

Mac Lane vermutete, dass diese Gebäude einmal einfache Wohnhäuser oder Lager gewesen sein mussten, da Tempelanlagen, wie die mächtige

Pyramide, sicher aus den goldenen Knochen Kukulcans gefertigt worden wären.

Schließlich schob Alex die letzten Ranken und Äste zur Seite, die sie noch vom großen Vorplatz der Pyramide trennten und schritt durch die Lücke.

„Wie hoch die wohl ist?", fragte Flaubert neugierig, als er den Platz betrat und die Pyramide ansah, die sich nur wenige hundert Meter von ihm entfernt erhob.

„Keine Ahnung", sagte Mac Lane und musterte das Bauwerk mit zusammengekniffenen Augen. „Aber das wird wieder eine schöne Kletterei."

„Keine Sorge", beruhigte sie Alex. „Was wir suchen, ist nicht da oben."

„Nicht?", fragte Flaubert überrascht.

Alex schmunzelte unerwarteter Weise und bedeutete ihnen wortlos, ihr zu folgen. Sie marschierte mitten über den Platz, geradewegs auf die Pyramide zu. Vor dem Bauwerk blieb sie abrupt stehen und wandte sich an die Gruppe. „Also, ihr zwei, was hat man euch über den dritten Teil erzählt?"

„Nicht viel", antwortete Mac Lane wahrheitsgemäß. „Man hat uns nur gesagt, dass du bei deinen Studien der Maya-Ruinen auf etwas gestoßen bist, das wichtig für uns ist."

„Na schön. Einem Text zufolge, den ich übersetzt habe, wurde der dritte Teil an einem Ort versteckt, den man für absolut sicher hielt: der Pforte nach Mitnal."

„Das Tor zur Unterwelt?", fragte Flaubert

besorgt und wäre er nicht untot gewesen, hätte man sehen können, wie ihm die Farbe aus dem Gesicht wich. „Wir müssen also nach Mitnal? In die Unterwelt?"

„Nun, eigentlich … ", wollte Alex fortfahren, als Flaubert ihr ins Wort fiel.

„O.K., danke! Reicht mir! Ich kündige! Engel, Dschungel und Götter sind mir genug für dieses Jahrhundert! Heben wir uns die Unterwelt fürs nächste Jahrhundert auf."

„Schluss jetzt", sagte Alex ruhig. „Um dich zu beruhigen, nein, wir müssen nicht in die Unterwelt. Nur zum „Tor zur Unterwelt", verstanden?"

„Was ist daran besser?", fragte Flaubert schnippisch und verschränkte trotzig die Arme vor der Brust.

„Also ich sag' , das wird lustig", sagte Mac Lane grinsend und tätschelte seine Waffe.

Alex lachte und schüttelte den Kopf. Die Übrigen standen einfach da und sahen sie an, als habe sie ihren Verstand verloren. „Jungs, ihr habt' s immer noch nicht kapiert."

„Was gibt' s da zu kapieren oder nicht zu kapieren?", wollte Mac Lane wissen und sah Alex auffordernd an. „Was meinst du denn nun?"

„Also, dann kommt mal mit", sagte sie und marschierte um die Pyramide herum, zu deren Rückseite.

„Das, liebe Freunde, ist eine Cenote", sagte Alex und deutet auf ein riesiges Loch im Boden, das den Eingang zu einer tiefer gelegenen Höhle bildete.

Der Rest der Gruppe trat neben Alex an den Rand des Lochs und blickte neugierig hinab.

Moose und eine nahezu unschätzbare Menge an Lianen, hingen in dicken Teppichen und Ballen über den Rand des Loches.

In einer Tiefe von gut fünfzehn Metern befand sich ein unterirdischer See, dessen klares Wasser in den herrlichsten Blau– und Türkistönen schimmerte. Seitlich, etwas unterhalb des Rands der Cenote, erstreckte sich ein schmaler Uferstreifen, während sich auf der anderen Seite des Sees eine mächtige Tropfsteinhöhle anschloss. Entlang der Wände des Uferstreifens wuchsen unterschiedliche Arten von Kletterpflanzen mal mit kleinen, mal riesigen, fächerartigen Blättern und Blüten, in prächtigen Farben. Beinahe die gesamte Wand war in ein leuchtendes, lebendiges Kleid gehüllt.

„Mist, die Höhle ist ja völlig überschwemmt", sagte Flaubert mürrisch, während er hinabsah und unzufrieden den Kopf schüttelte.

Alex lächelte und legte ihm die Hand auf die Schulter. „Eine Cenote ist eine eingestürzte Kalksteinhöhle. Cenoten sind *immer* mit Süßwasser gefüllt. Sie werden entweder von ober- meist aber von unterirdischen Flussläufen gespeist. Für die Maya waren diese Orte „Tore zur Unterwelt" und Stätten religiöser Opferungen."

„Und ich hab mir schon Sorgen gemacht", murmelte Flaubert sarkastisch. „Und weiter? Abseilen?"

„Ganz genau. Wir machen die Seile an einem

der Bäume fest, wenn wir sie alle verbinden, sollten sie bis nach unten reichen", erklärte Alex.

„Wir bleiben hier!", sagte plötzlich Tiago mit fester Entschlossenheit und schob Maria, die das Loch im Boden mit einem Ausdruck puren Entsetzens anstarrte und kein Wort hervorbrachte, seitlich hinter sich.

„Das hast du nicht zu entscheiden", sagte Mac Lane ernst.

„Habe ich sehr wohl", erwiderte Tiago energisch, obwohl man ihm deutlich ansehen konnte, dass es seinen ganzen Mut gebraucht hatte sich Mac Lane, Flaubert und Alex zu widersetzen. „Wir können sowieso nicht fliehen, wo sollten wir schon hin? Außerdem, gebe ich euch mein Wort, dass ich hier mit Maria auf euch warten werde."

„Dein Wort?", fragte Mac Lane in einem Ton der deutlich zu verstehen gab, wie wenig er davon hielt.

„Ich bin sicher einiges, aber ein Lügner, bin ich nicht. Ich halte mein Wort, wenn ich es gegeben haben, darauf kannst du dich verlasen."

„Was soll 's schon", mischte sich Flaubert überraschend ein, während er die Seile verknotete. „Die beiden sind ohnehin nur Ballast für uns. Abgesehen davon, wissen wir nicht, was uns da unten erwartet. Sterbliche haben sicher nicht die größten Überlebenschancen."

„Ballast?", wiederholte Alex missbilligend.

„Er hat recht." Mac Lane sah Alex ernst an. „Zugegeben, er hätte es freundlicher ausdrücken können, aber er hat dennoch recht. Wir kommen schneller voran, wenn wir nicht immer auf die beiden achtgeben müssen. Abgesehen davon, wer sollte sie hier schon finden? Die Armee? Die würde sicher nicht durch die Todeszone kommen."

Alex seufzte. „Wahrscheinlich hast du recht", sagte sie, klang dabei aber wenig überzeugt. „Aber ich mache mir eben Sorgen um ihn."

„Ich weiß", sagte Mac Lane und sah Tiago an, der auf seine Schuhspitzen starrte. Mac Lane zog die Pistole, die er Tiago abgenommen hatte, aus dem Gürtel. „Hier", sagte er und hielt sie Tiago, den Griff voran, hin. „Man kann nie wissen."

„Danke", brachte Tiago gequält, aber ehrlich gemeint, hervor und steckte die Waffe ein.

„Das hätten wir." Mit einem prüfenden Ruck zerrte Flaubert an dem Seil, dessen eines Ende er um einen dicken Baumstamm gebunden hatte und dessen loses Ende über den Rand der Cenote hing. Zufrieden mit seiner Arbeit, schmunzelte er und klopfte sich die Hände ab.

„Ich gehe vor", sagte Flaubert und schwang sich, kaum gesagt, an dem Seil hinab in die Cenote.

Alex umarmte ihren Bruder und flüsterte ihm etwas auf Portugiesisch ins Ohr, das Mac Lane nicht verstand. Eine Träne lief Tiagos Wange hinab, und er erwiderte ihre Umarmung. Daraufhin trat Alex ebenfalls an den Rand der Cenote und schnappte sich das Seil.

„Pass auf dich auf!", rief ihr Tiago zu und Alex lächelte, ehe sie sich hinabschwang.

Als Letzter trat Mac Lane an das Seil und packte es. Er sah Tiago ernst an und nickte.

18

Alex, Flaubert und Mac Lane standen schließlich auf dem schmalen, sandigen Uferstreifen, am Rand des unterirdischen Sees und ließen ihre Blicke durch die Höhle gleiten.

Erst jetzt konnte man erkennen, dass nicht alles was von der Decke hing, Lianen waren. Die langen, dünnen Wurzeln einiger Bäume hatten sich durch den Kalkstein gearbeitet und hingen von der Decke herab bis ins Wasser. Wo die Wurzeln das Wasser berührten, waren sie wieder zu festen, stammähnlichen Gebilden verwachsen, an deren kleinen, verzweigten Wurzeln sich Gestein, Pflanzenreste und Erde zu Miniaturinseln angesammelt und verbunden hatte.

Die Tropfsteinhöhle auf der gegenüberliegenden Seite des Sees, war zwar von beachtlicher Größe, jedoch überraschender Weise kurz und erstreckte sich nur knappe fünfzehn, vielleicht zwanzig Meter weit, dann endete sie abrupt.

Mac Lane brummte unzufrieden, nachdem er die Umgebung begutachtet hatte und ihm klargeworden war, was es für sie bedeutete, dass die Höhle nicht weiterführte.

„Seht mal", sagte Flaubert aufgeregt. Er war am Rand des Wassers in die Knie gegangen und starrte hinein.

Mac Lane und Alex traten hinter ihn und blickten ebenfalls hinab ins Wasser.

Auf einem kleinen Plateau, etwa zwei Meter unter der Wasseroberfläche, stapelten sich einige seltsam geformte, glatte, weiße Steine. Erst auf den zweiten Blick verstand Mac Lane, warum Flaubert sie auf diese vermeintlichen Steine aufmerksam gemacht hatte. Was dort auf dem kleinen Plateau lag und weiß leuchtend aus dem klaren, türkisen Wasser hervorstach, waren menschliche Schädel.

„Wie gesagt: Eine Opferstätte." Alex seufzte tief. Auch wenn sie damit gerechnet hatte, den Gebeinen geopferter Menschen zu begegnen, war dieser Anblick und die Nähe der sterblichen Überreste alles andere als leicht zu verdauen – besonders, da sie versuchte, sich nichts davon anmerken zu lassen.

Mac Lane zuckte plötzlich zusammen und sein wachsamer Blick wanderte über die Wasseroberfläche. Hatte es dort nicht gerade ein Geräusch gegeben? Ein leises Plätschern, so, als wäre etwas durch die Wasseroberfläche gestoßen und dann wieder abgetaucht? Und eine Bewegung?

Mac Lane sah sich zu Alex und Flaubert um, die noch immer die Schädel im Wasser sondierten und offenbar nichts mitbekommen hatten. Hatte er es sich nur eingebildet? Ein mulmiges Gefühl stieg in ihm empor und sein Blick blieb an einer Stelle der Wasseroberfläche hängen, an der sie sich leicht kräuselte. Die Bewegung war nicht stark genug und das Geräusch nicht laut genug gewesen, als dass etwas von oben her ins Wasser gefallen sein konnte. Es hatte tatsächlich viel mehr den Anschein, als wäre etwas von *unten* her an die Oberfläche gestoßen.

„Oder nicht?", hörte Mac Lane plötzlich Flauberts Stimme an sich herandringen und fuhr, wie aus einer Trance erwacht, herum.

„Entschuldigung, was sagtest du?", fragte Mac Lane verdutzt.

„Dann schwimmen wir mal zur anderen Seite", wiederholte Flaubert.

Mac Lane sah Alex fragend an, die aber schüttelte nur den Kopf.

„Das glaube ich nicht, Tim", sagte Mac Lane lächelnd und seufzte, seine Bedenken so gut er konnte verbergend.

„Wieso? Hier gibt 's doch nichts – außer Schädeln." Flaubert warf einen kleinen Stein ins Wasser, der langsam zu Boden sank.

„Da drüben aber auch nicht", erklärte Alex und sah Flaubert tief in die Augen in der Hoffnung, dass er von allein verstehen würde, worauf die beiden hinauswollten.

Vergebens.

„Aber, warum sind wir dann hier runter gekommen? Ich dachte hier ist das Tor zur Unterwelt?" Flaubert starrte beide fragend an.

Mac Lane und Alex sahen einander achselzuckend an, dann warfen sie Flaubert einen auffordernden Blick zu.

„Was?", fragte Flaubert und starrte beide abwechselnd an. „Wenn es *hier* nichts gibt und auf der anderen Seite auch nicht, wo … " Flaubert stockte. „Wo … soll dann … " Er drehte sich um und starrte hinab in die türkisen Fluten, dann wandte er sich wieder Mac Lane und Alex zu, die sofort sehen konnten, dass Flaubert endlich verstanden hatte.

Sie nickten.

„Oh, nein! Nein, nein, nein, nein, nein! Nei-en!", stammelte Flaubert lauthals und wild gestikulierend los.

„Oh, doch! Doch, doch, doch, doch, doch!", konterte Mac Lane grinsend, der Genugtuung wegen, Flaubert schwitzen zu sehen, während Alex neben ihm stand und heftig nickte.

„Ich habe gar keine Badehose dabei, geschweige denn Sauerstoffflaschen. U … Und auch keinen Tiefenmesser!", erklärte Flaubert hektisch.

„Und auch keine Quietscheente, keine Schwimmflügel und kein Hirn, aber du gehst trotzdem!", erklärte Mac Lane zufrieden grinsend.

„Der Urlaub wird von Minute zu Minute besser", maulte Flaubert und entledigte sich seines Ledermantels. „Das stand alles nicht in der Broschüre."

Mac Lane entledigte sich ebenfalls seines Mantels, dann verstaute er seinen Hamster sorgsam in einem Frischhaltebeutel, den er aus seinem Rucksack gekramt hatte. Er blies Luft hinein und verstaute ihn in seinem Rucksack, ohne dass Alex oder Flaubert etwas davon mitbekamen.

Auch Alex entledigte sich eines Großteils ihrer Kleidung, die sie in ihrem Rucksack unterbrachte. Sie verstaute den Rucksack am Ufer und band sich lediglich ihre Stiefel an den Gürtel. Auf zusätzliche Bekleidung konnte sie möglicherweise verzichten, auf festes Schuhwerk vielleicht nicht.

„Wie hast du dir das Ganze eigentlich vorgestellt?", fragte Mac Lane Alex, die sich mit Dehn- und Atemübungen beschäftigte.

„Mach dir da mal keine Sorgen", sagte sie allen Ernstes und ließ sich in ihren Übungen nicht beirren.

Flaubert kicherte leise vor sich hin und schüttelte ungläubig den Kopf. Dass er und Mac Lane nicht zu atmen brauchten, erwies sich wieder einmal als klarer Vorteil.

„Ach so, na dann ist ja alles klar", spottete Mac Lane und sah Alex streng an.

„Ich halte die Luft schon an", sagte sie. „Glaub mir."

„Was ist deine Bestzeit?", fragte Flaubert schnippisch.

„Es wird reichen", sagte Alex zuversichtlich lächelnd. „**Er** wird dafür sorgen."

„Ich hoffe du weißt, was du tust", sagte Mac Lane skeptisch. „Wir wissen nicht mal genau, wo wir hin müssen, geschweige denn, in welche Richtung oder Tiefe. Außerdem fürchte ich, unsere Taschenlampen sind unter Wasser nicht zu gebrauchen, halt dich also dicht an uns."

„Verstanden", sagte Alex und nickte. Langsam konnte man ihr die Nervosität, die in ihr aufstieg, ansehen.

„Das bleibt hier", befahl Mac Lane, der bereits bis zu den Knien im Wasser stand und deutete auf den Granatwerfer, den Flaubert zur Hand genommen hatte.

„Was?", fragte Flaubert entsetzt. „Auf keinen Fall!"

„Lass ihn hier!", befahl auch Alex, fügte dann aber ein sanfteres: „Bitte", hinzu.

Brummig legte Flaubert den Granatwerfer ab. „Ich werd' da unten draufgehen."

„Du gehst vor", entschied Mac Lane grinsend an Flaubert gewandt. „Und halt die Augen offen."

„Was soll das denn heißen?", fragte Flaubert erstaunt.

„Nichts. Pass nur einfach gut auf", sagte Mac Lane, der Flaubert und Alex nicht unnötig beunruhigen wollte.

„Nein, nein, nein. Warte mal!" Flaubert, der schon ein Stück im Wasser gestanden hatte, war wieder zurück ans Ufer gelaufen. Es war offensichtlich, dass sein Erstaunen in Misstrauen umgeschlagen war. „Was ist los, man?"

„Nichts", haderte Mac Lane. „Es ist nur … "
„Ja?"

„Vielleicht habe ich etwas im Wasser gesehen. Aber ich bin mir nicht sicher."

Flaubert hastete zurück bis an die Wand der Cenote, zog seine Waffe, brachte sie in Anschlag und spähte kreuz und quer über das Wasser. „Was hast du gesehen? Alien-Monster-Mistviecher?!"

„Beruhige dich mal wieder, ja?", versuchte Mac Lane ihn zu besänftigen. „Ich bin ja nicht Mal sicher, ob ich überhaupt etwas gesehen habe."

„Dann beschreib' mir doch mal, wie das, was du nicht oder nur vielleicht gesehen hast, ausgesehen hat", verlangte Flaubert.

„Müssen wir wieder eine Hörst-du-dir-beim-Reden-selbst-zu-Diskussion führen? Wie soll ich dir denn etwas beschreiben, was ich nicht gesehen habe, du Gehirnakrobat?", pöbelte Mac Lane zurück.

„Was hast du denn überhaupt gesehen, fangen wir doch mal so herum an", schritt Alex ein.

„Nichts. Nur Wellen. Als wäre etwas von unten an die Wasseroberfläche gestoßen und gleich wieder verschwunden. Es gab ein plätscherndes Geräusch und das war es auch schon", beschrieb Mac Lane das Gesehene.

„Und es kann nicht sein, dass etwas von oben heruntergefallen ist?", hakte Alex nach.

„Nein, dazu waren der Wellengang und das Geräusch zu gering. Wenn ich es mir nicht eingebildet habe, ist was-auch-immer von unten gekommen und auch wieder dorthin verschwunden."

„Ganz großes Kino. Aber mich vorschicken wollen. Mit dem Franzosen kann man 's ja machen. Aber ich spiele nicht den Monsterköder für euch, dass könnt ihr euch gleich abschminken, klar?!", prustete Flaubert aufgebracht. „Weißt du, das ist genau die Art von Scheiße, wegen der ich meinen Koffer hätte mitnehmen sollen!"

„Red' nicht so einen Quatsch. Was könnte es hier schon geben, das dir gefährlich werden könnte? Welche Tiere kann es hier unten schon geben? Im Ernst, wahrscheinlich war es nur ein, ein, naja, ein Grottenolm oder so etwas", versicherte Mac Lane und versuchte dabei so glaubwürdig wie möglich zu klingen.

„Willst du mich eigentlich allen Ernstes verarschen? Von wegen, welche Tiere kann es hier schon geben. Weißt du eigentlich, wie viele verdammte Mutanten, Bestien und Spinner in den letzten Stunden versucht haben, uns auszuknipsen? Die verdammte Hälfte von diesen beschissenen Kreaturen hatte ich mein Leben lang noch nicht gesehen. Bei meinem Glück wimmelt es da unten also nur so vor Riesenkraken, Weißen Haien, Piranhas, mutierten Seegurken und genmanipulierten Scheidungsanwälten! Also erzähl' mir nix von wegen Grottenolm!" Flaubert lief wieder rot an.

„Jetzt komm mal wieder runter, ja? Es spielt keine Rolle, ob etwas da unten ist. Es ist auch egal, was es ist. Wir müssen so oder so da runter, also beruhige dich, schieb' deinen Arsch ins Wasser und pass auf!", schrie Mac Lane und stapfte ins Wasser, bis er den Boden unter den Füßen verlor und an der Wasseroberfläche paddelte. „Ist ja nicht zum Aushalten. Ich gehe vor, ihr kommt nach. Und lass

Alex nicht los." Mit diesen Worten verschwand Mac Lane unter die Wasseroberfläche und ließ sich langsam bis auf den Grund sinken.

„Sag mal", fragte Alex plötzlich. „Könnt ihr eigentlich unter Wasser sehen? Also, wie an Land?"

„Ja. Unsere Augen können sich an verschiedenste Medien anpassen. Extreme wie Erdöl oder ähnliche Substanzen natürlich ausgenommen, aber Wasser ist ein Kinderspiel", erklärte Flaubert mürrisch.

„Und der Wasserdruck? Werdet ihr nicht zusammengepresst?", fragte Alex mit einer wachsenden Begeisterung, die Flaubert etwas zögern ließ, ehe er antwortete.

„Naja, es kommt drauf an. Das ist abhängig von der Tiefe und von den individuellen Fähigkeiten. Wir beide schaffen gut zweihundert bis zweihundertfünfzig Meter."

„Zweihundertfünfzig Meter", wiederholte Alex voller Bewunderung. „Wahnsinn."

Ein lautes Platschen ertönte plötzlich hinter ihnen und beide zuckten erschrocken zusammen, als Mac Lane seinen Kopf aus den Fluten reckte.

„Was ist? Kommt ihr? Ich glaube, ich habe einen Weg gefunden. Gleich dort drüben." Er deutet in Richtung der Stelle, an der Flaubert die Schädel im Wasser gefunden hatte. Je weiter man an dieser Stelle vom Ufer auf den See starrte, desto dunkler wurde sein Wasser, was auf ein Gefälle unter Wasser hindeutete.

„Und sonst so?", fragte Flaubert, als hätte Mac

Lane nur den neuesten Klatsch zum Besten gegeben, anstatt von den wirklich wichtigen Dingen zu berichten. „Was ist mit Seeungeheuern?"

„Nur drei oder vier. Sie lassen dich lieb grüßen."

„Ich mein 's ernst. Hast du was gesehen?", fauchte Flaubert.

„Klar. Es war riesig, mit blitzenden, scharfen Zähnen. Hat mich in einem Happs verschluckt." Mit diesen Worten und einem Augenrollen verschwand Mac Lane wieder unter Wasser.

„Der soll bloß nicht jammernd ankommen, wenn ihm irgendwas den Arsch abgebissen hat und mich dann anbetteln, ihm sein Hinterteil wieder anzunähen." Flaubert wartete, bis Alex ihm das Zeichen gab, dass sie bereit war, dann folgen beide Mac Lane in die Tiefen der türkisen Fluten.

19

Alex und Flaubert sanken so langsam in den lichtdurchfluteten Teil der Cenote hinab, dass es ihnen vorkam, als schwebten sie vom Himmel hernieder. In einer Tiefe von fast sieben Metern setzten sie schließlich auf dem weißen Sandboden auf.

Selbst in dieser Tiefe war das Wasser noch so klar und farbenprächtig, wie an der Oberfläche. Das von oben einfallende Sonnenlicht tauchte die ganze Unterwasserlandschaft in ein fast surreales Licht- und Farbenspiel aus den verschiedensten

Türkis- und Blautönen. An den Stellen, an denen die Sonne direkt auf die Wasseroberfläche traf, wirkten ihre Strahlen unter Wasser wie ein feiner Schleier, der sich im zarten, warmen Wind einer lauen Sommerbrise bewegte.

Der Boden war völlig von dem feinen, weißen Sand bedeckt, der in kleinen Wirbeln emporstieg, als Alex und Flaubert einen Fuß auf den Boden setzten. Die aufgewirbelten, feinen Sandkörner sanken so gemächlich und ruhig wieder zu Boden, dass man sich bei ihrem Anblick an eine Schneekugel erinnert fühlte.

In der Nähe des westlichen Ufers und des anschließenden Unterwasserabhangs, auf den sie sich zubewegten, war der Boden jedoch beinahe völlig mit den Überresten der Menschenopfer bedeckt. Zumeist waren es Schädel, die in einer schier endlosen Lawine den Abhang hinuntergerollt waren und die sich noch immer bis beinahe ganz hinauf zur Wasseroberfläche stapelten. An mancher Stelle ragten skelettierte Hände, Füße, ganze Beine, ja manchmal sogar ganze Torsos aus dem Meer der Schädel hervor. Das Meer der Schädel schien sie geradezu unaufhörlich aus seinen tausenden, toten Augenhöhlen zu mustern und jeden ihrer Stritte auf unheimliche Weise zu verfolgen.

20

Je näher Flaubert und Alex an Mac Lane und den Abhang, an dessen Rand er bereits stand, herankamen, desto bedrückender und unheimlicher wurde die Umgebung.

Immer weniger Licht, so hatte es den Anschein, schien es bis hier hinunter zu schaffen. Es war eine umso beunruhigendere Feststellung, wenn man bedachte, dass man sich mit Gewissheit immer noch in der gleichen Tiefe fortbewegte. Überhaupt alles schien sich zu verändern, je näher man dem Abhang kam. Immer öfter fanden sich erst kleine, dann große, schwarze und beige Felsbrocken im weißen Sand am Boden. Man hatte auch unweigerlich den Eindruck, dass das Wasser mit jedem Meter, den man sich dem Abhang näherte, um ein, zwei Grad kälter wurde. Das Schlimmste aber war, die Dunkelheit, die wie ein alles verschlingender Nebel aus einer Tiefe emporzusteigen schien, in der nichts Lebendiges existieren konnte.

21

Als Alex und Flaubert den Rand des Abgrunds erreicht hatten, hielten sie neben Mac Lane an und starrten, mit ihm gemeinsam, den grauenvollen Teppich aus Knochen und Fratzen schneidenden Schädeln hinab, der so weit hinabreichte, dass er sich erst weit in der Tiefe im Dunkel des Abhangs verlor.

Neugierig stieß Flaubert einen der herumliegenden Schädel mit dem Fuß an, sodass er sich holpernd in Bewegung setzte. Der Schädel rollte erst langsam, dann immer schneller werdend, auf den Rand des Abgrunds zu. Dort angelangt, schien er schließlich einen Moment zu verharren und die drei hämisch anzugrinsen, ehe er den Rand endlich mit einer sanften, kreiselnden Bewegung überquerte.

Mac Lane und Flaubert starrten dem Schädel hinterher, so lange sie konnten. Hier und dort blieb er für einen Moment an herausragenden Knochenfragmenten hängen, lockerte diese oder glitt über sie hinweg und verlor sich, nach viel zu kurzer Zeit, im endlosen Dunkel des gähnenden Schlundes zu ihren Füßen.

Als plötzlich etwas seine Schulter berührte, fuhr Flaubert erschrocken herum. Im letzten Moment, ehe er seine Waffe abfeuern konnte, erkannte er, dass es Alex war, die ihm ihre Hand auf die Schulter gelegt hatte und ihn tadelnd ansah.

Flaubert hob drohend den Zeigefinger zu einer Mach-das-nie-wieder Geste, während Mac Lane ein hysterisches Lachen andeutete.

Alex ließ sich von beidem nicht lange aufhalten, nickte gen Abgrund.

Mac Lane und Flaubert tauschten kurz einige Blicke aus und nickten, woraufhin Flaubert sich Alex zuwandte und sie an die Hand nahm.

Mac Lane trat als erster über den Rand und schwamm den Abhang hinab, in die Dunkelheit.

Als Flaubert und Alex ihm folgten, war Mac Lane bereits nicht mehr zu sehen. Nach den ersten zwei Metern warf Flaubert einen Blick zurück zum Rand des Abhangs.

Er war nicht mehr zu sehen.

22

Die widernatürliche Dunkelheit des Abgrunds schien jede Form von Licht regelrecht zu verschlingen und geradezu gierig in sich aufzusaugen.

Nach nur drei weiteren Metern tauchten vor ihnen plötzlich die schnell deutlicher werdenden Umrisse von Mac Lane auf. Er bewegte sich nicht, sondern schien auf festem, steinernem Boden zu stehen und starrte einfach in die Dunkelheit.

Flaubert und Alex setzten neben ihm auf und sahen sich verwundert um. So sehr sie sich auch bemühten, so war doch nicht der kleinste Lichtstrahl oder das blasseste Leuchten von oben her auszumachen, obwohl sie nur knapp fünf Meter vom oberen Rand des Abhangs trennten.

Das Wasser war schon im oberen Teil nicht besonders warm gewesen und dennoch schien die Temperatur hier unten in einem Maß gefallen zu sein, wie es für diese Tiefe nicht üblich war.

Flaubert stieß Alex vorsichtig an und nickte in

Richtung Mac Lane.

Alex sah zu Mac Lane hinüber und erkannte, dass er keineswegs einfach nur dastand und ins Dunkel spähte, sondern, dass er seine Waffe in der Hand hielt und sie sacht hin und her bewegte. Die – wie sich gezeigt hatte sehr wohl wasserdichte – Taschenlampe, die am Lauf der Waffe montiert war, leuchtete zwar, doch ihr Schein verlor sich bereits nach kaum dreißig Zentimetern im schwarzen Nichts.

Mac Lane sah Flaubert an, der sich selbst auf diese kurze Distanz alle Mühe geben musste, Mac Lanes Gesicht in der Dunkelheit zu erkennen. Mac Lane nickte mit – soweit Flaubert es beurteilen konnte – besorgtem Gesichtsausdruck in die Dunkelheit, die vor ihnen lag und hielt Flaubert seine ausgestreckte Hand entgegen.

Als Flaubert klar wurde, dass Mac Lane auf diese Weise sicherstellen wollte, dass sie sich hier unten nicht aus den Augen verloren, griff er zu.

Kaum, dass Flaubert seine Hand ergriffen hatte, verlor Mac Lane keine weitere Zeit und marschierte, weiterhin mit der Taschenlampe die Dunkelheit durchpflügend, wieder los.

Nach wenigen Metern, sie waren kaum eine halbe Minute gegangen, blieb Mac Lane so abrupt stehen, dass Flaubert nicht mehr rechtzeitig anhalten konnte und Mac Lane von hinten rammte.

Mac Lane machte einen Satz nach vorn und sackte dann plötzlich nach unten weg. Er war über den Rand eines steilen Abgrunds gerutscht, den er selbst gerade noch rechtzeitig gesehen hatte.

Als Flaubert merkte, wie Mac Lane wegrutschte, stemmte er sich sofort heftig gegen den Boden. Er hielt Mac Lanes Hand fest umschlossen und zog und zerrte mit aller Kraft an Mac Lane. Gleichzeitig versuchten seine Füße verzweifelt Halt auf dem glatten, felsigen Boden zu finden, schafften es aber nicht, sodass er und Alex, die sich an seinen Rücken geklammert hatte, langsam auf den Abgrund zugezogen wurden.

Mac Lane, der an Flauberts Hand über dem Abgrund baumelte, wie ein Wurm am Haken, versuchte verzweifelt irgendwo an der glatten Wand einen Vorsprung oder eine Aushöhlung zu ertasten, in der er Halt finden konnte.

Flaubert war inzwischen so dicht an den Abgrund gerutscht, dass er in die Knie gehen musste.

Gerade, als Mac Lane fühlte, dass Flaubert am Rand des Abgrunds in die Knie gegangen sein musste, um ihn noch halten zu können, stieß sein rechter Fuß gegen eine kleine Kante und fand dort Halt.

Flaubert am oberen Ende bemerkte die Entlastung und dass sie nicht weiter rutschten. Da er nicht sehen konnte, was genau los war, hielt er Mac Lanes Hand weiter fest umklammert.

Mac Lane sah an sich herab, um zu überprüfen, worauf genau er zustehen gekommen war. Dabei bemerkte er erst auf den zweiten Blicke, dass das Wasser um ihn herum deutlich klarer geworden war und dass Helligkeit und Klarheit mit zunehmender Tiefe sogar noch weiter zunahmen. Mit der freien Hand fischte er nach dem Halteriemen seiner Waffe und zog sie wieder zu sich heran. Als er den Schein der Taschenlampe in die Tiefe richtete, bot sich ihm ein Anblick, der zugleich so faszinierend, aber auch so furchterregend war, dass es ihn schauderte.

23

Dort unten, in gut sechzig Metern Tiefe, erstreckte sich ein Meer aus riesigen, bleichen Knochen, im Schein seiner Taschenlampe.

Die unzähligen Knochen dort unten, konnten nicht von den Menschenopfern stammen, soviel war ihm klar. Die Knochen passten weder in ihrer Form und auf gar keinen Fall in ihrer Größe, zu Menschen.

Kreuz und quer lagen riesenhafte Gerippe auf dem Grund herum, die von ihrer Art am ehesten an riesenhafte Schlangen erinnerten, aber ungleich kräftiger und brutaler wirkten.

Im hinteren Drittel der Skelette, waren deutlich kleinere Knochenstrukturen zu erkennen, die aussahen, als könnten es einmal Füße gewesen sein – denn ihrem Aufbau nach, konnten es keine Flossen sein. Waren es aber Füße gewesen, wären sie für eine Kreatur dieser Größe nicht im Geringsten von Nutzen gewesen.

Folgte man der mächtigen Wirbelsäule, konnte man, etwa ab der Hälfte des Skelettes, lange, spitze Stacheln erkennen, die wie Fortsätze aus den Wirbeln ragten und die zum Kopfende hin deutlich größer und länger wurden. Die Vermutung lag nahe, dass dieser Knochenkamm zu Lebzeiten einmal mit Haut bespannt gewesen war und wie eine Art Segel ausgesehen hatte.

Auf Höhe der Schulterblätter, die dieses fürchterliche Skelett widernatürlicher Weise besaß, ragten links und rechts der Wirbelsäule seltsame, feingliedrige Knochenstrukturen auf, die bei näherer Betrachtung keinen Zweifel daran ließen, dass sie einmal rudimentäre Flügel gewesen sein mussten.

Ließ man den Blick von den Schulterblättern abwärts wandern, fiel er auf ein Paar kurzer, jedoch kräftiger Arme, deren drei längliche Finger in dicken, robusten Klauen endeten, die von bedrohlicher Schärfe zu sein schienen.

Das Fürchterlichste von allem, stellte aber der Kopf dieser toten Bestie dar. Der Schädel war sehr lang und schlank gebaut, dabei aber von einer unglaublichen Stärke und urtümlicher Gewalt. In seiner ungewöhnlich länglichen Form glich die Schnauze der Kreatur eher der eines Krokodils, als der einer Schlange. Der gesamte Kiefer war gespickt mit einer Reihe großer, dolchartiger Zähne, deren Größe an der Schnauzenspitze die Dimension einer Machete erreichte, um ihre Beute damit zu packen und sie wie in einem Schraubstock gefangen zu halten. Der Schädel mit seinem gewaltigen Maul, das mit spielerischer Leichtigkeit eine ganze Kuh hätte fassen können, maß gute zweieinhalb Meter und machte damit etwa ein Sechstel der Gesamtlänge des schrecklichen Wesens aus.

24

Mac Lanes hatte insgeheim die innige Hoffnung, dass dieses Skelett – und alle anderen – bereits seit einer Ewigkeit hier unten lagen und dass diese Bestien damit längst ausgestorben waren.

Mac Lane ließ den Lichtstrahl seiner Taschenlampe noch einmal über das große Skelett gleiten und wollte gerade ein Zeichen geben, sich wieder hinaufziehen zu lassen, als seine Hoffnung jäh zunichtegemacht wurde. Er hatte den Lichtstrahl seiner Taschenlampe etwas weiter nach links bewegt, als es nötig gewesen wäre.

Am Boden neben dem großen Skelett, nur knapp zwei Meter links daneben, lag etwas widerlich blass-weiß Geschupptes.

Zuerst hatte Mac Lane die Taschenlampe instinktiv so schnell es ging von der Kreatur weg bewegen wollen, als er feststellte, dass sie sich nicht rührte.

In ihrer Seite klaffte eine nicht unerhebliche Wunde.

Mac Lanes Entsetzen hatte einen neuen

Höhepunkt erreicht, als ihm fast augenblicklich klargeworden war, um was für eine Wunde es sich handelte.

25

Eine Bisswunde ...

26

Es sah ganz so aus, als hätte eine *noch größere* Kreatur ein Stück aus der Bestie am Boden herausgebissen.

Mac Lane führte den Lichtstrahl vorsichtig bis hinauf zum Kopf der Bestie und ihm fielen sofort der tatsächlich vorhandene, segelartige Rückenkamm und die Stummelflügel auf. Gleich unterhalb der Flügel, am Hals, wies die Bestie lange Kiemen auf, die sich aber – zum Glück – nicht bewegten. Am Schädel angelangt, führte Mac Lane den Lichtstrahl die gesamte Schnauze entlang und schließlich wieder hinauf zum offenstehenden Auge der Bestie. Als der Lichtstrahl die riesige, geschlitzte Pupille streifte, zog sie sich zu einem schmalen Streifen zusammen.

Mac Lane erstarrte.

Diese Bestie, die er wegen ihrer Verletzung für mit Sicherheit tot gehalten hatte, wandte nun den Kopf, um nach der Quelle des Lichts Ausschau zu halten. Kaum, dass die Bestie Mac Lane erblickt hatte, setzte sie sich träge in Bewegung. Müde und geschwächt wie sie offensichtlich war, konnte sie aber nicht mehr an Höhe gewinnen. Bereits nach wenigen Metern hielt sie erschöpft inne und ließ sich zurück zu Boden sinken – den sie jedoch nicht wieder berühren sollte.

Wie aus dem Nichts heraus war eine zweite der weißen Schlangen auf der Bildfläche erschienen. Mit einem einzigen Biss ihrer imposanten Kiefer, hatte dieses größere Exemplar seinen sterbenden Artgenossen kurzer Hand in zwei Stücke zerteilt und dabei eine größere Menge Fleisch mit sich gerissen.

Für einen Moment sah es so aus, als würde die Schlange wieder in den Weiten des Abgrunds verschwinden, doch dann wechselte sie urplötzlich die Richtung. Vom Licht seiner Taschenlampe angezogen, kam die Schlange jetzt direkt auf Mac Lane zu.

27

Mac Lane, der sich wegen seiner Entdeckung bisher dagegen gewehrt hatte, sich von Flaubert wieder hinaufziehen zu lassen, zog nun mit einem so kräftigen Ruck an dessen Arm, um das Signal zum Hochziehen zu geben, dass Flaubert beinahe über den Rand gestürzt wäre.

Kaum, dass er wieder hinaufgezogen worden

war, begann Mac Lane wild zu gestikulieren und versuchte in Zeichensprache zu verstehen zu geben, was im Begriff war, den Abhang emporzusteigen.

In dem Moment, in dem Mac Lane gerade zurückschwimmen und sie hinter sich herziehen wollte, verriet ihm ein Blick in Flauberts und Alex' Gesicht, dass es bereits zu spät war.

28

Mac Lane fuhr herum. Er hatte seine Waffe in Anschlag gebracht, ohne die geringste Ahnung, ob sie unter Wasser überhaupt funktionierte. Als die weiße Schlange zustoßen wollte, entschied er, es darauf ankommen zu lassen.

Am Rand des Abgrunds war die Sicht wieder deutlich schlechter, doch nicht von solch undurchdringlicher Schwärze, wie zuvor.

Mit weit aufgerissenem Rachen und blitzenden Zähnen schoss die Kreatur auf sie zu, bereit jeden Moment zuzuschnappen und alle drei mit ihren mächtigen Kiefern auf einen Biss zu verschlucken. Im letzten Moment aber, hielt die Schlange abrupt inne und starrte die irritierte Gruppe gleichermaßen irritiert an. Die Bewegungen der Schlange wurden plötzlich ruhiger und sie schloss langsam ihr Angst einflößendes Maul. Schließlich schwebte sie einfach nur noch auf der Stelle im Wasser.

29

Alex ließ Flauberts Hand los.

Flaubert, der nicht wusste wie ihm geschah, versuchte Alex wieder zu packen zu bekommen, die entzog sich seinem Griff jedoch mit schlangenartigem Geschick.

Alex trat direkt neben Mac Lane, an die Kante des Abhangs und bewegte sich auf einmal mit seltsamer Leichtigkeit über den Boden. Sie legte ihre Hand auf Mac Lanes Arm und lächelte gelassen, bevor sie den Blick der Schlange zuwandte.

Als Mac Lane die Waffe senkte, kam die Schlange langsam weiter auf die Gruppe zu und hielt nur knapp vor Alex' an.

Alex streckte die Hand aus und legte sie der Schlange auf die Schnauzenspitze. Sie begann die Schlange zärtlich zu streicheln, als wäre sie ein alter Bekannter oder ein vertrautes Haustier.

Die weiße Schlange kam nun ganz nah an Alex heran und schmiegte sich mit ihrer riesigen Wange dicht an Alex' Gesicht, während die das Wesen weiterhin freundlich streichelte und ihm schließlich tief in die Augen sah.

Die Schlange begann seltsame, quietschende Töne von sich zu geben, rieb den Kopf an Alex' Körper auf und ab und ging schließlich längs zu der Gruppe.

Alex schwang sich hinter dem letzten Stachel des Rückensegels auf die Schlange und hielt sich daran fest, dann winkte sie Mac Lane und Flaubert, es ihr gleich zu tun.

Mac Lane, dessen Gefahreninstinkt plötzlich nicht mehr auf die Kreatur anschlug, zögerte zwar einen kurzen Augenblick, schwang sich dann aber hinter Alex auf die Schlange und winkte Flaubert heran.

Flaubert schüttelte nur vehement den Kopf und reagierte auf eine folgende Drohgebärde von Mac Lanes, indem er ihm den Mittelfinger zeigte. Als die Schlange aber Anstalten machte loszuschwimmen und ihm klar wurde, dass er dann allein in der Dunkelheit, bei vermeintlichen weiteren Vertretern ihrer Art, zurückbleiben würde, stürmte er auf Mac Lane zu. Flaubert bekam gerade noch Mac Lanes Hand zu fassen, bevor die Schlange eilig davon schwamm.

Die Schlange bewegte sich mit so enormer Geschwindigkeit durch das Wasser, dass sich ihre Passagiere trotz ihrer übermenschlichen Körperkraft regelrecht festkrallen mussten.

Schon nach wenigen Metern war das Wasser wieder völlig klar und von einem seltsamen, blauschwarzen Licht erfüllt, welches aus den Tiefen emporzusteigen schien.

30

Unter sich, am Grund des Abhangs, konnten die Reisenden zwischen den Skeletten der Schlangen die Trümmer eines gigantischen Bauwerks ausmachen, das seiner Form nach einmal eine gewaltige Brücke gewesen sein musste. Den Blick wieder nach vorne gerichtet, erkannten sie, womit die ehemalige Brücke einstmals verbunden gewesen war.

Die Schlange hielt geradewegs auf ein steinernes Unterwasserplateau zu, dessen Rand von einer niedrigen Mauer begrenzt wurde. An der Anschlussstelle der ehemaligen Brücke, hatte es einmal ein Tor gegeben, von dem nur noch Reste des Torbogens erhalten waren.

Links und rechts der Brücke, am Rand des Plateaus, neben dem Tor, ragten je zwei gigantische, steinerne Statuen auf, die geflügelte Schlangen darstellten und Alex sofort sehr vertraut vorkamen.

Im hinteren Bereich des Plateaus, führten breite Treppen zu einem kunstvollen Tempeleingang. Der Eingang war in die Steilwand gehauen worden, aus der das Plateau herausragte.

Die Schlange hielt genau auf dieses Tempelportal zu, aus dessen Innerem ebenfalls ein mysteriöses, blau-schwarzes Leuchten drang.

Als sie die steinernen Statuen passierten, hatte Mac Lane das Gefühl, die Statuen würden sie genau beobachten und mit ihren Blicken verfolgen.

Die Schlange brachte die Gruppe bis an das Portal des Tempels. Es hatte ganz den Anschein, als wagte sie es nicht, den Tempel zu betreten.

Alex, Mac Lane und Flaubert, der die Reise an

Mac Lanes Hand hängend mitgemacht hatte, stiegen von ihrem Reittier ab. Alex bedankte sich bei der Schlange mit einer liebevollen Streicheleinheit, nach der die Schlange zum Fuß der Treppe huschte, wo sie sich wartend zusammenrollte und das Portal des Tempels immer im Auge behielt.

Flaubert und Mac Lane musterten die riesige Schlange noch einen Augenblick misstrauisch, während Alex bereits unbemerkt durch das Portal des Tempels geschritten war. Als die beiden bemerkten, dass Alex ohne sie weitergegangen war, stürmten sie ihr hinterher, wer weiß, ob die Schlange nicht am Ende doch entschied, dass zumindest die beiden Nicht-Götter ganz schmackhaft sein könnten.

31

„Was zum Teufel?", fluchte Flaubert, nachdem er das Portal passiert hatte.

Kein Wasser.

Auch Mac Lane kam durch das Portal gestolpert und sah sich erst einmal verdutzt um. „Ach so", murmelte Mac Lane. „Deshalb wollte unser Freund nicht durch das Portal schwimmen." Er grinste und ließ den Blick umherschweifen.

Sie standen in einem, so hatte es den Anschein, natürlichen Felstunnel von etwa fünf Metern Durchmesser. Auch der Tunnel war in das seltsame, blau-schwarze Leuchten gehüllt, das sie von unterwegs kannten. Es sah so aus, als käme das Leuchten nicht von irgendwo *vor* ihnen, sondern als leuchte der Tunnel vielmehr aus sich selbst heraus.

„Wo sind wir?", fragte Mac Lane fasziniert.

„Ich weiß nicht", sagte Alex verlegen. „Aber wir sind hier richtig."

„Was heißt, du weißt es nicht? Und was war das für eine Nummer mit der verdammten Schlange da draußen?", fragte Flaubert aufgebracht und hatte sich an Mac Lane gewandt, ehe Alex ihm antworten konnte. „Und du! Glaub bloß nicht, dass ich nicht weiß, dass du Gott-weiß-was getan hast, um dieses Ding auf uns aufmerksam zu machen. Du konntest es mal wieder nicht lassen. Ich hätte dich einfach loslassen sollen. Mach nicht immer solche Sachen mit mir, verstanden? Ich hasse es, wenn du das tust! Hast du eine Ahnung, wie sehr mich diese Scheiße mental belastet?"

„Ja, manchmal liege ich nachts wach und denke darüber nach", sagte Mac Lane gelassen und tastete mit großem Interesse die Wand des Tunnels ab.

„Wirklich?", fragte Flaubert naiv.

„Nein, nicht wirklich."

„Was zur Hölle treibst du da schon wieder? Kannst du nicht einfach einmal deine Hände bei dir behalten, *nichts* anfassen, *nichts* aufscheuchen und uns *nicht* in Gefahr bringen? Ginge das? Ja?", zischte Flaubert und beäugte Mac Lane grimmig.

„Sieh dir das hier mal an", erwiderte Mac Lane, der Flaubert nicht wirklich zugehört hatte, ruhig.

„Was ist das?", fragte Flaubert nun doch neugierig und trat näher. Bei genauerer Betrachtung der Wand, konnte er Zeichnungen, Symbole und seltsam fremdartige Schriftzeichen erkennen, die für sein Verständnis einfach nur wirr durcheinander gewürfelt waren. „Ist das Kunst?"

„Tja, dass muss es wohl sein, ich verstehe es nämlich nicht", erklärte Mac Lane und strich mit der Hand über einige der Schriftzeichen.

„Es ist eine Sprache", erklärte Alex, die damit beschäftigt war sich ihre Stiefel wieder anzuziehen. „Ich verstehe sie zwar auch nicht – noch nicht –, aber sie kommt mir irgendwie vertraut vor. Ihr braucht also gar nicht erst zu versuchen, sie zu entziffern."

„Wieso? Hältst du mich wirklich für so blöde wie ich aussehe?", fragte Flaubert beleidigt.

„Das ist es nicht. Es ist nur keine terrestrische Sprache. Sie setzt eine Art von Verständnis und geistigem Fassungsvermögen voraus, wie ihr es nicht besitzt", erläuterte Alex.

„Sicher?", fragte Mac Lane grinsend. „Unterschätz' mich mal nicht!"

„Du und dein Ego", schnaubte Flaubert.

„Nichts gegen mein Ego, ja? Mein Ego ist so groß, da passen locker auch noch alle Egos meiner gespaltenen Persönlichkeiten rein!"

„Habt ihr' s dann?", fragte Alex ungeduldig, nachdem sie ihre Stiefel wieder angezogen hatte. „Wir haben noch was vor. Vergessen?"

„Schon gut. Wir gehen vor", sagte Mac Lane

und huschte mit Flaubert an Alex vorbei.

Da der Tunnel bereits nach wenigen Metern eine scharfe Biegung nach rechts machte, konnte man noch nicht sagen, wie weit es noch sein mochte. Sie waren gerade um die Kurve gebogen, als Flaubert und Mac Lane auch schon abrupt stehenblieben.

„Was ist?", fragte Alex verwundert und blickte an den beiden vorbei.

32

Dort, mitten auf dem Weg, saß etwas auf dem Boden des Tunnels und starrte sie an.

Es war eine seltsame, menschenähnliche Gestalt, etwa so groß wie ein achtjähriges Kind. Die Haut des Wesens war von blasser, blauer Farbe und schimmerte seltsam samtig. An jeder Hand waren vier kurze, wurstige Finger zu erkennen und die Füße endeten in dicken, klobigen Hufen, die rein gar nicht zum Rest der sonst zierlichen Gestalt passen wollten. Der Schädel war beinahe kreisrund und völlig kahl, ohne den leisesten Ansatz von Haaren. Mitten im Gesicht lag eine zierliche, schlanke Nase, die von zwei kleinen, roten Augen flankiert wurde und unter der sich ein kleiner, freundlich lächelnder Mund befand.

Die Gestalt trug eine Art Jacke, die an feine Abendgarderobe erinnerte und war ansonsten völlig nackt. Obwohl das Wesen nur halb bekleidet war, konnte man beim besten Willen nicht die Spur eines Geschlechtsmerkmals ausmachen.

Das Wesen saß einfach da und sah die drei lächelnd an.

33

„Was hältst du davon?", fragte Mac Lane beunruhigt.

„Weiß nicht. Sieht aber recht harmlos aus. Wie ein großer Schlumpf, findet ihr nicht?", fand Flaubert und machte zwei Schritte auf das Wesen zu, das sich daraufhin erhob und Flaubert blieb stehen.

Gelassen und immer noch lächelnd, zupfte die Gestalt ihre Jacke zurecht und schüttelte den Kopf.

„Ich glaube, es will nicht, dass wir weiter gehen", stellte Mac Lane fest.

„Ach?", spottete Flaubert. „Das Kerlchen?" Er macht einen weiteren Schritt auf die Gestalt zu. „Du willst also nicht, dass wir weitergehen?", fragte er mit sanfter Stimme.

„Ja", antwortete das Wesen unverhofft mit hoher, kindlicher Stimme.

Flaubert lächelte. „Schau an, es spricht!"

„Ich dachte gerade genau das Gleich", erwiderte die Gestalt und lächelte unablässig.

„Wie bitte? Was hast du gesagt?", fragte Flaubert empört.

„Ihr könnt nicht weiter gehen. Kehrt um. Ihr

seid an diesem Ort nicht erwünscht", sagte das Wesen bestimmt, aber freundlich.

„Ist das so?", heuchelte Flaubert. „Tja, wer will uns denn daran hindern, weiterzugehen?"

„Ich", sagte das Wesen beharrlich lächelnd. „Ich wache hier."

„*Du* bist der Wächter?" Flaubert lachte lauthals los und sah sich zu Mac Lane um. „Es sagt, wir können nicht weiter, weil wir nicht erwünscht sind und dass es uns aufhalten will, weil es der Wächter ist. Niedlich was?"

„Flaubert, sei vorsichtig. Hör lieber auf!", sagte Mac Lane, dessen Gefahreninstinkt sich langsam meldete.

„Ach was, den hier übernehme ich. Wird ja auch mal Zeit, dass ich mich ein wenig aktiv beteilige, nicht wahr?" Flaubert kam dem Wesen bis auf Armeslänge nahe und packte es mit beiden Händen am Kragen seiner Jacke, dann hob er es bis auf Augenhöhe. „Du willst uns also nicht vorbeilassen, richtig?"

„Richtig", wiederholte das Wesen ruhig und lächelte. „Ich wache hier."

„Ja, du wachst hier, schon kapiert. Das machst du auch alles ganz fein und wir verraten auch niemandem, dass du uns durchgelassen hast, Ehrenwort."

„Bitte, verärgern Sie mich nicht. Sie dürfen nicht passieren", sagte das Wesen eine Spur schärfer, hörte dabei jedoch nicht auf, freundlich zu lächeln.

„Dich verärgern? Nein, nicht doch! Das wäre ja

das Letzte, was wir wollen, nicht wahr?" Flaubert drehte sich zu Mac Lane um und grinste selbstzufrieden.

„Ich würde ihn runterlassen!", empfahl Mac Lane, hob langsam seine Waffe und entsicherte sie.

„Ihr Freund hat Recht. Sie würden es nicht mögen, wenn ich wütend werde", erklärte die Gestalt lächelnd.

„Ach was? Und für wen hältst du dich? Häh? Den unglaublich winzigen Hulk?", spottete Flaubert und lachte laut los.

„Blöde Idee … ", flüsterte Alex, die auf einmal so aussah, als wäre ihr etwas aus weit entfernter Vergangenheit wieder eingefallen.

„Was zum … Teufel", stammelte Flaubert und setzte das Wesen unfreiwillig wieder ab. Es war plötzlich so schwer geworden, dass Flaubert es nicht mehr hatte halten können.

„Ich habe Sie gewarnt", dröhnte das Wesen jetzt mit unglaublich tiefer Stimme und sein Lächeln verschwand. Die winzige Gestalt begann rasend schnell an Größe zu gewinnen. Die feine Jacke zerriss unter der Anspannung, als sich Arme, Beine und Oberkörper zu gewaltigen Muskelbergen aufbliesen. Der Kopf des Wesens wurde etwas platter und zog sich dafür leicht in die Breite. Der Unterkiefer wurde ebenfalls breiter und ausladender, wobei er sich deutlich über den Oberkiefer hinausschob. An seinen Seiten wuchsen je zwei mächtige, leicht gebogene, stiftartige Zähne hervor, die dem Wesen ein brutales, grobschlächtiges Aussehen verliehen. Auch die Hautfarbe hatte sich von einem blassen Blau in ein tiefes Dunkelblau verschoben. Große Warzen, wie man sie von Kröten kannte, waren am ganzen Leib erschienen. Als das Wesen nach wenigen Sekunden derartige Ausmaße angenommen hatte, dass es sich gerade noch im Tunnel bewegen konnte, kam sein Wachstum zum Erliegen und es ließ ein ohrenbetäubendes Brüllen hören, ehe es wütend seine Faust auf Flaubert niedergehen ließ.

„Nein! Nicht!", rief Alex und sprang hervor. „Tu ihm nichts!"

Weder Flaubert noch Mac Lane hatten den Schlag kommen sehen. Er war mit solcher Geschwindigkeit ausgeführt worden, dass nicht einmal die geschärften Sinne der Vampire ihn hatten wahrnehmen können.

Die gigantische Faust war nur Millimeter vor Flauberts Gesicht zum Stehen gekommen. Das Wesen spähte überrascht in Alex' Richtung, murmelte etwas in einer fremdartigen Sprache und sein monströses Maul verzog sich zu einem Lächeln, dass in dieser Gestalt weit weniger sympathisch wirkte. „Kukulcan!", dröhnte die Stimme des Wesens durch den Tunnel und Alex lächelte etwas unsicher.

„Du kennst diesen Dämon?", fragte Flaubert erstaunt.

„*Ich bin kein Dämon!*", schrie das Wesen maßlos erbost und schlug die Faust so heftig vor Flaubert auf den Boden, dass dieser bebte und Risse bekam.

„Aber …“, stammelte Flaubert hilflos.

„Das ist wieder typisch menschlich. Ihr trefft auf ein fremdes Lebewesen, das nicht so aussieht wie ihr, aber eurer Vorstellung von „Monstern“ entspricht und schon heißt es: „Dämon“. Ich sage dir mal was, für *mich* seht *ihr* auch nicht gerade attraktiv aus. Schön, ich stamme vielleicht aus einer anderen Dimension und es mag vielleicht auch möglich sein, Meinesgleichen mit Hilfe von Zauberformeln zu beschwören, aber deshalb sind wir noch keine Monster oder Dämonen, verstanden? Glaubst du, man hat mich gefragt, ob ich gerne hier wäre? Nein! Man hat mich einfach aus meiner wunderschönen, eigenen Dimension gerissen und hier an diesem Ort zum Wächter gemacht. Noch Fragen?“

„Ich glaube, er ist schlecht gelaunt“, sagte Mac Lane.

„Ja.“ Flaubert nickte verhalten zustimmend, machte einen Schritt rückwärts und flüsterte. „Ich möchte auch kein Weibchen von der Sorte erleben.“

„*Ich* bin *ein* „*Weibchen*“?“ fuhr die Kreatur Flaubert an und schob ihr Gesicht dabei so dicht vor seines, dass er eine Ladung zähen, grünen Speichels abbekam.

„Und ein sehr attraktives noch dazu!“, versuchte sich Flaubert schlotternd aus der Affäre zu ziehen.

„Entschuldige, bitte“, unterbrach Alex den Streit. „Ich nehme an, du weißt, weshalb wir hier sind?“

„Natürlich." Die Kreatur nickte und schrumpfte etwas, behielt ihre Gestalt aber bei.

„Wärst du so freundlich, uns den Weg zu zeigen?", fragte Alex höflich und lächelte.

„Natürlich. Folgt mir, bitte", sagte das Wesen und lächelte ebenfalls, warf Flaubert daraufhin aber noch einen vernichtenden Blick zu und marschierte in den Tunnel hinein. „Mir nach. Man kann sich hier leicht verlaufen!"

Mac Lane rückte zu Flaubert auf und stieß ihm den Ellenbogen in die Seite. „Na los, schmeiß dich an die Alte ran. Vertrau mir, die steht auf dich." Er kicherte und zog an Flaubert vorbei, um Alex und dem Wesen tiefer in den Tunnel zu folgen.

„Halt bloß die Klappe! Nur dieses eine Mal!", fauchte Flaubert zurück, versuchte sich zu sammeln und schloss dann ebenfalls zur Gruppe auf.

34

Es dauerte eine Weile, bis sie das – zu Recht als solches bezeichnete – Labyrinth aus Tunneln hinter sich gelassen hatten und sich der finale Tunnel schließlich zu einer weiten Höhle von wahrhaft zyklopischen Ausmaßen öffnete.

Wände und Decke der Höhle, in die von allen Seiten her weitere Tunnel mündeten, waren mit leuchtenden Kristallen in unterschiedlichen Formen und Farben erfüllt.

Das Beeindruckendste aber, waren die

Bauwerke. Jedes einzelne Gebäude war ebenfalls völlig aus Kristall gefertigt oder zumindest reich mit ihnen verziert worden.

In den Straßen der unterirdischen Stadt herrschte ein reges Treiben, wie man es sonst nur aus modernen Großstädten kannte.

Mac Lane und Flaubert erstaunten die Bewohner der Stadt jedoch am meisten. Sie hatten damit gerechnet, dass die Stadt von Wesen wie der Wächterin bewohnt würde, doch ihnen bot sich ein völlig anderes Bild.

Die gesamte Stadt war von Schlangenmenschen bevölkert, deren menschenähnlicher Oberkörper auf dem riesigen, muskulösen Leib einer Schlange thronte. Der gesamte Körper der Geschöpfe war mit prächtigen Schuppen in den verschiedensten Farben bedeckt. Die ganze Palette der Farben, von smaragdgrün, über saphirblau, bis hin zu karmesinrot, war vertreten.

So zahlreich die verschiedensten Farben vertreten waren, so zahlreich waren auch die Arten von Schlangen: einige der Wesen hatten große, prächtige Nackenschilde, wie man sie von Kobras kannte, während andere besonders muskulöse Leiber, wie Würgeschlangen, hatten. Wieder andere besaßen eine große Rassel am Ende ihres Schwanzes oder waren äußerst filigran.

Eines hatten sie aber alle gemeinsam, jeder von ihnen trug Kleidung. Feine, verzierte Roben aus Samt oder etwas vergleichbarem. Gut die Hälfte der Schlangenmenschen trug Bücher mit sich herum, las in ihnen oder war in hitzige Debatten mit anderen vertieft. Es gab keinen Zweifel mehr daran, dass diese Wesen die von Blake erwähnten „Naga" waren.

35

Es dauerte nicht lange, da hatte man die Neuankömmlinge bemerkt und das sonst so geordnete, beschauliche Treiben schlug in eifrige Hektik um. Die ganze Stadt schien sich in Sekunden zu einem einzigen, wilden Gewirr aus Leibern verwandelt zu haben. Überall wurde jetzt unablässig gezüngelt und gezischt. Schließlich stürzte sich eine ganze Kaskade von Naga der Gruppe entgegen.

Ein feines Summen kam auf und wurde stetig lauter, bis es schließlich zu einem seltsam melodischen Kanon aus Zischlauten, Gesang und Phrasen in einer fremden Sprache geworden war.

Da weder die Wächterin, noch Alex, die geringsten Anzeichen von Besorgnis erkennen ließen und ihm auch sein Gefahreninstinkt keinen Grund zur Sorge gab, wartete Mac Lane einfach ab, was passieren würde.

Als Flaubert in Begriff war, seine Gewehre vom Rücken zu nehmen und sie auf die Menge anzulegen, hielt Mac Lane ihn Kopf schüttelnd davon ab.

In einiger Entfernung zur Gruppe, wurden die

Naga schließlich langsamer. Der Großteil von ihnen blieb stehen, lediglich drei von ihnen kamen weiter auf die Gruppe zu.

Eine Kobra, mit prächtigen, purpur schimmernden Schuppen, in einer prächtigen, reich mit goldenen Stickereien verzierten, schwarzen Robe, schlängelte voran.

Zwei kleinere Schlangen von smaragdgrüner und saphirblauer Farbe, die eine Art zeremoniellen Stabes mit sich führten und keine Roben trugen, dafür aber reich mit goldenen Arm- und Halsreifen behangen waren, folgten in respektvollem Abstand.

Die Gesandtschaft hielt in ehrfürchtigem Abstand von gut fünf Metern vor der Gruppe an und verneigte sich so tief, wie sie konnte. „Die Naga heisssszen euch willkommen, Vater", zischte die Kobra ehrfürchtig, schlängelte ein Stückchen weiter auf Alex zu und verbeugte sich erneut.

Alex trat vor, bis sie nur noch ein knapper Meter von der Kobra trennte, dann verneigte sie sich ebenfalls. „Es tut mir leid", sagte sie schließlich. „Obwohl ich das Gefühl habe, diesen Ort so gut zu kennen, wie mich selbst, habe ich doch leider keine konkreten Erinnerungen an ihn – oder euch."

„Esssz isssszt nicht leicht für den menssszlichen Versssztand, mit dem Bewusssztssssszein einesssz Gottesssz in Harmonie ssszu gelangen." Die Kobra rückte näher, streckte ihre Hand aus und wartete einen Moment ab, ob Alex es ihr gestattete, sie zu berühren.

Alex nickte zustimmend und schloss die Augen.

Die Kobra legte ihr sogleich die Hand auf die Stirn und schloss ebenfalls die Augen. „Unser Vater musssz ssszchon ssszehr ssszwach gewesssszen ssszein, alsssz du ihn getroffen hasssszt", urteilte die Kobra nach einigen Sekunden und zog ihre Hand wieder von Alex' Stirn zurück.

„Ja", sagte sie ohne zu wissen, ob das Bedauern, das sie glaubte zu empfinden, echt war. „Ich fürchte, ich trage einen Teil der Schuld daran, denn er hat versucht, mich zu beschützen."

Die Kobra schüttelte sacht den Kopf und verzog ihr Gesicht zu etwas, dass an ein freundliches Lächeln erinnerte. „Mach dir keine Vorwürfe, Kind. Ohne dich, wäre ssszeine Essszenzzz einessz Tagessz versssszwunden. Du hasssszt ihn gerettet. Die Essszenzzz einessz Gottesssz issszt ssszehr ssszztark. Dank diessszessszz Körperssz wird ein Teil von ihm immer lebendig bleiben und dasssz bedeutet, dasssz nun auch ein Teil von dir ewig ssszein wird."

„Willst du damit sagen, dass ich unsterblich geworden bin?", Alex schluckte und starrte die Kobra entsetzt an, die aber schüttelte wieder den Kopf.

„Nein. Dein Körper nicht – aber deine Ssszeele. Ssszeine Essszenzzz vermag ssszie vor dem Ssszchicksssszal der anderen Ssszeelen ssszu ssszchützzzen."

„Welches Schicksal?", fragte Alex, die nicht verstand, was ihr die Kobra zu sagen versuchte.

„Ihr wisssszt esssz alsssszo nicht?" Die Kobra

züngelte heftig vor Überraschung und ihr mächtiger Schwanz zuckte nervös hin und her.

„Nein. Was ist denn los?", setzte Alex hastig nach und auch Flaubert und Mac Lane traten ein Stück näher.

„Ssszuche in deiner Erinnerung nach der Antwort", zischte die Kobra.

„Rück' schon raus mit der Sprache, wenn du es doch weißt!", fuhr Flaubert die Kobra ungeduldig an, die daraufhin ihre langen, von Gift bedeckten Fangzähne zeigte und ihn böse anfauchte: „Missszch dich nicht ein, wenn ssszich Wessszen von göttlichem Blut unterhalten!"

„Bitte", sagte Alex beschwichtigend und sah der Kobra tief in die Augen. „Wenn du es schon weißt, dann sag es uns bitte."

„Ssszchön. Ich werde esssz dir zzzseigen." Die Kobra hob erneut ihre Hand und legte sie auf Alex' Stirn. Von ihrer Handfläche ging ein schwaches, blaues Leuchten aus, das Ähnlichkeit mit dem Licht hatte, das die Gruppe von unterwegs kannte. Zuerst geschah nichts, doch dann zuckte Alex plötzlich zusammen und gab ein erschrockenes Seufzen von sich, woraufhin sie bestürzt ihre Hände vor den Mund schlug und zu weinen begann. „Das ist nicht wahr! Das kann nicht wahr sein!", wimmerte sie immer wieder, bis die Kobra ihre Hand von ihrer Stirn nahm und auch ihr eine Träne die spitze Schnauze hinablief. Doch in den Augen der Kobra stand nicht nur Trauer und Mitleid, sondern auch Erstaunen. Sie hatte –

unverhofft – eine Erkenntnis gewonnen, die sie
beinahe überwältigte.

Sie hatte Alex' wahres Wesen gesehen.

36

„Was hast du gesehen?", fragte Mac Lane eilig.

Alex starrte nur die Kobra wie gebannt an und
schüttelte den Kopf.

„Was hast du ihr gezeigt?", bluffte Mac Lane die
Kobra an.

„Fragt euren „Boss"", zischte Alex ärgerlich.

„Was meint sie damit?", fragte Flaubert
überrascht.

„Ich weiß nicht", murmelte Mac Lane besorgt.
„Aber es kann nichts Gutes sein, wenn Blake die
Finger da mit drin hat." Er fasste die Kobra ins
Auge. „Erklär' mir das!", forderte Mac Lane, doch
die Kobra schüttelte den Kopf.

37

„Du weißt, warum wir eigentlich gekommen sind."
Alex wischte sich die Tränen aus den Augen und
bemühte sich mit aller Kraft um Fassung.

„Wir wissszen." Die Kobra klatschte in die
Hände und aus der Masse der zurückgebliebenen
Naga löste sich eine Gruppe von Sechsen, die eine
schwere, metallene Truhe schleppten, die auf einer

kleinen Sänfte stand. Die Träger stellten die Sänfte neben der Kobra auf dem Boden ab, woraufhin diese den Trägern dankbar zunickte. Die Träger verbeugten sich vor Alex und zogen sich wieder zurück.

Die Kobra schlängelte ein Stückchen zur Seite und bedeutete Alex mit einer einladenden Geste, sich der Truhe zu nähern, was diese sogleich tat.

Alex umrundete das Machwerk von etwa fünfzig mal dreißig Zentimetern mit prüfendem Blick und fand weder Anzeichen für ein Schlüsselloch, noch Scharniere. „Was soll das?", fragte sie und fühlte sich bloßgestellt.

„Euer Blut, Vater", zischte die Kobra. „Ein Tropfen. Esssz wird die Truhe öffnen. Niemand ssszonssszt könnte esssz."

„Dein Messer", forderte Alex und hielt Mac Lane die Hand hin, der ob der Entschlossenheit in ihren Augen keine Sekunde zögerte und es ihr sofort reichte. Kaum, dass sie es entgegengenommen hatte, schnitt sie sich damit in die Handfläche, ballte die Hand zur Faust zusammen und ließ einige Tropfen Blut hindurch auf die Truhe tropfen.

Die Truhe begann wie von Geisterhand zu wackeln und Geräusche wie von quietschendem, rostigem Metall von sich zu geben, ehe sie schließlich wieder ruhig stehen blieb.

„War 's das schon?", fragte Flaubert enttäuscht, gerade als die Truhe orange zu leuchten begann, kleiner und kleiner wurde und schließlich verschwunden war. An der Stelle, an der sie gestanden hatte, lag ein dicker, brauner Lederbeutel am Boden, dessen Hals mit einem Riemen verknotet war.

Alex ging in die Hocke und hob den etwa bowlingkugel großen Beutel auf. Sie öffnete den Beutel und griff hinein. Als sie ihre Hand wieder hervorzog, hielt sie einen golden glänzenden Gegenstand darin.

Es handelte sich um den kunstvoll gefertigten Schädel einer Schlange, mit weit geöffnetem Maul, dem jedoch die Augen fehlten. An den Stellen, an denen sie hätten sein sollen, waren nur ovale Vertiefungen zu erkennen.

„Der Ssszchädel der Ssszchlange", zischte die Kobra und verneigte sie wieder vor Alex.

„Er ist wunderschön", sagte Alex, die ihn von allen Seiten betrachtete und sich auf seltsame Weise mit ihm verbunden fühlte.

„Wow, er hat die Form eines Schlangenschädels, wer hätte das gedacht. Wie originell", spottete Flaubert und fing sich zornige Blicke der Naga, sowie eine schmerzhafte Kopfnuss von der Wächterin ein.

38

Kurz nachdem Alex den Schädel aus dem Sack gezogen hatte, fingen die Schlüsselsteine in Mac Lanes Tasche plötzlich zu vibrieren an. Mac Lane versuchte, sie so schnell er konnte aus der Tasche zu zerren, hatte aber einige Mühe, sie festzuhalten, da der Schädel sie wie ein Magnet anzog.

„Lass sie los!", rief Alex überzeugt und Mac Lane öffnete seine Hand. Die Schlüssel flogen wie Geschosse los und klatschten klirrend gegen den Schädel.

„Und jetzt?", fragte Flaubert verunsichert.

Alex zog einen der Steine vom Schädel. „Erst mal richtig ausrichten." Kaum, dass sie die Steine wieder losgelassen hatte, sausten sie in ihre Fassungen und passte sich genau in die jeweilige Augenhöhle des Schädels ein. Als der zweite Stein in den Schädel eingepasst war, begann der Schädel zu leuchten und in dumpfen Tönen zu summen. Während das Summen langsam immer leiser wurde, wurde das Licht immer greller, bis sich schließlich alle Anwesenden abwenden mussten. So schlagartig wie es gekommen war, war das Licht auch wieder verschwunden und der Schädel lag funkelnd in Alex' Händen.

Gerade, als Alex Mac Lane und Flaubert den vollständigen Schädel präsentieren wollte, stockte sie. Alex' Augen begannen Funken zu sprühen.

Der Schädel schoss, nun selbst wie magnetisch angezogen los, gegen Alex' Brust.

Alex schrie und ging sofort zu Boden.

Flaubert und Mac Lane waren sofort zur Stelle. Sie drehten Alex auf den Rücken und konnten gerade noch erkennen, wie der Rest des Schädels in ihrem Brustkorb verschwand. Alex japste und ließ sich von Flaubert und Mac Lane wieder auf die Beine helfen.

39

„Geht es dir gut?", erkundigte sich Mac Lane sofort besorgt und hielt Alex' Hand.

Alex winkte ab. „Alles in Ordnung", versicherte sie. „Das kam nur … unerwartet."

„Was war denn das?", fragte Flaubert neugierig und tastete mit zwei Fingern ihren Brustkorb an der Stelle ab, an der der Schädel eingedrungen war.

„Ja", schnaubte Alex angespannt und schob Flauberts Hand rüde zur Seite. „Alles in Ordnung. „Mr. Witzig", aka Kukulcan, fand es nur sicherer, das Artefakt *in mir* zu verstecken, indem er es mit meinem Körper verschmolz."

Flaubert und Mac Lane sahen sich fassungslos an. „Geht es denn?", fragte Flaubert erneut, um ganz sicher zu gehen, während sich Mac Lane fragte, wie viel Kontrolle Kukulcan wohl *wirklich* über Alex hatte.

„Eine Warnung wäre schön gewesen, aber sonst ist alles gut", beteuerte Alex.

„Das kannst du laut sagen", bestätigte Mac Lane, der Alex noch immer unsicher musterte.

„Ihr ssszolltet euch jetzzzt beeilen", sagte die Kobra zischend und zuckte nervös mit dem Schwanz. „Nun, da der Ssszchädel nicht mehr durch die Kraft der Truhe verborgen issszt, issszt er – und damit auch eure Freundin – leicht aufzzzussszpüren."

„Ich verstehe", sagte Alex und nickte. „Ich danke euch. Für alles."

Die Kobra schüttelte den Kopf. „Wir danken *euch*. Doch wissszet, esssz ssszteht euch ein Kampf bevor, dessszen Aussssszgang über dasssz Leben vieler Völker entssszcheiden wird."

„Gibt es einen schnelleren Weg hier heraus?", fragte Flaubert hoffnungsvoll, bekam als Antwort aber nur ein Kopfschütteln, das von einem verdächtig zufriedenen Grinsen eingerahmt wurde. „Wäre auch zu schön gewesen."

Nach einer endlos scheinenden Verabschiedungszeremonie und Verbeugungsorgie, machte sich die Gruppe auf den Rückweg.

40

„Ich hasse diesen Mist", erklärte Flaubert prustend, als sie von der weißen Schlange am Ufer der Cenote abgesetzt worden waren. „Wasser, Dunkelheit und Monster. Patschnass bin ich wieder geworden. Ein Hinterausgang wäre doch wirklich nicht zu viel verlangt gewesen, finde ich. Und eine ruhige Reise ist auch etwas anderes."

„Halt bloß die Klappe, Mr. Ich-will-die-Schlange-auch-mal-lenken! Grandiose Lenktechnik, Dr. Bleiente. Scheu gemacht hast du das Tier. Ohne Alex wären wir abgesoffen du Genius", schimpfte Mac Lane.

„Es sah doch wirklich nicht so schwer aus, oder?", beklagte sich Flaubert.

„Hört auf zu streiten", befahl Alex, die sich das letzte Wasser abschüttelte. „Und er hat recht: wir wären beinahe abgesoffen – jedenfalls einige von uns."

„Willst du mich jetzt auch noch anmachen?", fragte Flaubert pikiert.

„Lass es einfach gut sein und schwing' deinen Arsch das Seil hoch", befahl Alex.

Flaubert schlug die Hacken seiner Stiefel zusammen, sodass es knallte und salutierte spöttisch vor Alex. Er griff sich seinen geliebten Granatwerfer, küsste und streichelte ihn und hängte ihn sich um. Flaubert prüfte den Halt des Seils, das sie zum Abstieg benutzt hatten und kletterte es hinauf.

Alex folgte ihm als zweite, nachdem sie sich von der weißen Schlange verabschiedet hatte und das Tier wieder in der Dunkelheit der Cenote verschwunden war.

Mac Lane folgte als Letzter.

Oben angekommen wartete bereits Flaubert auf die beiden, von Tiago und Maria fehlte aber jede Spur. „Wo sind die?", fragte Flaubert beunruhigt.

„Sie sind sicher in der Nähe. Vielleicht haben sie sich in einem der Häuser etwas ausgeruht", sagte Alex.

„Ich weiß nicht", sagte Mac Lane, den wieder ein seltsames Gefühl überkam. „Ich glaube, etwas stimmt hier nicht. Ich kann es nicht sicher sagen, aber *etwas* ist hier."

Ein lauter Knall zerriss jäh die Stille der Szenerie.

Blut spritzte in Mac Lanes Gesicht. Er und Alex gingen in die Knie.

Auf einmal klangen für Alex alle Geräusche sehr gedämpft, gerade so, als hätte sie Ohrenstöpsel eingesetzt. Ihr fehlte die Kraft aufrecht zu sitzen und sie spürte, wie sie in Mac Lanes Arme sank. Sie sah sein Gesicht, das sich über sie beugte und hastig auf sie einredete, ohne dass sie auch nur ein Wort verstand.

Im Hintergrund hörte sie das dumpfe, ploppende Geräusch von Flauberts Granatwerfer und sie sah, wie Flaubert schreiend auf etwas feuerte. *Plop! Plop!,* machte der Granatwerfer, als ihr die Sinne schwanden und die Schwärze sich ihrer bemächtigte.

H. P. Innemann, 2017

„*Wenn man mit den Werken von King, Hohlbein, Lovecraft, Tolkien und anderen Großmeistern des Horrors, des Mysteriösen und des Fantastischen aufwächst, dazu noch eine leidenschaftliche Begeisterung für das Schreiben hat und sich den Geburtstag mit Edgar Allan Poe und die Initialen mit Lovecraft teilt, kann man kaum etwas anderes tun, als Schriftsteller zu werden.*"

– H. P. Innemann

Hayo Peter Innemann wurde 1983 als Sohn des Historikers Volker Innemann in Greven im schönen Münsterland geboren, wo er auch seine Kindheit und Jugend verbrachte. Inzwischen glücklich verheiratet lebt er mit seiner Frau und seinen beiden Töchtern noch heute in seiner Heimatstadt. Nach seinem Abitur an der Maximilian-Kolbe-Gesamtschule in Saerbeck, studierte der geschichtlich sehr interessierte Hayo anfänglich Klassische Archäologie an der WWU-Münster, bevor er später Kulturwissenschaften studierte.

Seine ersten Begegnungen mit dem Genre Science-Fiction und Fantasy machte Hayo im Grundschulalter mit den „Perry Rhodan"-Heften seines Vaters und dem Buch „Der kleine Hobbit". Mit zunehmendem Alter wuchs seine Begeisterung für diese Genres und weitete sich schließlich mit den Werken Stephen Kings (erstes Buch: Schwarz – Der dunkle Turm), Wolfgang Hohlbeins und H. P. Lovecrafts auf die Genres Mystery und Horror aus. Noch heute zählen Horror und Mystery zu seinen favorisierten Genres und King, Hohlbein und Lovecraft zu seinen liebsten Schriftstellern.

Im Jugendalter entdeckte Hayo seine wachsende Begeisterung für das Schreiben und das Rollenspiel und mit der Zeit wurde aus echter Begeisterung brennende Leidenschaft.

Seine erste Möglichkeit eigene Texte vor Publikum zu lesen, bekam er bei der münsterschen Lesebühne „Krawehl", für die er bereits mehrfach als Gast las.

Website: Thelurkingevil.jimdo.com

Instagram : @HPInnemann

Twitter: @HPInnemann

Facebook: @H.P.Innemann

FINSTERNIS –
Der Schädel der Schlange
Band 1

ISBN: 978 - 3740714642

Kommende Werke

2018

Hoffnung / Tod –
Der Schädel der Schlange;
Band 3

Renaissance –
The book of N'aeia